요망하고 고얀 것들

일러두기

◎ 각 장 작품의 대본은 유일본을 제외하고는 연구사에서 확정된 선본(先本) 혹은 선본(善本)을 택했다. 인용한 원전 대목은 최대한 현대적 관점에서 번역했고, 기존 번역서를 참고한 경우에도 많은 부분 수정했다.

◎ 한문 이본이 없는 작품의 경우, 무리하게 추측해 한자를 병기하는 일을 지양했다.

◎ '남성성', '여성성' 같은 용어는 고전소설이 창작되던 시대의 가치관에 비춰 사용했다.

◎ 흥미를 돋기 위해 일부 일러스트는 설정과 달리 요괴의 본모습과 둔갑한 인간 모습을 혼합했다. 고전소설의 배경은 대부분 중국이므로 일부 일러스트의 배경은 중국풍으로 표현했다.

◎ 부제에 '열전'이라고 하였으나 원전상 정보가 미흡한 경우 요괴의 내력 및 결말을 자세히 싣지 못한 경우가 있고, 일부는 분량상 생략했다.

◎ 책, 신문, 잡지는《 》로, 개별 작품, 드라마, 영화, 논문, 기사명은〈 〉로 표시했다.

요망하고 고얀 것들

욕망을 따라 질주하는 고전소설 요괴 열전

이후남

눌와

들어가며

'어떻게 하면 개성 넘치는 고전소설의 요괴들을 널리 알릴 수 있을까?' 고전소설의 요괴 서사를 주제로 박사 학위를 받은 후, 줄곧 제 관심사는 이것이었습니다.

한국 고전소설의 요괴는 민간 전래 요괴와는 많은 차이점이 있습니다. 외양 묘사가 구체적인 경우가 있는가 하면 매우 다양한 모습으로 변신합니다. 저지르는 악행도 천차만별일 뿐만 아니라 최후를 맞는 모습도 독특합니다. 주변 인물들과 긴밀한 관계를 맺고 이야기를 이끄는 주요 캐릭터로서 살아 숨쉬기도 합니다.

무엇보다 고전소설의 요괴는 인간과 같은 욕망을 가집니다. 식욕 같은 원초적 욕망에서부터, 재물을 갖고픈 욕망, 사랑받고 싶은 욕망, 명예를 누리고 싶은 욕망, 자신을 변화시키고자 하는 고차원적 욕망까지 지닙니다. 또한 그 욕망에 오롯이 집중합니다.

이러한 점을 포착한 순간부터 요괴의 심리에 주목한 것 같습니다. 다채로운 요괴 이야기를 여러 사람에게 쉽게 전달할 방법으로, 주인공이 아닌 요괴 입장에서 그 심리를 살피고 싶었습니다. 이에 옛한글문화학회에서 기회가 될 때마다 글을 발표했습니다. 그러다가 눌와와 인연이 닿아 책으로 꾸리게 되었습니다.

사실 고전소설은 아직 많은 작품들이 번역을 기다리고 있습니다. 옛한글로 쓰여 있는 데다, 분량이 100권이 넘는 작품도 있기 때문입니다. 또한 요괴는 보조 인물 혹은 단발적인 캐릭터로 치부되어 관심받지 못했습니다. 그렇기에 얼마나 많은 작품에 얼마나 다양한 요괴가 숨어 있는지 잘 알려지지 않았습니다.

현재까지 제가 수집한 요괴 등장 고전소설은 모두 76편입니다. 각 작품마다 이본 대비와 대본 선정, 관련 선행연구 분석을 반복하고, 많게는 105권 분량에 달하는 작품 내용을 파악하는 데 부단한 노력이 필요했습니다. 그 결과 그간 알려지지 않았던 요괴들을 상당수 발굴하여 이렇게 알릴 수 있게 되었습니다.

수집한 요괴의 수는 총 157종이나 됩니다. 그중 핵심 역할을 하는 요괴, 상상을 초월하는 행동을 하는 요괴, 생각할 거리를 던져주는 요괴 20종을 선별하였습니다. 또 평소 애착을 가지고 꼭 소개하고 싶었던 요괴들도 넣었습니다. 한국 고전소설 내에서만큼은 가장 특색 있고 매력적인 요괴들이 총집합되었다고 자부할 수 있습니다.

이 책에서는 심리학자 에이브러햄 매슬로Abraham H. Maslow가 정립한 인간 욕구 5단계를 참고하여, 요괴의 욕망을 다섯 부류로 나누고 요괴를 살펴봤습니다. '본능에 충실한 요괴'에서는 성욕과 식욕을 지닌 요괴를, '안전과 안정을 도모하는 요괴'에서는 신체적 안전과 재정적 안전의 욕망을 지닌 요괴를, '인간의 역할에 몰입하는 요괴'에서는 사랑과 소속의 욕망을 지닌 요괴를, '숭배받기를 원하는 요괴'에서는 명예욕·지위욕·권력욕을 지닌 요괴를, '환골탈태하는 요괴'에서는 이상 실현의 욕망을 지닌 요괴를 소개합니다.

각 편의 본문에서는 요괴의 모습과 성격, 악행 등을 줄거리를 따라 쉽게 소개하고, 중요한 대화나 장면은 현대어로 번역해 전했습니다. 함께 실린 일러스트를 보는 것도 상상에 도움이 될 것입니다. 이야기 끝마다는 흥미로운 설정들을 짤막하게 소개했습니다.

책을 완성하는 데 도움 주신 분들이 많습니다. 처음으로 고전소설에 관심을 갖게 해주신 전주대학교 임철호 교수님, 연구의 길을 포기하지 않고 꿋꿋이 나아갈 수 있도록 지지해 주신 한국학중앙연구원 임치균 교수님, 두 은사님 덕분에 계속 이 길을 걸어갈 것 같습니다. 늘 허심탄회하게 토론하고 조언해 주는 고전소설 전공 선후배님들도 정말 고맙습니다. 제게 선뜻 손 내밀어 주신 눌와와 임준호 편집자님, 디테일하고 멋진 일러스트를 그려주신 박수영 작가님이 없었다면 이 책은 없었을 것입니다. 또 바쁘신 와중에 기꺼이 추천사를 써주신 김탁환 선생님과 곽재식 선생님께 감사 말씀을 전합니다. 마지막으로 곁에서 항상 응원해 주는 가족들과 남자친구, 사랑하고 감사합니다.

먹어도 먹어도 배고픈 요괴, 돈밖에 모르는 요괴, 남편을 구타하고 시동생들에게 호통치는 요괴, 미남에게 지독히 집착하는 요괴 등은 조선 후기에 떠올렸다고 믿기 어려울 정도로 참신한 발상들입니다. 부디 이 책이 평소 한국 요괴에 관심을 가져주신 분들, 판타지 문학에 관심을 가져오신 연구자 분들, 전통적 원천소스를 찾는 창작자 분들께 소소한 재미와 정보를 드릴 수 있기를 바랍니다. 옛사람의 상상력과 욕망을 새롭게 발견하고, 한국인과 오랫동안 함께한 요괴의 의미를 음미하는 기회가 된다면 더욱 좋겠습니다.

차례

안전과 안정을 도모하는 요괴

인간의 역할에 몰입하는 요괴

숭배받기를 원하는 요괴

환골탈태하는 요괴

본능에 충실한 요괴

1

여우, 성욕에 사로잡혀 전우치를 유혹하다

전우치전

'요괴'라고 하면 아마도 가장 먼저 여우를 떠올릴 것이다. 〈전설의 고향〉을 시작으로 〈구미호 외전〉, 〈구미호: 여우누이뎐〉, 〈내 여자친구는 구미호〉, 〈천 번째 남자〉, 〈구가의 서〉 등의 드라마에서 인간의 간을 먹거나, 인간이 되기 위해 노력하는 여우가 등장하면서 친숙해진 탓이다. 최근에는 드라마 〈구미호뎐〉, 〈간 떨어지는 동거〉에서 남자 구미호가 등장하는 등, 성별을 달리한 여우 요괴가 꾸준히 등장하고 있다.

이러한 대중매체뿐만 아니라 설화나 고전소설 등의 고전문학에 가장 많이 등장하는 요괴 역시 여우다. 특히 영화 〈전우치〉를 통해 이름이 널리 알려진 고전소설 〈전우치전〉에도 여우가 등장한다. 영화에서는 십이지신 중 쥐와 토끼의 형상을 한 기괴한 요괴들이 등장하지만 정작 소설에서는 오직 여우만이다. 그리고 이 여우 요괴는 우리가 익히 알고 있는 영악하고 사나운 모습이 아닌, 오히려 인간 전우치에게 매달려 애원하기까지 하는 나약한 존재다. 게다가 전우치가 희대의 말썽쟁이가 될 수밖에 없었던 중요한 계기가 된다. 여기에서는 사고뭉치 전우치의 성장 과정 대신, '여우 요괴'에 집중해 살펴보기로 하자.

정기를 채우려다 구슬을 빼앗기다

〈전우치전〉에는 여우 요괴가 두 마리가 등장한다. 그리고 이 두 여우는 모두 인간으로 변신하는 능력을 지니고 있다. 먼저 첫 번째 여우는 얼굴이 옥같이 아름다운 처녀의 모습으로 변신한다. 그러고는 전우치가 서당으로 가는 길목에 앉아 우는 연기를 한다. 자신은 맹 어사의 딸인데 계모가 죽이려고 해 서러워 운다는 거짓 사연을 꾸며서 전우치의 동정심을 자극하기 위해서다. 이때 순진한 어린아이였던 전우치는 그녀의 외모에 반하고 측은한 사연에 마음이 쓰여 대숲에서 성관계를 맺는다. 그 여인이 성관계를 통해 자신의 정기를 흡입하고, 결국은 죽게 하려는 여우 요괴라는 것을 까맣게 모른 채 말이다.

이 여우는 다음 날 전우치가 서당을 가는 길에 또다시 나타난다. 전우치는 일단 공부를 마칠 때까지 기다리라고 말하고는 제 갈 길을 간다. 전우치의 스승인 윤공은 서당에 도착한 전우치가 여우와 관계를 맺었다는 사실을 말하지 않아도 알아차린다. 그러나 전우치에게 그 여자가 여우라고 말해주지는 않는다. 어린 전우치가 너무 놀라 다시는 그 여자에게 접근하지 못하리라 생각해서다. 그래서 윤공은 그저 '그 여자의 입속에 들어 있는 구슬을 빼어 오라'는 명령을 내린다.

> 전우치가 윤공의 명을 받고 그 여자가 있던 곳으로 갔다. 그러고는 그 여자의 옥 같은 손을 잡고 대나무 숲 사이로 들어가 사랑을 나누었다. 전우치가 유심히 살펴보니 정말로 여자의 입속에 구슬이 있었다. 한번 구경하고 싶다고 부탁하였는데, 그 여자가 보여주려 하지 않았다. 그러자 전우치가 정색하며 말하였다.
> "낭자는 규중의 처녀이고 나도 미혼 총각입니다. 양쪽 부모님께 말씀드려 혼인한 뒤 백년해로하고자 하는데, 낭자는 어찌 나의 부탁을 들어주지 않는 것이오?"
> 그 여자는 이 말을 듣고는 정을 이기지 못하여 전우치의 입에 대고 혀를 내밀어 구슬을 굴려 넣었다. 그런데 전우치가 구슬을 받아 입에 머금고는 오랫동안 주지 않았다. 그러자 그 여자가 계속해서 달라고

보채다가, 급기야는 전우치의 입을 벌려 뺏으려고 하였다. 이때 전우치가 엉겁결에 구슬을 삼켜버렸다. 그 여자는 전우치의 입속에 구슬이 없음을 보고는, 한마디 말을 못 한 채 통곡하면서 들판으로 내려가 버렸다. 무안해진 전우치는 어쩔 수 없이 윤공에게 돌아와 자초지종을 말하였다. 그러자 윤공이 말하였다.

"네가 이미 여우 구슬을 삼켜버렸으니, 앞으로 천문과 지리를 모두 꿰뚫고 72가지의 변화를 부릴 수 있게 될 것이다. 또 올해 4월에 있을 진사시에 급제할 것이다. 다만, 이후에 일어나는 일들을 조심하도록 하거라."

여우는 전우치를 잡아먹기보다는 다시 한번 만나 성관계를 맺고 미처 다 흡입하지 못한 정기를 마저 채우려 했다. 그래서 전우치가 공부를 마치고 돌아오기만을 눈이 빠지게 기다렸다. 그런데 뜻밖에도 구슬을 빼앗겨 버림으로써 오히려 큰 손해를 보게 된다.

성관계와는 별도로 두 번째 만남에서 여우는 전우치의 입속에 구슬을 넣었다 뺐다 하는 방법으로 정기를 흡입한다. 육체적인 관계 맺기와 구슬을 통한 정기 흡입, 두 가지 모두 여우가 성욕을 충족하는 방법인 것이다. 따라서 여우에게 구슬은 무엇보다 소중한 보물이라 할 수 있다. 그런데 전우치에게 구슬을 빼앗기니, 앞으로는 다른 남자의 정기를 영영 흡입할 수 없게 되어버린다. 여우가 그리도 서럽게 울면서 사라진 이유가 납득될 만하다.

천서를 빼앗기고 요술을 가르치다

한편 또 다른 여우 요괴가 인간 여자로 변신한 채로 전우치에게 접근한다. 다만 처녀가 아닌, 화려한 미모를 지닌 과부로 둔갑한다. 그리고 세금사라는 절에서 과거 시험 공부를 하는 전우치 앞에 나타나, 장양 태수의 부인이라고 소개한다. 남편이 장양 태수로 부임해 따라가던 도중에 도적을 만나 도망쳤다고 하소연하는데, 거짓 사연으로 날조하는 수법이 첫 번째 여우와 동일하다. 실상은 세금사에 사는 스님들의 정기를 모두 빨아 먹어 죽인 요괴면서, 태연하게 거짓말을 하는 것이다.

앞서 전우치는 첫 번째 여우의 거짓 사연에도 깜빡 속아 그녀를 동정하기까지 했다. 그런데 이번에는 백팔십도 달라진 모습을 보인다. 이미 세상 물정을 알 만한 나이인 15살이었고, 더 이상 여우 구슬을 삼키기 전의 순진한 어린아이가 아니었기 때문이다. 아침 이슬을 머금은 모란 같은 얼굴에, 봄바람을 이기지 못하는 연약한 버들 같은 몸매를 가진 과부가 실은 여우라는 점을 전우치는 어렴풋이 짐작한다. 이미 여우를 만난 경험이 있었고, 몸속에 들어온 여우 구슬이 본능적으로 여우를 감지하게 한 것이다.

전우치는 과부에게 억지로 술을 권하고 이에 과부는 만취해 곯아떨어진다. 그 사이 전우치는 과부의 가슴에 붉은 물감으로 주문한 구절을 써본다. 인간이라면 붉은 글씨가 그대로 있어야 하는데, 과부는 여우 요괴라서 글씨를 쓰자마자 주문이 흔적도 없이 사라져버린다. 결국 여우는 전우치에게 정체를 들키고 동아줄로 온몸을 꽁꽁 묶인 채로 위협당한다.

전우치가 여자의 몸을 송곳으로 여기저기 쑤셨다. 그러자 그 여자가 견디지 못하여 금색 털이 난 꼬리 아홉 가진 여우의 본체를 드러냈다. 그러고는 살려달라며 빌었다. 전우치가 말하였다.

"내게 여우 구슬 하나를 주면 살려주겠다."

여우가 말하였다.

"여우 구슬은 배 속에 있어 줄 수 없습니다. 대신 여우 구슬보다 훨씬 좋은 천서天書 세 권을 드릴 테니, 목숨만 살려주십시오."

전우치는 본래 책 읽는 서생이었다. 책이 있다는 말을 듣고는 반가워하며 말하였다.

"그 책이 어디에 있느냐?"

여우가 말하였다.

"제 소굴에 있으니, 저를 동여맨 줄을 풀어주시면 가져오겠습니다."

전우치가 매우 화를 내며 다시 송곳으로 온몸을 쑤시자, 여우가 울면서 말하였다.

"발에 맨 것만 풀어주시면 함께 가서 책을 드리겠습니다."

그제야 전우치가 여우의 발에 묶인 줄을 풀어주고는 함께 여우 굴로 갔다. 큰 산에 매우 튼튼한 바위가 있고 그 아래에 굴이 있었다. 굴 안으로 5리약 2킬로미터 정도 들어가니, 소나무와 대나무가 울창하고 시냇물이 잔잔히 흐르는 곳에 단청이 찬란한 집이 무수히 많았다. 전우치가 여우를 앞세우고 계속 들어가자, 고운 빛깔의 옷을 입은 시녀가 나와 맞으며 말하였다.

"아기씨가 오늘 산행을 가시더니, 인간을 잡아 오셨네요. 맛있게 잘 먹겠습니다."

그러고는 전우치에게 달려들자, 전우치가 크게 화를 내며 시녀 여우들을 낱낱이 쳐서 죽였다. 그리고 또다시 여우를 송곳으로 쑤시자, 여우가 견디지 못하여 시녀에게 명령하였다.

"너는 빨리 가서 함 속에 넣어 둔 책 세 권을 가져오거라!"

그러자 그 시녀가 급히 가지고 왔다. 전우치가 받아보니, 천서였다. 그런데 글자를 읽을 수가 없어서 여우에게 글 뜻을 가르치라고 하였다. 그러자 여우가 말하였다.

"손에 맨 것을 풀어주시면 가르쳐 드리겠습니다."

전우치가 다시 송곳으로 찌르며 때리려고 하자, 여우가 알겠다고 하였다. 전우치가 손에 맨 동아줄을 풀어주지 않고 말하였다.

"내가 있던 절로 가자."

여우를 데리고 다시 세금사로 와서 술을 마신 후, 여우에게 첫 번째 천서를 배웠다. 하룻밤 사이에 한 권의 이치를 모두 통달하니, 귀신도 헤아릴 수 없는 신기한 술법이었다.

전우치가 송곳으로 과부의 몸을 마구 찌르자 그 과부는 꼬리 아홉 달린 금여우의 모습을 드러낸다. 이때 전우치는 뜻밖에도 여우에게 구슬을 달라고 요구한다. 일전에 본의 아니게 획득한 여우 구슬이 마음에 쏙 들었던 것이다. 그래서 또 한 개의 구슬을 얻어서, 더 큰 능력을 갖고자 하는 욕망이 자랐던 모양이다. 하지만 여우는 구슬이 배 속에 있어 줄 수 없다고 말한다.

대신 여우는 구슬 대신 '하늘의 책'인 천서 세 권을 주기로 한다. 그리고 천서를 가져오기 위해 전우치와 함께 소굴로 가면서, 은밀하고도 깊숙한 소굴의 위치와 자신들의 생활까지 노출하게 된다. 한편 천서는 여우의 언어로 쓰였기에, 인간인 전우치가 전혀 읽을 수 없었다. 때문에 여우는 전우치 옆에 붙어 직접 가르쳐줘야 했다. 전우치의 폭력에 못 이겨서 말이다. 남자와 성관계를 맺어 성욕을 채우려던 심산이었지만 막대한 손해를 보고야 만다.

결국 여우는 전우치가 하룻밤 동안 천서 한 권을 떼며 천서의 언어를 익힌 후에야 풀려난다. 전우치는 다 읽은 1권에 부적을 붙인 후, 여우의 목숨을 살려 곱게 보내준다. 여우의 공을 가상히 여기기도 했고, 이젠 여우 없이 나머지 2·3권을 혼자 읽을 수 있기 때문이었다. 그렇다면 여우는 순순히 돌아갔을까?

여우는 풀려나자마자 곧바로 천서를 되찾아가려 한다. 먼저 전우치의 스승인 윤공으로 변신해 나타나고 다시 전우치의 유모로 변신함으로써, 전우치를 두 번 속여 주의를 돌린다. 그러고는 재빨리 부적이 붙지 않은 천서 2권과 3권을 가지고 달아난다. 1권은 전우치가 부적을 붙여놓았기 때문에 가져가지 못한 것이다. 이에 몹시 화가 난 전우치는 여우의 소굴을 다시 찾아 나서지만 결국 길만 헤매다가 그냥 돌아온다.

여우는 왜 악착같이 두 권의 천서만이라도 되찾아 갔을까? 천서는 여우가 부리는 요술의 방법을 적어놓은 비법서로, 여우 구슬만큼이나 중요한 물건이다. 인간인 전우치가 천서 세 권을 모두 익히면 여우들의 생존에 위협이 되니 여우는 책을 되찾아갔을 것이다.

한편 영리한 전우치가 여우 굴을 다시 찾지 못하고 돌아왔다는 대목은 여우가 요술을 부려 소굴을 은폐하거나 옮겼다는 것을 짐작하게 한다. 이는 종족을 지키려는 목적이 가장 컸겠지만, 천서를 다시 빼앗기지 않으려는 의도도 있었을 것이다.

전우치가 엇나가게 된 이유

여우 요괴들은 더 이상 등장하지 않지만, 여우의 영향은 생각지 못한 방식으로 이어진다. 전우치가 다시 찾아올까 경계한 여우처럼 전우치 역시 여우의 요술이 매우 뛰어난 것을 걱정한다. 이에 부적을 붙인 천서 한 권마저 빼앗길까 싶어 부랴부랴 세금사를 떠나 집으로 돌아온다. 어쩌다 여우 구슬과 천서 한 권을 얻어 여우의 요술을 부릴 수 있게 된 전우치는 그 능력을 주체하지 못한다. 그래서 도무지 종잡을 수 없는 일들을 벌이고 다니게 된다.

'신선으로 변신해 국왕과 과부 속이기, 자신을 무시하는 두 남성의 성기를 없앴다 도로 생기게 하기, 자신을 잡아 공을 세우려는 관리를 구미호로 만들기, 투기하는 유부녀를 큰 구렁이로 만들기, 자신을 따돌리는 동료 관리들의 아내를 기생으로 만들기' 등의 못된 짓을 일삼는다. 그러면서도 '억울하게 사형당하게 생긴 사람들을 감쪽같이 구출하기, 가난한 효자에게 매일 은이 한 냥씩 나오는 그림 족자 선물하기, 과부를 강간한 땡중을 자기의 모습으로 변신시켜 잡혀가게 만들기' 등의 착한 일을 하기도 한다.

이처럼 전우치는 그때그때 마음 내키는 대로 행동하며, 여우 구슬과 천서에서 비롯된 요술을 마음껏 사용한다. 여우를 만나기 전에는 전혀 말썽을 부리지 않던 전우치가 수많은 사건 사고를 일으키게 된 근본적인 원인이 여우의 탓인 것이다. 그렇다면 전우치는 평생토록 여우의 요술을 부리며 마음대로 살아갔을까?

다행히 전우치는 훌륭한 스승인 서화담을 만나 자신의 도술이 삿된 요술이라는 것을 깨닫고 각성한다. 그리고 서화담과 함께 여우 소굴을 찾아 그 무리를 소탕하고, 영주산에 들어가 수도할 것을 다짐한다. 작품은 바로 이 부분에서 끝이 난다.

이처럼 〈전우치전〉에 등장하는 여우 요괴 두 마리는 성욕에 사로잡혀 소중한 보물을 빼앗겨 버린 어리석은 존재다. 또 본의 아니게 인간에게 요술을 전수해 준 딱한 요괴이기도 하다. 〈전우치전〉뿐만 아니라 고전소설에 등장하는 여우 요괴는 성욕이 특히 강하다. 현대물에서 인간이나 가축의 간을 먹는 여우의 모습이 많이 부각되지만, 이러한 여우는 고전소설에 거의 등장하지 않는다. 인간의 피와 살을 먹고 배를 채우는 여우보다는 구슬을 통해 남성 혹은 여성의 정기를 흡입하거나, 직접적인 성관계를 통해 정기를 얻는 여우가 더 많은 것이다.

만약 〈전우치전〉의 여우 두 마리가 인간처럼 성욕을 절제할 수 있는 능력이 있었다면 결과는 달라졌을까? 적어도 소중한 구슬과 천서를 잃는 일은 없었을지도 모른다. 그러나 요괴는 타고난 습성과 성품을 길들이기 매우 어렵다. 그러니 본능적 욕구를 스스로 절제하는 것은 아무리 생각해 봐도 무리일 듯하다.

〈전우치전〉은 여우의 마성(魔性)을 갖게 된 전우치가 여러 가지 작란을 벌이다가 세 차례의 각성을 거쳐 마성을 치유해 나가는 과정을 보여준다. 이 책에서는 한국학중앙연구원 소장 한글 판각본(37장)을 대본으로 삼았다. 작품에서 주인공 이름은 '전운치'로 나오지만 이 책에서는 널리 알려진 명칭인 '전우치'로 통일했고, 작품 명칭 역시 〈전운치전〉이지만 〈전우치전〉으로 표기했다. 번역본은 《홍길동전 · 전우치전》(김현양 역, 문학동네, 2010)이 있고, 해당 도서에서 원문도 확인할 수 있다.

여우 구슬과 천서

앞서 전우치는 여우의 구슬과 천서를 통해 여우의 요술을 얻었다. 그렇다면 과연 여우의 구슬과 천서는 어떠한 효능이 있을까?

한국의 구비설화에는 여우 구슬에 대한 이야기가 많이 있다. 대략적인 내용은 '여자로 변신한 여우 입속의 구슬을 남자가 삼킨 후에 특별한 능력을 얻게 되었다'는 것이다. 이러한 설화들에는 특이한 후일담이 붙는다. 남자 주인공이 구슬을 얻은 후 하늘을 먼저 보지 않고 땅을 먼저 보면서, 천리에 능통하지 못하고 지리에만 능통하게 되었다는 재미있는 내용이다. 이를 통해 볼 때, 여우 구슬은 하늘과 땅의 이치를 터득하게 하는 신묘한 물건이다. 그렇기에 〈전우치전〉의 전우치도 여우 구슬을 삼킨 후 천리와 지리에 모두 능통하게 된 것이다.

중국 문헌에 나타난 여우 구슬은 그 효능이 한국과는 사뭇 다르다. 중국의 설화집인 《태평광기(太平廣記)》에서는 여우 구슬이 온 세상 사람들의 사랑을 한 몸에 받게 만드는 물건으로 나타난다. 당나라 사람인 유중애는 그물로 여우를 잡아 바둑알처럼 둥글고 맑은 여우 구슬을 얻게 된다. 그리고 그것을 자기 어머니에게 주었는데, 그 이후로 아버지가 어머니를 매우 애지중지했다. 여우 구슬이 인간 사이의 사랑의 감정을 조절하는 데 효과가 있다는 이야기이다.

그렇다면 여우의 천서는 어떠할까. 한국 구비설화에는 남자가 여자로 변신한 여우에게서 천서를 얻어 내용의 일부를 익히던 중, 여우가 천서를 되찾아가는 이야기가 나타난다. 〈전우치전〉의 내용과 동일한데, 다른 점이 있다면 결말 부분이다. 설화에서 주인공 남자는 천서 일부분을 익혀 말썽을 피우다가 결국은 역적으로 사형을 당하거나, 애꾸눈이 되는 형벌을 받는다. 〈전우치전〉과는 다르게 매우 비극적인 결말인 것이다.

이와 비슷하게 중국의 《태평광기》에도 여우의 천서 이야기가 전한다. 당나라의 도사 손증생이 여우 소굴에서 천서를 빼앗아 왔는데, 여우 무리가 찾아와 한 부를 필사하도록 허락해 줄 테니 천서만은 돌려달라고 한다. 이에 손증생은 여우에게 천서를 읽는 비법을 전수받고, 사본 한 부만을 간직한다. 그리고 그 시대 최고의 술사(術士)가 되는데, 황제인 현종에게까지 끝내 천서를 보여주지 않다가 처형당하고 만다. 비슷한 다른 이야기들에서도 여우의 천서를 익힌 주인공들이 사형을 당하거나 여우에게 화를 당하는 비극적 결말이 보인다.

인간이 알아볼 수 없는 문자로 적힌 천서에는 대체 어떤 내용들이 담겨 있었을까? 한국 설화에서는 주로 몸의 형체를 바꾸는 둔갑술을 배우게 되었다고 나온다. 그리고 천서의 마지막 장에 쓰인, 옷고름을 숨기는 방법까지 채 익히지 못해 완벽하게 둔갑하지 못하는 것으로 나타난다. 둔갑해서 몸을 숨겨도 옷고름만은 보여서 결국 들키고 마는 것이다. 또한 천서를 통해 재물을 마음대로 가질 수 있는 능력을 얻었다는 이야기도 나온다.

한편 중국 설화에서는 천서를 통해 음양의 이치를 통달하고 앞날을 내다볼 수 있는 능력을 갖게 되는 것으로 나온다. 이러한 도술은 얼마든지 착한 일에 쓰일 수 있는 것들이다. 그런데 설화 속 주인공들은 그 도술을 마구잡이로 사용하다가 화를 당하곤 한다. 이는 천서가 애초부터 요괴인 여우의 책이고, 그 책에는 악한 일에 쓰는 삿된 요술이 기록돼 있기 때문일 것이다. 비록 요괴의 책일지라도 인간의 것으로 승화시켜 선한 데 쓸 수도 있었을 텐데, 그런 경우는 찾아볼 수가 없다. 아마도 요괴의 강력한 요술에 빠지면 인간이 마음대로 절제하기 어려워서일 것이다. 또한 이들에게는 전우치를 구원해 준 서화담처럼 여우의 요술을 제압할 만한 진정한 도술자이자 스승이 없었기 때문인지도 모른다.

2

구미호, 정기를 탐해 안주인으로 둔갑하다

옥란기연

고전소설에는 변장의 대가들이 많이 등장한다. 특히 여자가 남자 흉내를 내는 이야기를 쉽게 찾을 수 있다. 약혼한 남성이나 헤어진 가족을 보다 자유로이 찾아나서기 위해, 관직에 나가 망한 집안을 일으키기 위해, 위험에 처한 나라를 구하기 위해 등 다양한 이유로 남장한다. 이 남장 여성들은 남자 옷을 입고 상투를 틀고 목소리를 변조할 뿐인데, 이상하게도 정체를 들키지 않는다. 약혼했던 남성과 친구로 함께 지내기도 하고, 궁궐에서 임금을 뵙기도 하며, 전쟁에 나가 병사들과 부대끼기도 하며 태연하게 남성으로 살아간다.

물론 과도하게 예쁘다거나, 목젖이나 수염이 보이지 않는다는 신체적 특징 때문에 간혹 의심받기도 한다. 그러나 이런 위기마다 남장 여성들은 더욱 남성다운 태도를 보이고 유려한 말솜씨로 의심의 싹을 잘라버린다. 특히 〈방한림전〉의 여주인공 방관주는 죽을 때까지 남장 사실을 들키지 않는데, 변장술이 뛰어날 뿐만 아니라 행동을 각별히 조심하며 산 덕분이었다.

그렇다면 둔갑술로 겉모습을 완전히 똑같이 변신하는 요괴는 어떨까? 〈옥란기연〉에는 특정 여성과 완전히 똑같은 모습으로 둔갑해, 고전소설에서도 보기 드물 정도로 주도면밀하게 특정 대상을 흉내 내는 구미호가 등장한다. 이 구미호는 인간 모습으로 온갖 나쁜 짓을 벌이는데, 무려 10년이라는 긴 시간 동안 주변 사람들의 눈을 감쪽같이 속이지만 결국은 들통나고 만다. 이 요괴는 왜 오랫동안 변신했고, 겉모습을 완전히 똑같이 꾸며도 어쩌다가 들통났을까?

대갓집 안주인으로 군림하다

〈옥란기연〉은 남녀 주인공인 장추성과 소선주가 난초가 그려진 옥을 한 짝씩 맞춰보고 혼인을 맺는 내용의 소설이다. 이 작품에 등장하는 구미호는 인간 세계를 기웃거리면서 인간의 정기와 피를 탐하는 요괴다. 인간을 해치는 나쁜 짓을 일삼다가 도사 이백영에게 잡혀 그의 돌상자 속에 갇힌다. 이때 구미호는 돌상자 속에서 이백영의 강의를 훔쳐 듣고는 신통력을 얻게 되고, 손쉽게 밖으로 도망친다. 그리고 인간 세계에 다시 나와 처음으로 눈에 띈 설씨 집안에 잠입한다.

구미호는 설 시랑의 아내인 계씨를 산에 데려가서 버리고, '몸을 흔드는' 행위 하나만으로 계씨와 똑같이 변신한다. 성격은 전혀 다르지만 겉모습만은 한 치의 오차가 없도록 말이다. 그리고 이때부터 설씨 집안의 안주인인 계씨 흉내를 내기 시작한다. 한 집안에 정착하면 그 집에 있는 여러 남성들과 접촉하기가 좋으므로 편하게 성욕을 채울 요량이었던 것이다. 그렇기에 여우는 노비 남성들까지 많은 대갓집을 선택한다.

여우가 변신 대상으로 삼은 계씨는 본래 명문가 집안의 안주인답게 온화하고 맑은 성품을 지녔다. 남편인 설 시랑의 내조를 잘하는 현명한 아내이자, 외아들인 설경문을 살뜰히 보살피는 자애로운 어머니이기도 하다. 또 설씨 가문의 며느리로서 안살림을 통솔하는 데 성실하기 그지없다. 그렇지만 구미호는 계씨를 아주 찰나의 순간만 대면했기 때문에 그 성품까지 속속들이 파악하지 못한다. 아니, 능력상 그것까지 흉내 내지는 못한다. 어려서부터 유교 윤리를 교육받아 온 양반가 여성의 태도와 습관을 요괴가 하루아침에 흉내 내기란 무척 어려운 일이기 때문이다.

이 때문에 계씨 행세를 하는 와중에 여러 차례 크고 작은 허점을 드러낸다. 첫 번째 허점은 남편인 설 시랑과 밤낮으로 성관계를 맺어 그의 정기를 빨아 먹으면서 나타난다. 진짜 계씨는 성적 욕망을 드러내지 않는, 사대부 여자의 도리를 철저하게 지키는 여성이다. 그러나 구미호는 계씨가 평소 남편을 대하는 예의범절을 전혀 신경 쓰지 않는다. 인간의 정기를 흡입하길 즐기는 본능과 습관을 그대로 드러낼 뿐이다.

이에 따라 계씨는 주변 사람들에게 음란한 여자로 비춰진다. 사람들이 보는 곳에서 설 시랑과 음란한 행위를 하지는 않지만, 바깥일을 해야 할 설 시랑을 내보내지 않고 계속해서 안채에 틀어박혀 있도록 만들어, 주변 사람들의 눈살을 찌푸리게 하는 것이다. 정작 설 시랑은 몸에 정기가 다 빠져나간 상태라 이를 알아채지 못한다. 이로써 구미호는 성욕을 채우는 동시에, 설씨 가문의 가장인 설 시랑을 바보로 만드는 데 성공한다.

두 번째 허점은 아들 설경문을 구타하고, 며느리 장난주를 후원에 가둔 후 바느질시키며 구박하는 데서 나타난다. 자식을 무조건적인 사랑으로 포용해야 할 어머니가 죄 없는 아들 내외를 때리고 괴롭힌다는 것은 상식적으로 납득이 가지 않는다. 더구나 설경문은 집안을 이끌 외아들이기에 태어날 때부터 항상 귀한 대접을 받아왔다. 또한 부모님의 명령을 절대 거스른 적이 없는 타고난 효자다.

하지만 구미호는 양반가 어머니로서 마땅히 베풀어야 할 사랑을 망각하고, 외아들을 보호해야 한다는 사명감을 갖지 않는다. 이뿐만이 아니다. 설경문에서 모자라 며느리인 장난주까지 이유 없이 미워한다. 그러나 장난주 역시 설경문과 마찬가지로 타고난 효녀이기에 시어머니가 매일 흰밥 한 그릇만 주면서 바느질 등의 고된 일을 시켜도 전혀 원망하지 않는다.

그렇게 설경문과 장난주는 이해하기 어려운 어머니의 행패를 그저 묵묵히 감내한다. 하지만 구미호는 설경문과 장난주를 눈엣가시처럼 여기며, 문득문득 화가 치밀어 오를 때마다 욕하거나 때림으로써 분풀이를 한다. 그래야만 직성이 풀리는 요괴의 난폭한 습성을 내보이는 것이다. 급기야 구미호는 장난주 역시 계씨처럼 산에 데려가서 버리고 온다. 다음 날 이 일로 사달이 일어난다.

> 구미호가 설 시랑을 재운 후, 자기 잠자리에 누워 깊이 잠들었다. 원래 구미호는 잘 때 꼬리를 감추지 못하는 습성이 있었다. 그래서 설 시랑의 정기를 흡입하고 나면 문을 단단히 걸어 잠그고 자신이 깰 때까지 하인들을 오지 못하게 하였다. 그런데 지난밤에는 장난주를 버리고 오느라 정신이 없어서 문을 잠그지 못하였다. 아침에 장난주의 유모가 장난주를 애타게 찾다가 안채의 문을 열어보니, 부인 마님이 이불을 걷어차고는 대자로 뻗어 자고 있었다. 그런데 마님의 엉덩이 쪽에 누런색 꼬리가 쑥 삐져나와 있었다. 이를 본 유모는 얼굴빛이 변하고 크게 소리 지르며 쓰러졌다. 구미호가 그 소리에 매우 놀라 눈을 떠보니 장난주의 유모가 거꾸러져 있었다.

장난주의 유모가 계씨가 자는 방의 문을 열었다가 꼬리가 나와 있는 것을 보고 놀라 나자빠지는 대목이다. 구미호는 본래 꼬리를 내놓고 자는 습성이 있다. 그래서 계씨로 변신한 이후에는 잘 때 항상 문을 꼭 잠갔다. 그런데 전날 장난주를 버리고 오느라 너무 피곤한 나머지, 방문을 잠그는 것을 깜박하고 말았다.

이에 다음 날 장난주를 찾아 헤매던 유모에게 그 꼬리를 들키고 만다. 장난주의 유모는 그길로 장난주의 친정으로 도망쳐 이 사실을 알린다. 구미호는 아들 내외를 구박하다 못해 며느리를 버리다가 스스로 정체를 노출할 빌미를 만든 것이다.

아들과 외간 남자를 탐하다

세 번째 허점은 설경문과 성관계를 가지려 시도하는 부분에서 드러난다. 어머니가 아들과 성관계를 맺는다는 것은 크나큰 패륜이지만 이미 정기를 다 소진한 남편에게서 충족되지 않는 성적 욕구를 채우기 위해 구미호는 앞뒤를 가리지 않고 요괴의 본성을 보이는 것이다.

이때 설경문은 어머니의 성격이 갑자기 포악하게 변해버린 것을 너무나 걱정하며, 상식 밖의 음란한 행동에 매우 놀라워한다. 하지만 자기 어머니가 아닌 것 같다는 의심은 꿈에도 하지 않는다. 겉모습은 영락없이 어머니였기 때문이다.

> 구미호가 설경문의 방에 들어가 음식을 권하며 손을 잡고 몸을 더듬었다. 설경문은 머리털이 쭈뼛 서고 몸이 얼어붙어서, 안채에 들어가

주무시기를 청하였다. 그러자 구미호는 매우 화를 내고 밥상을 발로 차며 말하였다.

"네 이놈, 불효자야! 어미를 원수같이 여겨 모자간에 순종하는 정이 없다. 내가 어찌 불효자를 벌하지 않겠느냐!"

곧바로 달려들어 설경문의 머리채를 움켜잡고 쇠몽둥이로 마구 때렸다. 구미호가 여러 해 동안 설경문의 풍채와 기운을 흠모하였으나 한 번도 받아주지 않으니 분한 마음이 뼈에 사무쳐 있었다. 이 기회에 아예 죽여 분을 풀고자 하는 마음에 더욱 인정사정없이 때렸다. 구미호의 손이 닿는 곳마다 설경문의 살갗이 떨어지고 피가 철철 쏟아졌다. 결국 설경문이 정신을 잃으니, 목숨을 살릴 길이 까마득하였다.

설경문이 도저히 받아줄 기미가 안 보이자, 구미호는 급기야 설경문을 구타하는 것으로 분풀이를 한다. 이 사건으로 설경문은 사경을 헤맨다. 이때 구미호는 겉모습이 계씨와 한 치의 오차도 없다는 점을 큰 방패막이로 삼는다. 행동이 아무리 의심스럽다 해도 얼굴과 몸은 틀림없이 계씨이기 때문에 다른 사람일 것이라는 의심 자체가 차단되기 때문이다. 또 '어머니'라는 절대적으로 존중받는 위치와 자식으로서 효를 다해야 한다는 확고한 윤리 의식 때문에 해괴망측한 행동을 하더라도 공경을 받는다. 구미호 역시 이를 믿고 제멋대로 행동하는데, 결국 그 선을 넘고야 만다.

구미호는 설 시랑의 병을 치료하기 위해 왕진 나온 의사를 유혹하면서 마지막 커다란 허점을 드러낸다.

의사가 문을 열고 나가니 후원에 중년의 아름다운 부인이 서 있었는데, 얼굴은 눈보다 희고 옷차림이 화려하였다. 그 부인이 자기를 유심히 쳐다보다가 거짓으로 놀라는 척하며 들어갔다. 의사는 갑자기 외간 여자를 만나자 크게 놀라, 금부채로 얼굴을 가리고 급히 계단을 내려갔다. 중간에 있는 문에 이르자 그 부인이 다시 안쪽에서 나오며 말하였다.

“저는 설 시랑의 아내입니다. 남편의 병이 깊으니 완쾌되기를 바라지 못할 것입니다. 제 나이가 아직 젊고, 아들 한 명이 있지만 자식보다 부부 사이가 더 귀한 법입니다. 내일 잠깐 남편의 진찰을 핑계 대고 저에게 오십시오. 옛날에 진평陳平이라는 남자는 다섯 번이나 재혼한 여자를 아내로 맞아 사랑하였다고 합니다. 제가 비록 절개 잃은 여자가 되겠지만 그대는 진평의 일을 본받아 잘 헤아리십시오.”

의사가 크게 놀라 설경문을 소리쳐 부르니, 계씨가 낌새가 좋지 않은 것을 보고 급히 숨었다.

구미호는 나이가 어리고 얼굴까지 잘생긴 의사를 보자 또다시 음욕이 불붙듯이 일어난다. 이에 의사에게 남편 진찰을 핑계로 자신을 보러 오라는 어처구니없는 말을 내뱉는다. 한나라 고조의 신하 진평이 다섯 번 재혼한 여자를 아내로 맞은 이야기까지 끌어다 붙이면서 말이다. 남녀의 내외를 중시하던 사회에서 결혼한 여자가 외간 남자에게 얼굴을 보이며 말을 건넨다는 것은 상상할 수조차 없는 일이다. 더구나 대놓고 불륜을 하자며 수작을 거는 것은 풍기 문란죄에 해당한다.

계씨의 신분이 정절의 의무가 없는 하층민이었다면 큰 문제가 되지 않았겠지만, 계씨는 지체 높은 양반가의 여성이다. 그럼에도 구미호는 자신이 벌이는 일이 얼마나 큰 파장을 불러올지도 모른 채, 욕망을 채우는 일을 우선시한다. 자신이 지금은 계씨라는 사실, 가정 및 사회에서의 계씨의 위치를 수시로 잊어버리고 말이다.

결국 의사가 계씨를 처벌하라는 상소를 임금에게 올려, 구미호는 임금의 명을 받은 장추성(장난주의 사촌 오빠)에게 생포된다. 장추성의 빛나는 눈을 마주본 구미호는 기가 질려 본모습을 드러낸 뒤 화형을 당한다. 이로써 장장 10년간의 계씨 흉내는 막을 내린다.

구미호는 앞서 말한 몇 번의 결정적인 허점을 제외하면 10년이라는 긴 시간 동안 계씨의 흉내를 제법 잘 내었다. 설 시랑과 설경문, 장난주 등 설씨 집안 사람들은 계씨가 가짜라는 것을 전혀 알아차리지 못했다. 외모의 일부가 조금이라도 달랐다면 금방 알아차렸겠지만, 성격만 변한 것이기에 그럴 수 있다고 생각한 것이다. 구미호는 이처럼 유리한 상황에 있었음에도 불구하고 결국 요괴로서의 욕망을 앞세우다가 화를 자초하고 만다.

구미호의 실수는 무엇이었을까

요괴인 구미호는 외양은 완벽히 사람처럼 변신했어도 사람 사이의 관계에 익숙하지 않았다. 특히 양반집 안주인 역할에 무지했다. 남편과 아들을 대하는 도리, 집안 살림을 꾸리고 아랫사람을 다스리는 방법, 외간 남자를 대하는 법도를 전혀 알지 못했다. 외양만 같으면 그만이라는 자만심으로 어설프게 인간 노릇을 한 것이다. 촘촘한 관계망 속에서 살아가는 인간들의 역할 행동을 쉽게 생각했는지도 모른다.

인간은 관계 형성의 방법이 미숙해도 끊임없이 배워나가며 사회라는 테두리에서 살아간다. 구미호도 인간관계를 인간처럼 배워나갈 능력이 부족했던 것은 아니다. 도사 이백영의 돌상자 속에 갇혀 있을 때, 도사의 강의를 훔쳐 듣고 모두 이해할 정도로 높은 지능을 뽐냈기 때문이다. 또한 이백영의 강의를 듣고 능력이 더 진화했으므로 마음만 먹는다면 사대부가 유부녀의 행동 패턴을 얼마든지 복제할 수 있었을 것이다. 그랬다면 더 오랜 시간 들키지 않고 대갓집 생활을 누렸을지도 모른다.

인간관계를 배울 만한 시간까지 충분했지만 구미호는 애초에 그러한 노력을 해야겠다는 의지를 갖지 않았다. 강한 성적 욕구, 폭력적인 성격 등을 굳이 숨기지 않은 것은 이 때문이다. 따라서 구미호는 스스로 억제하기 어려운 요괴 본성으로 인해, 장장 10년간의 역할 놀이를 스스로 마감했다.

물론 구미호가 대갓집 안주인에 걸맞은 법도를 지켰다면, 목숨은 부지했을지도 모른다. 그러나 인간 남성의 정기를 향한 탐욕은 만족스럽게 충족하지 못했을 것이다. 그렇기에 구미호의 진정한 실수는 행실까지 흉내 내지 않은 게 아니라, 양반가 여성으로 변신한 일일지도 모른다. 대갓집 안주인이 집안 남성들을 쥐락펴락할 수 있는 위치라 하더라도 그 자리에 맞게 행동해야 하는 규범이 더 많기 때문이다. 성적인 면에 있어서의 규제도 하층 신분의 여성보다 훨씬 엄격했다.

그렇다면 여러 남성들을 상대할 수 있는 기생으로 변신하는 게 현명한 선택이지 않았을까? 성적인 면에서의 사회적 제약은 분명 자유로웠을 것이다. 그러나 구미호는 인간 사회 안에서의 여성의 위치, 여성의 신분 차이에 따른 역할에 대해 전혀 몰랐다. 무작정 뛰어든 인간 세계에서 처음 눈에 띈 여성이 우연찮게도 양반집 유부녀인 계씨였다. 구미호의 눈에 비친 계씨는 크고 호화로운 저택에서 남편, 아들과 화목하게 지내고 있었다. 또 아랫사람을 부리며 집안을 진두지휘하고 있었다. 구미호는 계씨 주변에 정기를 흡입할 만한 남성이 많다는 것도 고려했겠지만, 계씨가 사는 모습이 행복해 보였기에 무턱대고 그녀가 되기로 결심했던 것은 아닐까?

〈옥란기연〉은 장씨 가문 자녀들의 혼인과 부부 갈등을 주요 내용으로 하는 작품이다. 제목은 '옥란(玉蘭, 난초가 그려진 옥 장식품)을 증거물 삼아 남녀 주인공이 기이한 인연을 이룬다'는 뜻을 담고 있다. 이 책에서는 미국 하버드대학교 옌칭도서관 소장 한글 필사본(7권 7책)을 대본으로 삼았다. 원문은 《한국고소설총서》 12~13권(이상택 편, 태학사, 1998)에서 확인할 수 있다.

여우 꼬리의 개수

앞서 〈옥란기연〉의 구미호가 꼬리를 내놓고 자는 습관이 있다는 점을 이야기 했다. 허구의 요괴인 구미호가 정말로 그런 습관을 가졌는지 알 길이 없지만 꼬리는 중요한 신체 기관 중 하나고, 나아가 여우라는 본체를 드러내는 가장 원초적이며 상징적인 부분이다.

여우가 등장하는 고전소설 33편을 살펴보면 무려 18편의 작품에 꼬리 아홉 달린 여우가 등장한다. 나머지 15편의 작품 속 여우는 꼬리가 1개, 3개, 5개, 7개로 다양하다. 이처럼 꼬리 아홉 달린 여우의 비중이 압도적으로 높은 이유는 무엇일까?

중국의 신화 · 지리서인 《산해경(山海經)》에는 '청구산(靑丘山) 혹은 청구국(靑丘國)에 꼬리 아홉 달린 여우가 산다'는 기록이 세 군데나 발견된다.

> "동쪽으로 3백 리를 가면 청구산이라는 곳이 있다. 이곳의 어떤 짐승은 생김새가 여우 같은데 아홉 개의 꼬리가 있으며, 그 소리는 마치 어린애 같고 사람을 잘 잡아먹는다."
>
> "청구국이 그 북쪽에 있는데 그곳의 여우는 네 개의 발과 아홉 개의 꼬리를 지니고 있다."
>
> "청구국이 있는데 꼬리가 아홉 달린 여우가 산다."

'청구(靑丘)'라는 지명은 오래전부터 중국에서 동방, 곧 우리나라를 가리키는 말로 사용되었다. 중국에서 우리나라에 구미호가 산다고 언급한 실증적인 근거를 찾을 수는 없지만, 예전부터 우리나라와 구미호 사이에 깊은 연결고리가 있었던 것은 분명해 보인다. 그런데 고전소설에서 여우 꼬리의 개수와 여우의 능력은 비례하지 않는다는 점이 특이하다. 고전소설 속 여우들은 꼬리 개수와 상관없이 모두 변신 능력을 가지고, 도술을 잘 부리며, 교묘한 지능까지 지니고 있다. 따라서 꼬리가 한 개인 여우라고 해서 반드시 힘이 약한 것은 아니며, 꼬리가 아홉 개인 여우라고 해서 가장 강력한 힘을 발휘하는 것도 아니다. 그럼에도 굳이 꼬리가 아홉이라고 밝힌 작품의 경우는 분명히 작가의 의도가 숨겨져 있을 것이다.

우리는 숫자 9를 완성과 성취의 의미를 담은 최고의 수로 여기곤 한다. 태권도나 바둑의 최고 단수가 9단인 것이나, 전문 분야가 아니라 하더라도 '주부 9단'이나 '눈치 9단'처럼 어떤 일의 최고수를 9로 표현하는 것이 바로 그 예다. 그런 점에서 여우의 꼬리에도 '9'라는 숫자를 굳이 붙인 까닭은 그만큼 여우의 초월적 능력이 상당하다는 것을 강조하기 위해서라고 할 수 있다. 작품 속에서 꼬리의 개수와 능력의 상관관계를 정확하게 표현하지는 않지만, 작가들에게 아홉 개의 여우 꼬리가 갖는 상징성이 분명 존재했다는 말이다. 우리가 머릿속에 여우 요괴를 떠올릴 때 자연스럽게 구미호를 그리게 되는 것과 마찬가지다. 이런 점에서 꼬리 아홉인 구미호가 인간에게 주는 심리적 위압감과 공포심은 상당히 컸던 것으로 보인다. 고전소설에 '꼬리 아홉 달린 여우'가 유독 많이 등장하는 이유도 이러한 관점에서 이해하면 좋겠다.

3

멧돼지, 무엇이든 마구잡이로 먹어치우다

윤하정삼문취록

요즘 각종 TV 예능 프로그램과 동영상 사이트, SNS 등을 보면 쉽게 접할 수 있는 것이 바로 '먹방'과 음식 먹는 소리를 담은 'ASMR감각 자극으로 심리적 안정·쾌감 등을 유도하는 영상'이다. 연예인이나 인플루언서가 좋아하는 음식을 맛있게 먹는 모습을 찍어서 올리고, 그들이 간 맛집을 공유하는 일은 이제 많은 사람이 호응하는 일이 되었다. 그만큼 인간에게 '먹는 것'이 주는 행복감은 매우 크다. 또

한 식욕은 원초적인 욕구이기에 엄청난 인내력을 발휘하지 않는 한, 쉽사리 절제하기 어렵다.

요괴에게도 식욕은 절제하기 어려운 욕망이다. 〈윤하정삼문취록〉에는 음식에 과도한 집착을 보이며 엄청난 먹성을 자랑하는 멧돼지 요괴가 등장한다. 이 멧돼지 요괴는 결국 먹성으로 인해 비참한 최후를 맞이하는데, 죽음을 부른 그 먹성이 대체 어느 정도인지 살펴보자.

지방 하나를 황무지로 만든 먹성

〈윤하정삼문취록〉(이하, 〈삼문취록〉)은 윤씨, 하씨, 정씨 총 세 가문의 여러 인물들이 복잡하게 얽혀 관계를 맺으며 벌이는 다양한 사건들을 담고 있다. 이 작품에 등장하는 요괴는 '산저山猪'라고 불리는데, 우리가 익히 아는 '멧돼지'로 이해해도 무리가 없다. 이 멧돼지 요괴는 송나라 사천 지역의 뒷산인 낙봉산 봉두혈에 산다. 인간 세계와는 동떨어진 깊숙한 산속에 사는 것이다. 그렇게 잠자코 낙봉산에만 있었더라면 아무런 문제가 없었겠지만, 자꾸만 사천 지역 인가로 내려오면서 사달이 생긴다.

여러 관리가 입을 모아 말하였다.

"본래 저희 사천 지역이 땅이 넓고 오곡백과가 풍성하여 인심이 순박하고, 온 힘을 다하여 정치에 힘써 수도인 장안과 다름이 없었습니다.

그런데 네다섯 해 전에 갑자기 이 요괴가 나타났습니다. 저희 풍속에 7월 7일이면 남녀노소 할 것 없이 낙봉산 아래에 모두 모여 자리를 펴고 '칠석 연회'라는 큰 잔치를 벌입니다. 소고기와 양고기, 좋은 술을 마련하고 풍악을 울리며 노래 부르고 춤추며 산천에 제사를 지내고 하늘에 기도합니다.

그날도 모든 백성들이 즐겁게 놀고 있었는데, 정오경에 갑자기 남북쪽에서 음산한 바람이 일어나고 모래가 날려 백성들이 눈을 뜨지 못했습니다. 그러더니 별안간 공중에서 용도 아니고 범도 아닌 매우 크고 흉악한 요괴가 나타났습니다. 창대같이 뻗은 수염이 달린 주홍색 입을 동해 바다같이 크게 벌리고 달려들더니, 그토록 풍성하게 차려 놓은 제사 음식을 다 먹어치우고, 그릇까지도 삼켜버렸습니다. 백성들은 이 흉악한 요괴를 보자마자 제사 도구 등을 다 버리고 재빨리 도망쳐 나와 목숨을 건졌습니다. 그리고 며칠이 지난 후에 몇몇 사람이 제사 도구를 찾으러 갔는데, 이 흉악한 요괴가 또 갑자기 달려 나와서 사람을 집어삼켰습니다. 나머지 사람들은 사방으로 흩어져 제사 도구를 찾지 못한 채 돌아왔는데, 이미 네다섯의 인명을 잃은 후였습니다.

이때부터 요괴가 사람에 전혀 개의치 않고 대낮에도 내려오곤 하였습니다. 행인뿐만 아니라 농사짓는 백성을 잡아먹고 곡식까지 뜯어먹으니 백성이 농사를 짓지 못했습니다. 그래서 불과 몇 년 사이에 논밭이 모두 황무지가 된 것입니다. 그리고 부모, 자식, 남편, 아내를 이 요괴에게 잃어버리고 길에서 부르짖으며 사무치게 통곡하는 슬픈 울음소리가 가득 차, 그토록 순박하던 인심이 사납게 변하고 오래도록 흉년 든 땅처럼 되어버렸습니다."

사천 지역의 변란을 진정시키는 임무를 받고 중앙에서 파견된 순무어사 정운기는 관리에게 요괴와 관련한 사연을 자세히 묻는다. 관리가 대답한 내용을 정리해 보면 멧돼지는 사천의 연례행사이자 가장 큰 잔치 자리에 처음으로 나타나 제사 음식을 모조리 집어삼켰다. 그리고 이후로 농작물은 물론 인간까지 가리지 않고 닥치는 대로 먹어치웠다. 이러한 멧돼지의 먹성은 약 4~5년간 지속되었고, 그 사이 사천은 황무지가 되어버렸다.

위의 예문에서 특히 인상적인 부분은 멧돼지의 입이 '동해 바다처럼 크다'는 것이다. 덕택에 멧돼지는 매우 많은 음식과 음식을 담은 그릇까지 순식간에 먹어치운다. 이 때문에 사천의 백성들은 대낮에도 밖에 나가지 못하고, 가족을 잃기도 했으며, 농사를 짓지 못해 굶주린다. 급기야는 굶어 죽은 시체가 길에 깔려 행인들이 지나가지 못하는 지경까지 이르게 된다. 요괴 한 마리가 인간에게 끼친 피해가 상당한 큰 것이다.

배를 채우다 백성을 배불리다

결국 멧돼지 요괴로 인해 사천뿐만 아니라 인근의 지역도 폐허가 되고 인적이 아예 끊기게 되자, 사천의 관리는 국왕에게 도움을 요청한다. 사천 내에서 군사를 뽑아 낙봉산 주위를 에워싸고 대포와 불화살, 창과 칼로 멧돼지를 잡으려고 여러 번 시도했지만 번번이 실패했기 때문이다. 오히려 군사들이 다치는 일이 더 많았다. 이런 점에서 멧돼지는 인간의 힘으로는 도저히 잡기 어려운 요괴인 것처럼 느껴진다. 식욕만 강한 것이 아니라 큰 몸집에서 뿜어져 나오는 위력도 무척이나 강력한 것이다.

그런데 정운기는 관리에게 전후사연을 다 듣고는 별일 아니라는 듯이 고개를 끄덕이며 미소를 짓는다. 무슨 복안이라도 있는 것일까? 정운기의 계획은 철두철미하다.

1) 마른 땔나무와 풀로 40~50명의 허수아비를 만들어 사람의 옷을 입힌다.
2) 허수아비 가슴 속에 유황을 바른 염초, 화약, 단검을 넣어 숨긴다.
3) 매우 독한 술에 독약을 많이 섞어 서너 통 준비한다.
4) 음식과 고기를 풍성하게 차린 뒤 독을 푼다.
5) 큰 상에 음식과 술을 올려두고, 상 주위로 허수아비를 둘러 세워 사람들이 잔치를 벌이는 것처럼 꾸민다.

정운기는 위의 과정을 차근차근 진행한 뒤, 여러 관리 및 군사들과 함께 높은 산에 올라가 지켜본다. 과연 거짓으로 꾸민 위험한 잔칫상에 멧돼지 요괴가 속을지가 관건이다.

갑자기 요괴가 벼락같은 소리를 지르고는 음산한 구름과 어두운 안개를 몰고 나타났다. 음식과 술을 보고는 급히 달려들어 여러 그릇의 음식과 술을 눈 깜짝할 사이에 다 먹어치웠다. 본래 이 요괴는 식사량이 어마어마하게 많았다. 이 때문에 음식을 다 먹어도 배가 차지 않아 급히 허수아비에게 달려들어 10여 개의 허수아비를 물어 삼켰다. 그런데 고기와 술에 독이 많이 섞여 있고 허수아비 속에 유황 바른 염초가 많이 들어 있으니, 어찌 잠시라도 견디겠는가? 먹은 것을 토해내려고 하였으나, 허수아비 속에 들어 있던 칼이 목구멍에 가로로 걸려 토하지도 못하였다. 독약이 오장육부에 퍼지고 유황 바른 염초와 화약에서 불꽃이 일어나 배 속을 태우니 어찌 견디겠는가? 두어 마디 벼락같은 소리를 지르고 마구 날뛰며 어찌할 줄 몰라 눈이 빨개지고 이를 가는 소리가 그치지 않았다. 그러기를 한참 하다가 결국은 쓰러졌다.

모든 사람들이 내려와서 살펴보니 그 요괴의 크기가 무궁하였다. 몸통 넓이는 수십 아름이나 되었고, 등 위에는 늙은 소나무 수십 그루가 돋아 있었다. 귓바퀴는 농기구인 키와 같았고, 돌기둥 같은 두 어금니는 수정으로 만든 것처럼 영특하였다. 보는 사람마다 모두 놀라고, 정운기의 신기한 계책으로 큰 피해를 없애게 된 것을 경사스럽게 여겼다.

이 요괴가 산속에 엎드려 수도하는 멧돼지의 무리가 아니라면 어찌 이처럼 장대하겠는가? 흉악한 요괴가 네 개의 발굽을 허우적거리며 아직 죽지 않고는, 피를 한가득 흘린 채 금방울 같은 눈을 떴다 감았

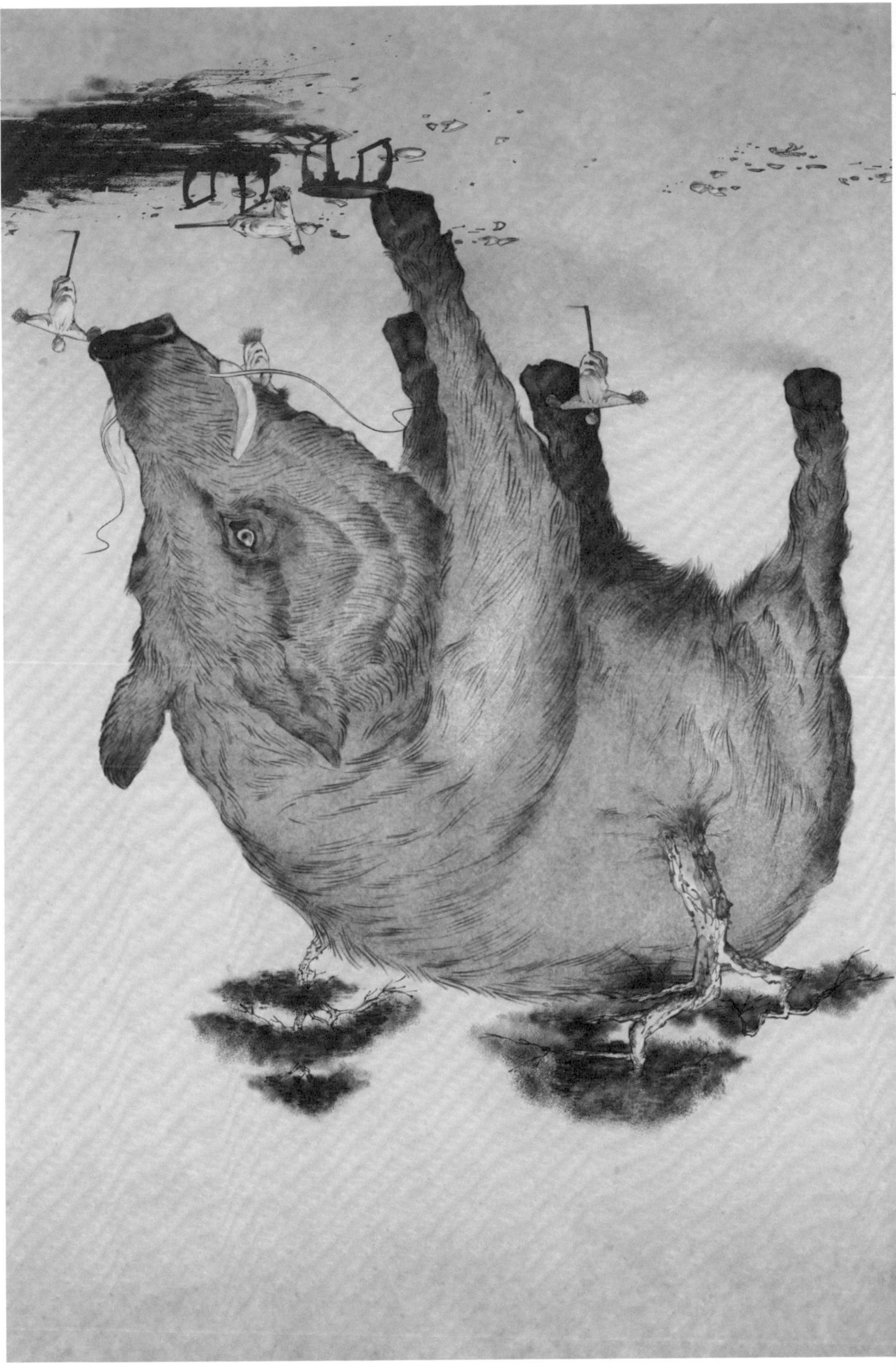

> 다 하였다. 이 모습에 모든 관리가 놀라 선뜻 나서서 목을 베지 못하였다. 정운기가 관리들이 겁내는 것을 보고는 팔을 걷어붙이고 긴 칼을 잡아 머리를 베었다. 그 살가죽이 매우 질겨서 겨우겨우 목을 베어내니, 독한 피가 물살같이 콸콸 쏟아져 내렸다. 그 피가 열 개의 항아리 정도에 찰 정도였다.

멧돼지는 자기가 죽을 자리인지도 모르고 마구잡이로 음식과 허수아비를 먹어치운다. 멧돼지가 결코 식욕을 억제하지 못할 것이라는 정운기의 예상이 꼭 들어맞은 것이다. 이후 정운기는 멧돼지의 머리를 깃대에 달아 높은 곳에 매달아 둔다. 그리고 몸통은 백성들에게 준다. 원수를 갚을 기회를 주기 위해서이다. 그러자 사천 지역과 근처 지역의 수만 명에 달하는 백성들이 모여들어 칼로 멧돼지의 살점을 베어낸 뒤 가마솥에 끓인다. 멧돼지의 고기 기름이 둥둥 떠 엉겼는데, 그 양이 큰 항아리로 세 개나 되었다. 닥치는 대로 먹어치운 만큼 지방이 많이 쌓였던 모양이다. 이 기름은 무려 4만여 가구가 조금씩 나눠 가져다 요리 재료로 쓴다.

사실상 멧돼지는 타고난 식사량이 많고 워낙 식욕이 강하기 때문에 상황 판단을 하거나 앞뒤를 잴 겨를이 없었다. 영악하고 교묘하게 머리를 굴리는 지능형 요괴 부류와는 다른 것이다. 그저 왕성한 식욕을 자랑하는, 야생 짐승으로서의 멧돼지와 비슷한 듯하다.

물론 〈삼문취록〉 속 멧돼지의 생김새는 일반적으로 우리가 아는 멧돼지와는 다르다. 그리고 구름과 안개, 바람을 마음대로 몰고 다닐 수 있는 신이한 능력도 갖고 있다. 그러나 작품에서 멧돼지는 지능이 매우 낮고 원초적 욕구가 특히 발달한 요괴로 설정된다. 그렇기에 인간으로 변신을 하거나, 술책으로 인간을 속이는 일을 하지 않는다. 힘이 세고 많이 먹는 요괴일 뿐인 것이다.

꿈에 등장해 복수를 예고하다

한편, 〈삼문취록〉의 멧돼지는 연작에서 전편인 〈명주보월빙〉에 등장한 김탁이라는 악인이 요괴로 환생한 것이다. 〈명주보월빙〉에서 김탁은 정운기의 아버지를 모함해 사형당한 인물이다. 그런데 후속작인 〈삼문취록〉에서 멧돼지 요괴로 환생해 무고한 사람을 다시 괴롭힌다. 그 악행이 후속작까지 이어진 것인데, 인간이 요괴로 환생할 수 있다는 상상력이 매우 참신하다. 그렇다면 〈삼문취록〉에서 정운기의 칼에 죽은 멧돼지가 또다시 환생할 가능성은 없을까?

> 이날 밤에 정운기가 관아에서 잠을 자면서 한 꿈을 꾸었다. 꿈에서 갑자기 비바람이 일어나면서 머리를 베인 요괴가 나타났다. 그 요괴가 앞에 와서는 크게 소리 지르며 말하였다.
> "내가 원래 너희 부자와 원수진 일이 없는데 너희 부자는 전후에 두 번이나 나를 죽게 하였으니, 어찌 작은 원수겠느냐? 그런데 하늘이 너희 부자에게 두터운 복을 내려주셨고, 나는 원혼이 되어 사적인 원한을 갚지 못한다. 가슴속에 맺힌 원한을 송나라에 갚을 길이 없구

나! 그러나 내가 이제 멀리 변방에 들어가 다시 사람으로 태어나서 송나라를 내 손바닥 안에 놓고 희롱할 것이다. 그리고 반드시 너희 후손을 대대로 노비가 되게 하여 내 신하로 삼겠다. 아직 그날이 멀었으니 너희 부자는 나의 복수를 알지 못할 테지? 내가 애달픔을 이기지 못하여 한바탕 헛된 꿈을 빌려 찾아온 것이다."

정운기가 크게 화가 나서 허리의 칼을 빼 다시 요괴를 베려고 하자, 그 요괴가 급히 몸을 돌려 나갔다. 이때 어렴풋이 살펴보니 요괴의 이마에는 "역탁(역적 김탁)", 가슴에는 "호금(오랑캐 금나라)" 두 글자가 각각 분명하게 새겨져 있었다.

정운기가 놀라 움직이다가 꿈에서 깨니 꿈속의 일이 또렷하였다. 밝은 지혜로 헤아려보았더니, 역적 김탁이 산중의 흉악한 요괴로 다시 태어나 해를 끼쳤음을 분명하게 알 수 있었다. 그러고는 훗날 송나라가 오랑캐에게 시달리지 않을까 하여 매우 분하게 여겼다. 하지만 천기를 미리 누설할 수 없고, 군자가 헛된 꿈을 이야기해서는 안 됐다. 이에 집에 돌아가서도 아버지와 형에게 말하지 않았다. 그러면서도 죽을 때까지 혼자 염려하였다.

정운기는 멧돼지 요괴를 죽인 날 밤에 이상한 꿈을 꾼다. 멧돼지가 다시 인간으로 태어나 반드시 복수하겠다고 예고하는 꿈이다. 특히나 멧돼지는 변방인 금나라로 가서 오랑캐로 환생할 것이라 밝힌다. 정운기는 애써 헛된 꿈이라고 치부하지만, 죽을 때까지 멧돼지가 꿈에 한 말을 마음에 담아둔다. 자기 후손이 화를 입을까 걱정해서가 아니라, 송나라가 금나라에 의해 피해를 입을까 염려되었기 때문이다. 실제로 멧돼지가 오랑캐로 환생했는지는 알 수 없다. 〈삼문취록〉의 후속편인 〈엄씨효문청행록〉에 멧돼지의 환생 이야기가 전혀 등장하지 않기 때문이다. 그럼에도 〈삼문취록〉의 멧돼지가 죽은 뒤에도 주인공의 뇌리에 박혀 평생을 괴롭혔다는 결말은 요괴의 원한이 얼마나 큰지를 다시금 생각하게 한다.

의외로 보기 드문 먹보 요괴

〈삼문취록〉의 멧돼지처럼 본체가 돼지인 요괴는 다른 작품에도 나온다. 〈금방울전〉, 〈이수문전〉, 〈최고운전〉에는 금돼지가 등장하고, 〈김윤전〉, 〈명주보월빙〉, 〈조씨삼대록〉에는 멧돼지가 등장한다. 그런데 이들 여섯 작품의 돼지 요괴는 〈삼문취록〉의 멧돼지처럼 잡식성이 아니다. 대부분 무언가 먹는 모습은 나오지 않고, 여인 납치나 인간을 괴롭히는 다른 악행을 벌이는 데 집중한다. 예외적으로 〈김윤전〉의 멧돼지가 머리 다섯 달린 귀신으로 변신해 행인을 잡아먹기는 하지만, 〈삼문취록〉의 멧돼지처럼 인간의 음식까지 가리지 않고 먹지는 않는다. 한편 돼지 이외의 다른 요괴에게도 잡식성은 나타나지 않는다. 가장 흔하고 많을 것 같은 먹성 좋은 요괴가 〈삼문취록〉 단 한 작품에만 나오는 것이다.

흔히 요괴라면 당연히 인간의 장기나 혈육, 정기를 먹는다고만 생각하기 쉽다. 물론 요괴가 가장 많이 먹는 것은 인간이다. 그렇기에 요괴는 인간과 끊임없이 갈등한다. 그러나 모든 요괴가 인간만을 먹는 것은 아니다. 대부분의 고전소설에서 요괴의 주식이 무엇인지는 정확히 나타나지 않는다. 심지어 요괴가 완벽한 인간의 모습으로 변신한 경우에도 진짜 인간과 함께 어울려 인간의 음식을 먹는 모습은 나타나지 않는다. 인간과는 다른 방외자인 요괴가 무얼 먹는지까지는 관심 갖지 않았던 모양이다.

다만 몇몇 작품에서 인간에게 제사 음식을 풍성히 차리도록 요구하는 요괴를 발견할 수 있다. 〈보은기우록〉의 백룡, 〈삼강명행록〉의 교룡, 〈명주보월빙〉의 야차 등은 제사 음식을 바치지 않으면 괴롭히겠다고 백성들을 위협한다. 그런데 막상 제사 음식을 먹는 모습은 직접 드러나지 않는다. 배를 채우는 데 목적이 있었던 것이 아니라, 인간들이 제사 음식을 차려 제를 올리고 공경하는 대접을 받고 싶었던 듯하다. 식욕보다 존중의 욕구를 더 중시한 요괴인 것이다. 그러한 다른 요괴들과 비교해 봤을 때, 〈삼문취록〉의 멧돼지는 그야말로 식욕의 화신이라는 점에서 인상적이다.

〈윤하정삼문취록〉은 윤씨, 하씨, 정씨 세 가문 속 인물들의 혼인과 갈등, 시련과 극복 과정 등을 복잡하게 엮은 작품이다. 이 책에서는 한국학중앙연구원 소장 한글 필사본(105권 105책, 15·33·39권 없음)을 대본으로 삼았다. 번역본으로는 《현대어본 윤하정삼문취록》 1~7권(최길용 역주, 학고방, 2016)이 있다. 이 작품은 〈명주보월빙〉의 후속편이며, 〈엄씨효문청행록〉의 전편이다.

요괴는 불사신!?

앞서 〈삼문취록〉의 멧돼지 요괴가 인간으로 환생하겠다고 직접 말하는 부분을 살펴보았다. 주인공 정운기는 요괴가 꿈속에 나타나 한 말이니 믿지 않으려 노력하지만, 마음속으로는 단순한 거짓말로 여기지 않고 근심한다. 뒤 내용이나 후속편에서 멧돼지가 인간으로 환생했다는 내용이 나타나지 않아, 멧돼지의 말이 진실이었는지 증명할 수 없다. 대신 〈명주보월빙〉의 여우 요괴인 신묘랑이 죽은 뒤에 후속편인 〈삼문취록〉에서 희대의 악녀 여수정으로 환생하는 내용이 발견된다. 요괴가 죽은 후에 정말 인간으로 환생할 수 있다고 소설 속에서 증명된 셈이다. 또한 이 점은 요괴는 영원히 죽지 않는 존재인지 의문을 품게 한다. 과연 요괴는 쉽게 죽지 않는 불사신(不死身)인 걸까?

현재 수집한 요괴 등장 고전소설 76편 중, 요괴의 부활을 직접적으로 예고하는 작품은 〈삼문취록〉외에 〈손천사영이록〉(이하,〈영이록〉)이 더 있다. 그런데 〈영이록〉에서의 부활 예고는 〈삼문취록〉과는 사뭇 다르다. 〈영이록〉에는 업룡이라는 용 요괴가 등장하는데 주인공 손기에게 퇴치된다. 손기는 장난이라는 도사를 시켜 칠성검으로 업룡의 목을 베게 하는데, 장난이 중요한 순간에 실수를 하는 바람에 업룡의 목을 완벽하게 베지 못한다. 결국 업룡은 중상을 입은 채 동북쪽으로 달아나고 만다.

> 손기가 말하였다.
> "오늘 업룡을 퇴치하고 황제 폐하의 병이 나으셨으니, 진실로 우리 송나라 종묘사직의 큰 복을 힘입은 결과입니다. 그런데 장난의 검술이 능숙하지 못하여 업룡의 머리를 베지 못하였으니 업룡이 백 년 뒤에 동북쪽에서 다시 일어날 것입니다. 다만

이 점이 애달픕니다."

그러고는 매우 탄식하였다.

손기는 도망친 업룡이 백 년 뒤 다시 나타날 것을 걱정한다. 중상을 입은 업룡이 백 년 뒤까지 살아 부활하는 일은 불가능할 듯하지만, 요괴라면 가능할지도 모른다. 손기는 신선의 경지에 올라 앞날을 내다보는 인물이니 그 말을 더욱 신뢰할 만하다. 물론 손기가 있는 한 송나라는 업룡의 위협에서 안전하다. 작품에서도 앞으로 백 년 동안은 업룡이 나타나지 않는다. 그럼에도 요괴가 부활할 여지를 노골적으로 보여주고 있다는 점이 주목할 만하다.

이처럼 〈영이록〉은 퇴치자인 주인공의 입으로 요괴의 부활이 예고된다. 〈삼문취록〉에서 퇴치된 요괴가 자기 입으로 부활할 것이라 예고한 것과는 조금 차이가 있지만 두 작품 모두에서 요괴를 완전히 죽여 없애기 어렵다는 생각이 엿보인다.

사실상 요괴는 인간이 능가할 수 없을 정도의 초월적인 힘을 지닌 존재다. 보통 사람의 힘으로는 완전히 퇴치할 수 없다. 때문에 고전소설 속에서 요괴를 퇴치하는 인간 역시 그리 평범하지는 않다. 태어날 때부터 신성한 능력을 지니거나 무예가 매우 출중하다. 그렇기에 대부분은 인간이 요괴를 모두 죽여 없애는 것으로 결말이 난다.

그러나 고전소설을 창작하는 작가는 작품 속 주인공들과는 다른 평범한 인간이다. 요괴를 만났을 때 그를 물리칠 만한 물리적인 힘이 없다. 그래서 강하기 그지없는 요괴에게 경외심을 품고, 과연 그러한 요괴를 죽여 없애는 일이 가능한지 의구심을 가졌을 법하다. 요괴를 죽여 없애더라도 다시 환생할지 모른다는 이러한 내용이 나타난 것은 그 때문이다.

그렇다고 모든 작품에서 요괴가 불사의 몸으로 등장한다면 수많은 소설 독자들이 혼란에 빠질 것이다. 인간이 악한 존재를 상대로 반드시 승리해야 하는 고전소설의 문법과도 어긋난다. 이러한 이유로 대부분의 작품에서 요괴는 인간이 철저하게 죽여 없앨 수 있는 존재로 나타나는 것이 아닐까?

4

올출비채, 인육으로 음식을 만들다

삼강명행록

인간이 요괴를 두려워했던 가장 큰 이유는 요괴가 인간을 죽일 수 있다고 믿었기 때문이다. 또한 요괴가 단순히 인간의 목숨을 끊는 데 그치지 않고 인육을 먹는다고 상상한 점은 그만큼 요괴에 대한 공포심이 컸음을 보여준다. 고전소설에서 요괴의 식인은 총 세 가지 형태로 나타난다. 인간의 정기를 흡입해 죽이는 경우, 인간의 피를 빨아 죽이는 경우, 인육을 뜯어 먹어 죽이는 경우다. 이 중에서 인간의 정기와 피를 먹는 요괴는 우리에게 익숙한 편이다. 여러 여우 이야기를 통해 접해왔기 때문이다. 그래서 여기에서는 인육을 먹는 요괴에 대해 이야기하려고 한다.

〈삼강명행록〉에는 인육을 먹는 '올출비채'라는 요괴가 등장한다. 올출비채는 독특하게도 인간의 살가죽을 먹는 데 그치지 않고, 인육으로 음식을 만들고 그것을 다시 인간에게 팔기까지 한다. 보통 고전소설에서는 요괴가 인간을 죽인 후에 시체나 인육을 처리하는 방법을 자세하게 묘사하지 않는다. 인간 중심적인 사고를 바탕으로 하는 고전소설에서 인간의 시체 훼손을 그리는 것을 꺼렸기 때문이다. 그런데 올출비채는 인육을 서슴없이 먹고 활용하는 매우 끔찍하고도 잔인한 요괴로 등장한다. 또한 남성들을 무자비하게 휘어잡고 호령하는, 세상에 다시없을 여장부로 나타난다.

정체불명의 여장부 요괴

〈삼강명행록〉은 명나라 시절에 정흡과 사씨 부인 부부, 이들의 아들 정철이 각각 헤어져 떠돌아다니는 과정을 보여준다. 이 작품에서 핵심 주인공을 굳이 두 명만 꼽자면, 사씨와 그의 아들 정철이라 할 수 있다. 두 사람은 연왕(후에 영락제)이 건문 황제의 황위를 빼앗아 황제가 되는 사건을 계기로 헤어져 서로를 찾기 위해 낯선 곳을 돌아다닌다. 그리고 그 과정에서 각각 서로 다른 요괴들을 맞닥뜨린다. 이 중에서도 사씨가 만난 요괴인 올출비채는 〈삼강명행록〉에 등장하는 7종의 요괴 중 가장 강력한 힘을 발휘하는 요괴다. 또한 다른 고전소설의 요괴와 비교해 봤을 때, 가장 개성 넘치고 독보적인 캐릭터라 할 수 있다.

올출비채는 흑거란의 명장 올출탑목아의 딸이다. 흑거란은 역사상 중국에 실재했던 나라인 서요西遼, 1132~1211의 별칭이니, 올출비채는 거란족으로 추정된다. "오랑캐의 종류"라고 지칭되는 것을 보아도 그렇다.

그런데 올출비채는 외양과 신체적 특징이 인간과는 전혀 공통점이 없다. 또 '올출이 성이고 비채가 이름이라는 것, 여성이라는 것' 정도만 알 수 있을 뿐, 그 정체가 구체적으로 무엇인지는 알기 어렵다. 다만, 부모가 지어준 별명이 '날아다니는 야차夜叉'고 남편이 지어준 별명이 '소축융小祝融'이라는 점에서 불교의 호법신 중 하나인 야차나, 중국 고대 전설 속 불의 신인 축융을 모델로 했을 가능성이 있다. 그러나 야차와 축융과도 외적인 모습이 완벽히 일치하지는 않아 더욱 호기심을 갖게 한다.

이렇듯 정체불명의 요괴인 올출비채는 어려서부터 무예를 익혀 나라 안에 대적할 사람이 없었다. 아버지의 명을 받아 파라국과 전쟁했는데, 실수로 물속에 빠져 이틀 동안이나 둥둥 떠다니게 되었다. 그럼에도 세찬 기운으로 숨을 크게 들이마셔 물을 많이 삼키지 않았고, 끝내 죽지 않았다. 그리고 우연히 황하수에서 활염나를 만나 결혼했다. 활염나의 정체는 음마천에 사는 물고기인데, 인간으로 변신해 사는 요괴다.

이들 무리는 객점을 운영하는 것처럼 속여 행인을 맞아 온 후, 바짝 마른 행인은 죽여 인육을 요리해 나눠 먹었다. 그리고 살집이 있는 행인을 맞아 오면 인육으로 만두도 만들고 소고기에도 섞어 내다 팔았다. 그리고 행인들의 짐과 여행 노자도 나눠 가졌다. 이날도 오랫동안 굶주리던 차에 사씨 일행을 만나니, 굶주린 호랑이가 양떼를 만난 것과 같았다.

결혼 후 등주의 음마지에서 살게 된 올출비채는 나그네가 묵어가는 객점을 운영하는 것처럼 속여 행인들을 끌어들였다. 그런데 본인이 직접 나서지 않고, 남편인 활염나와 그의 두 동생 소태세와 소금강을 시켰다. 세 남자가 행인들을 데려오면 올출비채가 죽이는 조직적인 시스템인 것이다. 급기야 올출비채는 죽인 행인들의 인육으로 요리를 만들어 먹기도 하고 그 요리를 다시 인간들에게 내다 팔기까지 한다.

'판두면'과 '혼돈떡'

살인과 식인을 서슴없이 하던 올출비채는 행인이 없어 며칠 굶주린다. 그러다 우연히 사씨 일행을 만나 유인하는 데 성공한다.

안에서 한 여자가 나왔는데, 모습이 매우 흉측하였다. 푸른 저고리 사이로 붉은 살이 드러났고, 누런색 머리는 불이 붙은 것과 같았다.

두 귀 밑에 드문드문 난 귀밑머리는 송곳과 같았고, 매섭게 뻗은 눈썹에서는 살기가 느껴졌다. 머리에는 누런색 금비녀를 꽂고, 험악하게 생긴 귀 한쪽에는 붉은 꽃을 꽂고 있었다. 허리는 기둥처럼 두꺼웠고 팔은 방망이같이 튼실하였다. 얼굴도 붉은색인데 하얀 분을 두껍게 발라 가렸고, 두 뺨에는 연지를 살짝 찍었다. 눈동자에서는 흉한 빛이 드러나고 살기가 등등하여 소태세, 소금강에게는 비기지 못할 정도로 무서웠다. 그 여자가 붉은 깁 치마의 한쪽을 걷어 올리고는 웃으며 말하였다.

"도련님들이 오늘은 무슨 수로 귀한 손님을 많이 맞아 오셨는지요?"

올출비채가 사씨 일행을 맞아들이며 대단히 기뻐하는 장면이다. 올출비채가 처음으로 등장하는 장면이기도 한데, 그 등장이 매우 강렬하다. 머리끝부터 발끝까지의 외양과 옷차림새가 재미있고 흥미롭게 묘사되고 있다. 특히 붉은 피부를 숨기기 위해 얼굴에 두꺼운 화장에 볼 터치까지 했지만 오히려 더 흉측해 보이는 것이 인상적이다.

올출비채가 사씨를 누이고 가슴을 누르고 앉아서는 철퇴 같은 주먹을 사씨의 얼굴에 가져다 대며 말하였다.

"네가 판두면을 먹고자 하느냐? 혼돈떡을 먹고자 하느냐? 내가 네 소원대로 해주겠다."

사씨가 물었다.

"그것이 무슨 말이냐?"

올출비채가 크게 웃고는 말하였다.

"네가 도사의 복장으로 천지 사방을 떠돌아다니면서 세상의 이런 좋은 문자를 모르느냐? 우리 집 세 남자는 형제간으로, 참으로 착한 사내들이다. 평생토록 낚시를 생업으로 삼았는데, 이것으로는 옷과 밥이 풍족하지 못하였다. 그래서 내가 첫째 도련님 소태세에게 건너편 큰 도로변에 객점을 짓게 하였고, 내 남편 활염나에게는 갈대숲에 배를 매어두고는 행인들을 유인하여 데려오도록 시켰다. 이렇게 두 사람이 서로 합심하여 행인들을 데려오면 내가 여행 짐을 빼앗고 판두면과 혼돈떡이라는 호칭을 만들어 죽였다. 그런데 네 얼굴이 유독 맑고 고와, 내가 죽일 방법을 마음대로 정하지 못하여 네 의견을 물은 것이다. 판두면은 넓은 칼로 쳐서 죽이는 것이요, 혼돈떡은 스스로 짐을 바치고 물에 빠져 죽는 것이다. 네가 만일 살쪘다면 판두면이 적당할 텐데, 여위고 피부가 부드러워 소고기에 섞어 팔기 어렵다. 쓴다면 만두소로나 쓸 수 있겠다. 네 태도가 아름다워 내 마음이 녹는 듯하니 혼돈떡을 허락하노라!"

올출비채는 사씨를 위협하며 죽는 방법을 직접 선택하라고 다그치며, 행인들을 조직적으로 유혹해 죽여왔음을 자기 입으로 고백한다. 본래 활염나, 소태세, 소금강 삼 형제는 물고기 요괴이기는 하지만 인간으로 변신해 별다른 악행을 벌이지 않았다. 음마천에서 직접 낚시한 물고기를 팔아서 먹고 살며 장사꾼 행세를 하는 정도

였다. 올출비채와 결혼하기 이전까지는 인간들을 해치지 않는 착한 요괴였던 것이다.

그런데 우연히 올출비채를 만나며 그들의 상황이 달라진다. 올출비채는 삼 형제의 생선 장사 정도로는 배를 채울 수 없었으며, 늘 굶주렸다. 이에 인간을 유혹할 계획을 주도면밀하게 세워 삼 형제를 진두지휘했다. 직접 나서지 않고 집안에 들어앉아 있기는 했으나, 실상은 대장이자 가장 노릇을 한 것이다. 이로 인해 삼 형제도 악한 일에 가담하게 된다. 하지만 이들이 올출비채가 시키는 대로 순순히 복종한 이유는 가족으로서 사랑하거나 존중해서가 아니다. 단순히 올출비채의 위력이 무서워서다. 작품에서 삼 형제는 올출비채를 몹시 두려워하고 절대로 대적하려 하지 않는다. 무력으로는 이길 수 없어서다. 그만큼 올출비채는 힘이 무척 세고 강력한 요괴로 나타난다.

여기서 또 한 가지 주목할 점은 올출비채가 인간을 죽이는 두 가지 특이한 방법을 만들고, 그 방법마다 독특한 이름을 붙였다는 것이다. 두 가지 살인 방법의 이름은 바로 '판두면'과 '혼돈떡'이다. 판두면은 중식도와 같은 넓은 칼로 쳐서 죽인 후 만든 면 요리이고, 혼돈떡은 물에 빠뜨려 살이 퉁퉁 불으면 그 살로 중국 음식 훈툰馄饨과 같이 만든 물만두 요리이다. 매우 기상천외한 살인법이며, 명칭 또한 독특하고 재미있다.

남편을 매질하고 소맷자락에 담기다

물론 주인공인 사씨는 판두면과 혼돈떡 중 그 어느 방법으로도 요리되지 않는다. 수하에 있는 여도사 현원이 구출하기 때문이다. 현원은 구리 철퇴를, 올출비채는 칼을 들고 치열하게 싸우는데, 현원의 철퇴에 올출비채의 칼이 부러진다. 그러자 올출비채는 철퇴를 피하며 맨주먹으로 탁월한 실력을 뽐낸다. 이때 현원은 올출비채에게 힘으로는 이기지 못한다고 판단하고, 진언眞言을 외우는 도술을 쓴다. 올출비채는 잠시 몸이 얼어붙는 정신법停身法에 걸려드는데, 이 틈을 타서 사씨 일행은 겨우 탈출한다.

본래 현원의 정신법은 3일이 지나야 풀리는데 올출비채는 반나절 만에 풀어버린다. 뻣뻣하게 굳어 있다가 현원을 피하기 위해 자신을 버리고 도망쳤던 삼 형제가 집으로 돌아오자, 화를 이기지 못해 마구 날뛴 까닭이다. 도력이 높은 도사의 도술을 무색하게 만드는 엄청난 괴력이라 할 수 있다. 이뿐만이 아니다. 올출비채는 곧바로 마구간의 기둥 하나를 뽑아 남편 활염나를 때린다.

> 올출비채가 마구간의 기둥 하나를 빼서는 활염나에게 손짓하며 빨리 오라고 하였다. 활염나는 오랫동안 부인에게 큰 매를 맞지 않았다. 그저 도망친 사씨 일행을 따라가자는 줄 알고 바삐 나아갔다. 그러자 올출비채가 기둥을 둘러메고는 온 힘을 다하여 매우 세게 치면서 말하였다.

"이 아무짝에도 쓸데없는 짐승 놈아! 네가 어제 저녁 무렵에 달아나서 물속으로 피하지만 않았어도 그 많은 보화를 어찌 잃었겠느냐? 내가 북쪽 지방에서 자라서 좋은 말을 볼 줄 아는데, 그 행인의 말 두 필이 다 천만금 이상 되는 것이었다!"

활염나가 한 마디 비명을 지르고는 마당에 쓰러지자, 소태세와 소금강이 두려워 벌벌 떨었다. 올출비채가 두 눈을 부릅뜨며 말하였다.

"너희들은 빨리 도망친 일행을 쫓아가라!"

소태세와 소금강이 올출비채의 화난 모습을 보고는 크게 겁을 집어먹고, 음마천 일대를 두루 돌아다니며 사씨 일행을 찾았다.

며칠 뒤 올출비채가 방에서 나오며 말하였다.

"이 짐승 놈아! 네 뼈가 이리 연약한 줄 내가 어찌 알았겠느냐? 내가 잘못을 뉘우치고 있으니, 몸조리 잘하여 빨리 일어나라."

이는 활염나가 그날 올출비채에게 큰 매를 맞아 머리가 깨지고 다리뼈가 부어 지금까지 누워 일어나지 못했기 때문에 하는 말이었다.

올출비채가 무거운 기둥뿌리를 쉽게 뽑아 그것으로 남편을 때려, 남편의 머리를 깨뜨리고 다리뼈에 금이 가게 했다는 대목이다. 올출비채의 힘은 어느 누구도 당해내기 어려운 것처럼 보인다.

하지만 현원의 눈에 띈 이상 횡포가 오래가지 못한다. 탈출한 현원은 올출비채를 사로잡을 계략을 짠다. 먼저 소태세와 소금강 형제에게 다시 손님인 척 접근하고는 도술로 사로잡아 왼쪽 소매 속에 집어넣는다. 그러고는 올출비채의 집으로 가서 올출비채와 활염나 부부도 도술로 오른쪽 소매 속에 집어넣는다. 이때 현원이 어떤 도술을 부렸는지 구체적으로 나오지는 않는다. 다만, 하늘과 땅을 소매 속에 넣는 조화를 알기에 거룩한 신통을 부렸다고만 나온다.

그렇게 올출비채와 삼 형제는 현원에게 손쉽게 사로잡혀 등주의 사또인 마사영에게 넘겨진다. 그러자 마사영은 이들의 죄를 조사해 올출비채에게는 목을 베어 죽이는 참수형을, 삼 형제에게는 뺨에 글씨를 새겨 감옥을 관리하는 하급 관리로 삼는 형벌을 내린다. 올출비채가 인간을 죽이는 일을 주도했고, 삼 형제는 단순히 조종당했다는 점을 참작해 올출비채만 죽인 것이다.

무소불위의 여성 가장

올출비채는 현원을 한 차례 이길 정도의 엄청난 괴력을 지니고 있었지만 그 능력을 좋은 곳에 쓰지 못했다. 단순히 주린 배를 인육으로 채우는 데 급급했고, 이로 인해 결국 죽음에 이른다. 올출비채가 식욕을 채울 다른 방법은 얼마든지 있었다. 생선 장사를 한 삼 형제처럼 건전한 방법으로 정당하게 돈을 벌어 음식을 사 먹듯이 말이다. 그럼에도 올출비채는 식인의 방법을 택한다. 즉각적으로 배를 채울 수 있고 자기에게 쉽고 편한 방법이 더 좋았기 때문이다. 요괴 본성이 적나라하게 드러나는 부분이다. 〈삼강명행록〉의 작가는 올출비채가 죽는 대목에서 "자기 스스로 판두면을 먹었다"라고 풍자한다. 실제로 올출비채는 목이 잘려 죽었으므로 판두면의 방법으로 죽지 않았다. 그러나 두 가지 살인법을 만들고 자랑하며 호기를 부리던 올출비채가 식욕 때문에 죽음을 자초한 것을 비꼬는 데 적당한 말이 아닐 수 없다.

한편으로 올출비채는 고전소설에 등장하는 여성 요괴들과 비교해 볼 수 있다. 인간 여성으로 변신하는 요괴들을 살펴보면 양반집의 처녀나 유부녀로 변신하는 경우가 가장 많다. 그렇기에 남성에게 인생이 좌지우지되는 인간 여성의 모습을 흉내 내며 살아간다. 어찌 보면 틀에 박힌 여성 캐릭터인 것이다. 이와 비교해 볼 때, 올출비채는 참으로 신선하면서도 독보적이라 할 수 있다. 남편을 때려눕히는 것도 모자라 지극히 어려워해야 했을 관계인 도련님들에게까지 호통을 치며 꾸짖으니, 그야말로 무소불위의 여성 가장이다. 물론 올출비채와 같은 참신한 캐릭터는 '인간'이라는 제약이 없었기에 가능했겠지만 말이다.

〈삼강명행록〉은 중국 명나라의 실제 역사적 사건을 바탕으로, 정씨 가문의 주요 인물인 정흡, 사씨, 정철의 여정을 보여준다. 작품의 제목은 '유교의 세 가지 강령인 충·효·열이라는 밝은 행실에 대해 적은 기록'이라는 뜻이다. 이 책에서는 국립중앙도서관 소장 한글 필사본(31권 31책)을 대본으로 삼았다. 원문은 《한국고전소설총서》 7~13권(김기동 편저, 태학사, 1983)에서 확인할 수 있다. 또 국립중앙도서관 홈페이지에서도 '삼강명행녹'이라는 표제로 올라온 원문을 무료로 열람할 수 있다. 31권 마지막 부분에 몇 장이 떨어져 나갔으나 앞에 서술된 내용들을 통해 결말을 예측할 수 있다.

요괴의 능력은 어디까지일까?

앞서 올출비채가 장정 셋이 감당하지 못할 정도의 힘을 발휘하는 여성 요괴라는 것을 살펴보았다. 그렇다면 대체 요괴의 능력은 어디까지일까? 요괴의 능력엔 한계가 없는 걸까?

요괴의 가장 특출한 능력은 아무래도 '요술을 부릴 수 있다'는 점이다. 여기서의 요술은 인간의 바른 도술인 정술(正術)과는 반대되는 개념으로, 사악한 도술인 사술(邪術)이다. 요술은 악한 곳에 쓰인다는 점에서 부정적이다. 그렇지만 요괴의 요술은 무궁무진한 악행을 벌일 수 있는 원동력이라는 점에서 요괴의 독보적인 능력임에 분명하다. 요술의 형태는 매우 다양한데, 크게 12가지로 나눠 살필 수 있다.

1) 요괴는 변신할 수 있다. 호랑이·표범·승냥이·이리·곰·노루·토끼·여우·삵·개·새 등으로 변신이 가능하다. 그리고 인간으로도 변신할 수 있다. 또한 사물을 변화시키는 능력도 있어 황량한 땅을 순식간에 아름다운 장소로 꾸미기도 한다.

2) 운동신경이 뛰어나다. 요괴는 물리적 힘이 강하기 때문에 무예 실력을 타고나는 경우가 많다. 물론 올출비채처럼 수련을 거치기도 하지만, 그러한 경우에도 보통 사람이 습득하는 속도보다 훨씬 빠르게 배운다.

3) 날아다닐 수 있다. 태생적으로 날개 없이 날 수 있기도 하고 날개 달린 짐승으로 변신해 날기도 하는데, 인간과 달리 순식간에 공간 이동이 가능하다는 것이 하나의 특기다.

4) 분신을 만들어낼 수 있다. 자신과 똑같은 존재를 여럿 만

들어서 인간에게 혼동을 주는 것이다. 이러한 분신술은 전쟁터에서 많이 활용된다.

5) 천둥 · 번개 · 바람 · 안개 · 파도 등을 마음대로 다스릴 수 있다. 그리고 요괴는 이러한 능력을 인간과 전쟁을 할 때 주로 활용한다.

6) 인간의 눈에 보이지 않는 독 기운을 내뿜어 전염병을 퍼뜨릴 수 있다. 현대로 치자면 바이러스를 유포하는 능력이 있는 것이다.

7) 인간에게 해로운 마약을 만들고 그것을 취급할 수 있다. 요괴의 마약은 중독성이 매우 강한데, 요괴뿐만 아니라 악인들이 애용한다.

8) 인간에게 빙의해 인간을 마음대로 조종할 수 있다. 인간은 보통 죽은 사람의 영혼이 몸속에 들어왔을 때에야 빙의되는데, 요괴는 살아 있는 상태에서도 마음대로 빙의가 가능하다.

9) 언변이 뛰어나다. 특히 해박한 언변가로 느껴질 정도로 유려한 언술을 뽐내는데, 이때 관련 지식은 학문을 수학해 얻은 것이 아니라 타고난 요술에 의한 것이다.

10) 인간의 앞날을 내다보는 능력이 있다. 마치 신내림을 받은 무당처럼 미래사를 꿰뚫기 때문에 인간 운수와 관계된 행운 · 불행 · 재복 · 직업운 · 결혼운 · 자식운 등을 알려준다. 다만 정작 자신의 앞날은 미리 알지 못한다.

11) 생물학적으로 자식을 낳는 것 외에도 악인을 배출하는 능력이 있다. 중국 역사에서 유명한 역적인 안록산(安祿山), 주전충(朱全忠) 등을 요괴가 낳은 것으로 서술하는 경우를 소수의 작품에서 찾을 수 있다.

12) 요괴는 선인과 도학군자를 알아볼 수 있는 감식안이 있다. 특히 오랫동안 수련한 요괴는 인간의 됨됨이를 한 번 보고

도 곧바로 판단할 수 있으며, 훌륭한 인간과 대면하기를 꺼리고 두려워한다.

이처럼 고전소설 속 요괴의 능력은 무궁무진하다. 마음먹은 대로 변신을 할 수도 있고 날아다닐 수도 있다. 인간이 부러워할 만한 능력투성이인 것이다. 그럼에도 요괴는 인간에게 늘 패배한다. 그 이유는 요괴가 이러한 능력을 인간을 해치는 데 쓰기 때문이다. 탁월한 능력을 좋은 곳에 쓰지 못했기에 결국은 벌을 받고 죽는다. 타고난 능력도 중요하지만 그 능력을 갈고닦아 적재적소에 활용하는 것이 더 중요하다는 걸 알았다면 좋았을 텐데 말이다.

안전과 안정을 도모하는 요괴

5

천하대장군, 인간이 올 수 없는 왕국을 만들다

반필석전

집은 소중한 안식처다. 요괴에게도 인간의 '집'에 비유될 만한 '소굴'이 있다. 요괴의 소굴을 구체적으로 묘사하는 작품이 그리 많지는 않지만, 몇몇 작품을 통해 요괴도 그들만의 보금자리가 있음을 알 수 있다.

인간의 집은 외부인을 여럿 초대해 일부러 공개하기까지 하는 공간이지만, 요괴의 소굴은 이와 달리 철저하게 은폐되어 있다. '소굴'이라는 단어가 '나쁜 짓을 하는 무리의 본거지'라는 의미를 담고 있고, 요괴 역시 나쁜 짓을 하는 존재이기에 어쩌면 당연한 일일지도 모른다.

〈반필석전〉의 요괴 역시 소굴에서 자신의 정체와 악행의 행적을 숨긴다. 그렇다면 이 요괴는 자신의 소굴을 어떻게 숨기고 내부는 어떻게 꾸몄을까. 과연 동거인은 있을까, 없을까.

용왕의 딸을 소굴로 납치하다

〈반필석전〉에는 '천하대장군'이라는 정체 모를 요괴가 등장한다. 천하대장군의 능력은 작품에 직접 나타나지는 않지만 그에게 납치된 여주인공의 입을 통해 간접적으로 서술된다. 비바람을 마음대로 일으키고, 산을 들어 옮기며, 물 위를 걸어 다니는 신통한 능력을 지니고 있다고 말이다. 그 힘을 악용해 군사를 거느리고 다니면서 사냥을 하고 인간을 수없이 죽인다. 한편 처음부터 끝까지 인간으로 변신한 채 활동하기 때문에 천하대장군의 실제 외모가 어떻게 생겼는지 알 수가 없다. 죽을 때 온몸에서 비늘이 일어났다는 정도의 정보만 드러난다.

천하대장군은 곤륜산 연화동이라는 깊숙한 곳에 자신만의 왕국을 구축해 놓고 살아간다. 어느 날 그는 인간 세계로 나와 어부로 위장해서 큰 자라 한 마리를 낚는다. 남주인공인 반필석은 우연히 그 광경을 목격하고는 낚인 자라를 불쌍히 여겨 100냥의 돈으로 자라를 사서 강물에 넣어준다. 사실 이 자라는 용왕의 아들이었다. 자라는 인간의 모습으로 잠시 변신해 반필석 앞에 나타나서는 자신과 함께 용궁으로 가자고 청한다. 자신의 목숨을 살려준 보답을 하기 위해서다.

문제는 그 모습을 천하대장군이 모두 지켜보고 있었다는 것이다. 천하대장군은 몰래 반필석과 용왕의 아들의 뒤를 밟아 용궁에 들어간 뒤, 반필석과 용왕의 딸이 결혼하는 모습을 조용히 지켜본다. 그리고 무려 한 달 동안이나 들키지 않고 용궁에 숨어 있는다. 반필석과 결혼한 용녀의 미모에 반했기 때문이다. 천하대장군은 반필석이 잠시 인간 세계로 나간 사이에 반필석의 모습으로 변신해 용녀에게 접근한다. 용녀는 곧바로 진짜 반필석이 아니라는 것을 알아챘지만, 천하대장군은 목숨을 위협하며 용녀를 강간한 뒤 납치해 자신의 소굴로 달아난다.

한편 인간 세계에 있는 가족들을 데리고 용궁으로 다시 돌아온 반필석은 용녀가 갑자기 없어진 사실을 알게 된다. 이에 홀로 용궁에서 나와 그녀를 찾아다닌다. 도대체 누가 용녀를 납치해 갔으며 어디로 갔는지 알 길이 없으니 애를 태울 수밖에 없다. 그렇게 반필석은 막막한 마음으로 여기저기 헤매던 중, 우연히 백로 한 마리를 만난다.

강변에서 백로 한 마리가 날아와 반필석 앞에 앉으며 말하였다.

"그대가 아내를 잃어버리고 찾으러 온 것이 아닙니까?"

반필석이 반가워 자세히 물어보니 백로가 말하였다.

"그대의 아내는 곤륜산 연화동에 사는 천하대장군에게 잡혀갔습니다. 지금 그대의 아내는 그대를 만나게 해달라고 밤낮으로 빌며 원한이 맺혀 있습니다. 천하대장군의 소굴은 하늘이 감추고 땅이 숨길 정도로 파묻혀 드러나지 않고, 천 리까지 뻗은 황하수와 만 겹으로 쌓인 산이 막혀 있습니다. 또 그 강과 산에는 칼날이 솟아 있어서 날아다니는 새도 찾아가기 어려우니, 그대는 잘 헤아리십시오."

어디에서 왔는지 알 수 없는 백로는 인간의 언어를 사용하면서 용녀가 천하대장군에게 납치되었다는 사실을 반필석에게 알려준다. 그러자 반필석은 매우 반가워하며 천하대장군의 연화동 소굴에 가는 방법을 물어보는데, 백로가 말하는 연화동 소굴은 인간이 절대 갈 수 없는 곳이다. 깊게 파묻혀 있어 잘 드러나지 않을 뿐만 아니라 길고 긴 강과 빽빽한 산으로 둘러싸인 장소였기 때문이다. 게다가 그 강과 산에는 날카로운 칼날이 솟아 있기까지 하다. 백로의 말대로 연화동이 날아다니는 새도 갈 수 없는 곳이라면 인간인 반필석으로서는 도저히 갈 수가 없다. 그럼에도 반필석은 쉽게 포기하지 않는다. 백로에게 자신을 연화동에 데려다줄 것을 간절히 설득하고 부탁한다.

반필석이 백로와 의형제를 맺고는 백로의 등에 타 연화동을 찾아갔다. 반필석과 백로는 비록 인간과 짐승 사이였지만 마치 친형제 같았다. 그런데 백로가 반필석을 태우고 칼로 만들어진 뾰족한 산을 지나가다가 한쪽 날개를 다치고 말았다. 반필석이 크게 걱정하자, 백로가 말하였다.

"내가 비록 한쪽 날개는 다쳤으나 다른 한쪽 날개는 온전하니 근심하지 마십시오."

그러고는 계속 날아가서 연화동에 도착하여 반필석을 내려준 뒤 사라졌다. 연화동에는 높은 누각과 큰 집이 쭉 늘어서 있었다. 반필석이 마을로 들어가는 입구 가운데에 있는 큰 문을 열고 들어갔다.

반필석과 의형제를 맺고 친형제 같은 사이가 된 백로는 반필석을 태우고 연화동으로 날아간다. 그런데 칼날로 만들어진 산봉우리에 백로의 날개 한쪽이 크게 다치고 만다. 그럼에도 백로는 다친 몸을 이끌고 계속 나아간다. 자신을 희생하면서까지 주인공을 도와주는 은인이자 안내자인 것이다. 결국 백로는 연화동에 반필석을 무사히 내려주고 아무 말 없이 유유히 사라진다.

용녀에게 속아 침입자를 놓치다

백로의 도움으로 어렵사리 연화동에 도착한 반필석은 주위 풍경을 둘러본다. 칼날 같은 산과 강을 지나서 막상 그곳에 도착해 보니 높은 누각과 큰 집이 늘어선 모습이 마치 인간 세계와 같았다. 천하대장군이 인간의 마을과 비슷하게 꾸미되, 주변은 칼날로 된

산과 강으로 뒤덮어 쉽게 찾을 수 없도록 위장해 둔 것이다.

반필석이 연화동에 들어갔을 때는 마침 천하대장군이 외출하고 없었다. 천하대장군은 군사를 이끌고 15일씩 밖에 나가 사냥을 하는데, 다행히 그 시기와 겹친 것이다. 인간의 힘만으로는 연화동에 올 수 없다는 점을 용녀는 잘 알고 있었기 때문에 반필석을 보고 깜짝 놀란다.

용녀가 크게 놀라고 기뻐하며 달려 나와서는 반필석의 손을 잡고 말하였다.

"낭군님! 이게 꿈입니까? 생시입니까? 풀과 나무에 불이 붙는 것처럼 어찌 그리도 빨리 생이별을 하고, 이토록 오래 있다 오셨습니까?"

한참 이야기하다가 용녀가 술과 안주를 내어 권하면서 말하였다.

"이곳은 천하대장군의 소굴입니다. 장군은 비바람을 조종하고 산을 들어 올리며 물 위를 걸어 다닙니다. 또 사람 죽이기를 풀 베듯이 쉽게 하는 작자입니다. 낭군이 살아서 들어오신 것은 기쁘긴 하지만, 죽어서 나갈 일을 생각하니 슬프기 그지없습니다. 오늘 장군이 사냥하러 나간 지 15일째 되는 날이니, 곧 돌아올 것입니다. 낭군을 보면 우리 두 사람을 다 죽일 것입니다. 숨는 것이 좋겠습니다."

그러고는 반필석을 돌로 만든 큰 함에 들어가게 하고 화초밭 속에 묻어 풀과 꽃으로 가렸다.

용녀는 반필석이 자기를 구하러 와서 기쁘지만, 천하대장군의 능력을 잘 알기에 반필석이 곧 죽을 것이라며 슬퍼한다. 천하대장군은 인간인 반필석과 별다른 힘이 없는 용녀가 도저히 대적할 수 없을 정도로 강력한 상대이다. 그래서 용녀는 일단 반필석을 큰 상자에 넣어 화초밭에 숨긴다.

조금 있다가 10리약 4킬로미터 밖에서 대포 소리가 크게 나고, 산과 강이 요란하게 움직였다. 이윽고 천하대장군이 군사를 거느리고 들어와서는 군사들에게 음식을 먹이고, 점을 보는 맹인을 불러 집안의 길흉을 물어보았다. 그러자 맹인이 말하였다.

"여러 날 동안 살기가 하늘을 찌르니, 장군님께 이롭지 못한 일이 일어날 것 같습니다."

장군이 다시 자세히 물으니, 맹인이 말하였다.

"장군님을 죽일 사람이 화초밭 가운데에 있으니, 어서 빨리 재앙을 막으십시오."

이에 장군이 칼로 화초밭 이곳저곳을 여러 번 찔러보았다. 반필석의 몸에 여러 번 칼이 닿을 뻔했으나 다행히 다치지는 않았다. 이처럼 위험할 때에 장군의 옆에 있던 용녀가 반필석이 죽을까 두려워, 갑자기 가슴을 치며 우는 연기를 했다.

"사내대장부의 소견이 어찌 이렇게 좁습니까? 요사스러운 맹인의 말만 듣고 어여쁘게 가꾼 화초를 다 죽이시다니요! 저의 유일한 친구가 바로 이 화초인데, 이 화초를 다 죽이시니 저를 죽이는 것이나 다름없습니다. 저부터 먼저 죽인 후에 화초를 죽이십시오."

장군이 이 말을 듣고는 용녀의 말이 맞다고 생각하여 그만두었다. 그러고는 술을 취하도록 마시고 잠이 들었다.

연화동으로 돌아온 천하대장군이 가장 먼저 한 일은 점을 보는 일이다. 신통한 요괴인지라 뭔가 짚이는 것이 있었는지 모르겠다. 갑자기 자신에게 흉한 일이 일어나지 않는지 앞 못 보는 점쟁이에게 물어본다. 그러자 점쟁이는 화초밭 속에 장군을 죽일 사람이 있다고 곧이곧대로 이야기한다. 이 말을 듣고 장군은 화초밭 여기저기를 칼로 쑤셔보지만, 용녀가 워낙 잘 숨겨서인지 반필석을 쉽사리 찾아내지 못한다. 이때 용녀는 자신이 애지중지 키운 화초를 다 죽인다며 서러운 눈물을 흘린다. 용녀의 명품 연기 덕에 천하대장군은 의심을 멈추고, 반필석은 목숨을 건진다.

미인과 맞바꾼 안락함

반필석이 극적으로 죽음을 모면하는 마지막 부분에 작가의 짧은 말이 추가되어 있다. "자고로 미인 앞에는 영웅과 열사가 없다는 옛말이 옳다." 이 세상의 날고 긴다는 영웅과 열사도 미녀 앞에서는 속수무책이라는 풍자 섞인 말이다. 작가의 말대로 결국 천하대장군은 술에 취해 잠든 사이 죽음을 맞는다.

천하대장군이 한번 잠들면 15일 동안이나 깨어나지 않는다는 사실을 알았던 용녀는 반필석에게 천하대장군이 쓰는 칼인 청룡검

을 건네준다. 그러자 반필석은 청룡검으로 천하대장군을 난도질해 죽여버린다. 그러고는 용녀를 데리고 용궁으로 무사히 돌아온다.

이때 반필석이 백로의 도움 없이 연화동을 어떻게 빠져나왔는지는 묘사되지 않는다. 아마도 천하대장군이 죽은 순간, 연화동을 둘러싸고 있던 칼날 산과 강이 자연스럽게 없어졌기에 무사히 돌아올 수 있었을 것이다.

이처럼 천하대장군은 죽음을 다소 어이없게 맞았다. 연화동 소굴은 천하대장군이 직접 설계해 만들었기에 얼마든지 마음대로 통제할 수 있는 자신만의 영역이다. 그리고 천하대장군은 평범한 인간인 반필석과는 달리 여러 가지 도술을 부리는 능력을 지니고 있었다. 또 옆에는 자신에게 복종하는 수많은 군사와 앞날을 내다보며 진실을 말해주는 충실한 점쟁이가 있었다. 반필석과 비교하자면 천하대장군이 절대적으로 유리한 상황에 있었던 것이다. 그럼에도 천하대장군은 반필석에 의해 허무하게 죽는다. 이는 물론 악인이나 요괴가 반드시 벌을 받는다는 고전소설의 뻔한 결말을 따른 탓이다.

그럼에도 뭔가 아쉬운 것은 왜일까? 천하대장군은 외부인으로부터의 은신, 그리고 자기 보호라는 신체적인 안전을 추구할 수 있는 완벽한 집을 만들었다. 안정적인 집에 대한 애착이 컸던 것이다. 그런데 한순간의 잘못된 판단으로 인해 공고하게 구축한 왕국을 무너뜨려 버렸다. 용녀를 봤을 때 들었던 소유욕을 채우려면 자신의 목숨과 맞바꿔야 한다는 점을 미리 알았다면 천하대장군은 과연 어떤 선택을 했을지 궁금하다. 그의 소굴에 용녀 이외에는 다른 여자가 전혀 없었고 인간 세계에 나가 여자들을 탐했다는 이야기가 없는 것으로 보아, 천하대장군은 여자들을 마구잡이로 납치해 가는 다른 요괴에 비해 그리 성욕이 강한 요괴라 볼 수는 없다. 용녀를 납치한 대가가 자신의 죽음이라는 것을 미리 알았다면 아마도 안전한 소굴로 돌아가는 삶을 택하지 않았을까?

〈반필석전〉은 남주인공인 반필석이 일찍 죽을 운명을 극복하고 각종 요괴를 퇴치한 뒤 입신양명하는 이야기를 담고 있다. 이 책에서는 숭실대학교 한국기독교 박물관 소장 한글 필사본(48면)을 대본으로 삼았다.

요괴의 소굴

앞서 〈반필석전〉에서 천하대장군의 집 주변 모습이 나타났는데, 막상 집 안의 모습은 자세하게 나타나지 않았다. 요괴 소굴의 내부까지는 그리 크게 관심을 기울이지 않은 듯하다. 그러나 고전소설의 모든 작가가 요괴의 거주지에 무관심하지는 않았다. 요괴 소굴의 내부가 그나마 구체적으로 나타나는 작품으로 〈운수전〉과 〈태원지〉가 있다. 이 두 작품에는 요괴의 집이 인간의 건축물과 유사한 형태로 나타나는데, 고전소설 작가의 무한한 상상력을 발견할 수 있다. 먼저 〈운수전〉에는 검은 용이 사는 소굴이 다음과 같이 묘사된다.

> 깊은 밤이 되자 갑자기 종소리가 땅을 움직이더니 바위 동굴이 크게 열리며 코에 거슬리는 비린내가 풍겨 나왔다. 맹렬이 가만히 엎드려 동굴 안을 살펴보았다. 물파리가 오락가락 날아다니는데, 너무 어두워서 그 깊이가 얼마나 되는지 알 수가 없었다. 이에 대나무를 베어 바구니를 만들고, 삼과 칡으로 새끼를 꼬아 줄을 만들어 바구니에 연결하였다. 맹렬은 바구니 속에 앉아 관리들에게 줄을 내리라 하고, 조금 있다가 자신이 줄을 흔들면 다시 올리라고 명령하였다. 바구니를 타고 동굴 밑으로 내려가니 옆에 구멍 하나가 연결되어 있었다.
>
> 구멍으로 들어가 암벽을 더듬으면서 한참을 가자, 돌로 만든 문이 아래쪽으로 반만 열려 있었다. 몸을 구부려 문 안으로 들어가니 해와 달이 밝고 환하며 풀꽃들이 영롱하였다. 한편에는 푸른 산이 있고 다른 한편에는 푸른 바다가 펼쳐져 있어, 세상에서 말하는 별천지이지 인간 세상이 아니었다. 좌우를

> 돌아보면서 다시 한참 들어가니, 한가운데 돌로 만든 방 하나가 외롭게 우뚝 있었다. 용의 뼈로 들보를 만들었고 물고기 비늘로 기와를 올렸으며 유리 보석으로 벽을 만들었고 호박 보석으로 주춧돌을 세워놓았다. 돌을 깎아서 성을 쌓았으며 금으로 만든 문은 반만 닫혀 있었다.
>
> 성 밖을 살펴보니 버드나무가 넓은 정원을 두르고 있었다. 버들가지를 잡고 방 안을 엿보니, 몸은 뱀과 같고 머리는 사람 같은 자가 넓적한 돌 위에서 월지의 무릎을 베고 누워 자고 있었다. 월지는 그 요괴 머리의 이를 잡으며 앉아 있었다.
>
> 맹렬이 철로 된 활을 꺼내 금화살에 독약을 발랐다. 그러고는 그 요괴에게 연속해서 다섯 발을 쏘니, 요괴의 가슴을 명중하였다. 그러자 그 요괴가 몸을 뒤집으며 돌 아래로 떨어지더니 많은 피를 토하고 죽었다. 이 요괴는 바로 길이가 무려 50장(약 150미터)이나 되는 검은 용이었다.

〈운수전〉의 주인공 맹렬은 초나라의 후궁인 월지를 납치한 요괴를 찾기 위해 산속 지하동굴 깊숙한 곳으로 들어간다. 긴 줄을 매단 바구니를 타고 어렵사리 들어가 보니, 요괴가 사는 집은 인간 세상과는 전혀 다르게 이상적인 공간이었다. 우리 인간들이 한 번쯤 꿈꾸는 세계인 별천지이자 무릉도원이었다. 볕이 잘 들어 밝을 뿐만 아니라, 예쁜 꽃들과 울창한 나무들도 살고 있었다. 또 산과 물이 접해 지리적으로도 훌륭했다. 집 안의 토대는 용의 뼈, 물고기 비늘, 유리와 호박 보석 등으로 만들었고, 문은 금으로 만들어 휘황찬란하기 그지없었다. 마냥 어둡고 칙칙할 줄만 알았는데 전혀 딴판인 것이다.

또 다른 작품인 〈태원지〉의 원숭이 요괴의 집도 이와 비슷하다. 원숭이 요괴가 무리 지어 사는 집은 신명동 산속의 동굴인데, 인간이 오가기 어려울 정도로 매우 깊숙하고 어두컴컴하며 이상한 연기를 내뿜는 곳이다. 그런데 막상 그 안으로 들어가 보면 하늘이 맑고 날씨가 좋아 인간 세상과 똑같이 느껴진다. 게다가 화려하게 꾸민 성과 궁전이 늘어서 있으며, 궁전 앞에는 문지기가 서 있다. 특히 우두머리 원숭이가 있는 궁전 안은 아름다운 무늬의 병풍과 장막, 풍성한 물건들이 그득그득 쌓여 있다.

〈태원지〉에는 또 다른 요괴의 집도 소개된다. 바로 공주로 변신한 여우 요괴들이 사는 여인국 궁전이다. 여인국 궁전은 푸른 기와와 금으로 된 벽, 은으로 된 난간, 구슬로 된 계단으로 꾸며져 있다. 그림이 그려진 병풍과 비단 돗자리도 있는데 매우 화려하다. 또한 손님 대접을 백옥 술잔, 유리 쟁반, 보배로운 그릇 등으로 한다. 궁전 주변 민가는 소 · 말 · 닭 · 개 등의 가축을 키우고 있어 이러한 여인국을 본 주인공 일행은 고향인 중국과 전혀 다름이 없다고 느낀다. 그런데 사실은 여우 요괴가 도술을 부려 썩은 나무 밑동과 돌무더기 · 해골 · 게 껍질 · 조개 껍질 등으로 궁전을 만들고, 흙덩이와 수풀로 마을을 만든 것이었다. 이에 주인공이 여우 요괴를 모조리 죽이자, 그토록 휘황찬란했던 여우의 집도 순식간에 사라지고 가시덤불만 남게 된다.

이처럼 요괴의 소굴 내부는 사치스럽기 그지없다. 호화스러운 치장이나 값비싼 물건들로 꾸며, 인간의 왕실이나 대저택을 모방한 듯하면서도 더 화려하다. 집을 만드는 건축 자재부터도 귀한 것들인데, 아무래도 도술로 만든 것이기에 그렇다.

비록 요괴의 집 내부가 많이 나타나지는 않지만 앞의 두 작품의 예를 통해 볼 때, 요괴는 인간 세계를 자주 드나들면서 인간들의 집을 유심히 관찰해 모방한다고 짐작할 수 있다. 인간 여자를 납치해 함께 살려고, 인간 남자를 홀려서 죽이려고 등 각기 다른 목적으로 집을 만들긴 했지만 외형은 인간의 건축 양식과 비슷함을 추구하는 것이다. 그렇게 했을 때 인간에게 더 친근감을 줄 수 있다고 믿은 듯하다.

하지만 요괴는 인간들이 집에서 살아가는 삶의 방식까지 흉내 내지는 못했다. 요괴다 보니 인간의 라이프 스타일까지 따라 하기에는 역부족이었던 것이다. 때문에 결국 대부분의 요괴는 죽음을 맞는다. 요괴가 죽고 나면 애써 꾸민 소굴 역시 쓸쓸한 폐가로 남거나 흔적 없이 사라지고 만다.

6

금돼지, 미녀들로 집을 꾸미다

이수문전

우리는 집이 생기면 내부를 자신의 취향과 생활 습관에 맞게 꾸민다. 집은 단순히 의식주만 해결하는 공간이 아니라, 신체적 안정감과 정서적 안정감을 모두 줄 수 있는 공간이어야 하기 때문이다. 이사를 갈 때 비싼 돈을 내고서라도 리모델링을 하거나 시간과 금전의 여유가 생기면 가구와 장식품을 교체하고 괜스레 배치를 바꿔 보는 것도 그 이유에서다.

그렇다면 요괴도 인간처럼 집을 꾸밀까? 앞서 5장의 '요괴의 소굴'에서 살펴봤듯이 요괴의 집은 다소 호화스럽기는 하나 큰 틀은 인간의 집과 거의 비슷하다. 요괴도 집안을 최대한 화려하게 꾸미거나 정원을 가꾸는 것을 좋아한다. 다만 요괴는 인간처럼 옷장, 냉장고, 에어컨 등의 가구가 필요 없다. 인간과는 다른 생활 패턴으로 살아가기 때문이다. 그렇다면 외관을 잘 꾸민 집의 내부를 무엇으로 채울까? 어떤 요괴는 가구나 생활 소품 등이 아닌 인간, 특히 미녀로 집을 채운다. 요괴는 집에 혼자 있는 것을 좋아하는 줄 알았는데, 실상은 외로움을 타는 존재인 것일까?

온몸이 금빛인 저팔계 후손

고전소설에는 '땅속 깊은 곳에 사는 몸집이 큰 요괴들의 이야기'가 많이 나타난다. '지하국地下國'이라 불리는 땅속 소굴을 근거지로 삼는 요괴는 금돼지, 원숭이, 용, 정체 미상의 수중 생물 등이 있는데 그중에서도 금돼지가 대표적이다. 금돼지가 지하국 요괴들 중 가장 많이 나타나고, 그 기원도 오래되었기 때문이다. 금돼지는 전설을 비롯해 한국 설화에서부터 신성한 능력을 지닌 요괴로 꾸준히 등장해 왔다.

고전소설에서도 대표적으로 〈이수문전〉이라는 작품에 금돼지 요괴가 등장한다. 여기서의 금돼지는 우리가 일반적으로 알고 있는 돼지와는 다르다. 연분홍 피부에 많이 먹으며, 인간이 식용으로 기르는 가축으로서의 돼지가 아니다. 금돼지는 온몸이 금빛이며, 몸을 숨기거나 날아다니는 신이한 능력을 지닌다. 다만 그 신이한 능력을 인간에게 해를 끼치는 데 쓴다.

> 이때 백토산 아래에 한 짐승이 있었다. 수천 년 동안 죽지 않아 자연스레 신통력을 얻게 되었고, 도술이 기이하여 온 세상을 두루 돌아다니는 술법을 가지고 있었다. 옛날 중국 당나라 태조 시절에 삼장법사가 손오공과 저팔계 등을 데리고 서천 서역국에 팔만대장경을 가지러 가서 목적을 이룬 후, 부처의 제자로 들어가 보살이 된 일이 있었다. 이 짐승은 본래 저팔계의 5대손으로, 금돼지 요괴였다. 신통한 술법이 많아서 하늘과 땅 사이에 두려운 것이 없었다. 밤마다 나쁜 짓을 하여 세상에 가장 뛰어난 미인들을 데려다가 자기 소굴에 가둬두고 아내를 삼아 호강하였다. 그러니 누가 감히 이 짐승을 막을 수 있겠는가?

〈이수문전〉의 금돼지는 고려의 백토산에서 수천 년 산 요괴로, 저팔계의 5대손이다. 저팔계는 중국의 유명한 소설인 〈서유기〉에 등장하는 삼장법사의 제자인데 돼지의 모습과 비슷하다. 작가가 돼지라는 공통점을 바탕으로 금돼지와 저팔계를 연결한 것이다. 그리고 참신하게도 중국 당나라에 살던 저팔계의 후손이 고려로 건너와 살았다고 설정하고 있다.

하늘을 날며 공주를 납치하다

어쨌든 금돼지는 상당히 긴 세월 동안 죽지 않으면서 여러 가지 신통한 술법을 얻게 된다. 그중 가장 큰 능력이 바로 날개 없이도 어느 곳이든 마음대로 날아갈 수 있는 술법이다. 날아다니는 양탄자가 있어 원하는 장소로 훌쩍 이동할 수 있어도 좋을 텐데, 금돼지는 양탄자와 같은 도구 없이도 스스로 날 수 있으니 얼마나 행복할까. 다만 금돼지는 그 능력을 엉뚱한 곳에 쓴다. 바로 방방곡곡의 이름난 미녀들을 납치하는 일이다.

> 이때 그 짐승이 수도에 들어와 마침 공주의 절세 미모를 엿보았다. 이에 밤 되기를 기다렸다가 달이 뜬 후에 궁에 들어가 공주를 업고 남대문으로 나갔다. 그런데 갑자기 과거 보러 가는 선비에게 칼을 맞고, 간신히 목숨을 건져 소굴로 돌아왔다. 칼 맞은 곳의 상처가 너무 아파 끙끙 앓느라 공주를 강간하지 못하니, 덕분에 공주는 귀한 몸을 보전할 수 있었다. 공주는 밤낮으로 잠들지 못하고 눈물만 흘리며 하늘에게 구해달라고 빌었다.

어느 날 금돼지는 미녀를 물색하기 위해 고려의 수도에 들어왔다가 우연히 공주의 얼굴을 훔쳐보게 된다. 공주는 인간 세상에 내려온 선녀와 같고 구름 속에서 나온 밝은 달과 같이 아름다운 외모를 지니고 있었다. 금돼지가 첫눈에 반할 수밖에 없는 미모인 것이다. 이에 금돼지는 공주가 화장실을 가기 위해 나왔을 때, 공주를 잽싸게 납치한다.

여기서 특이한 것은 금돼지가 밤이 되기를 기다렸다가 공주를 납치했다는 점이다. 인적이 드물고 어두워서 형체가 잘 보이지 않는 밤 시간대를 이용하고자 한 것이다. 금돼지는 마음대로 날 수는 있지만 큰 몸을 완벽하게 숨긴 채로 날 수는 없었던 모양이다. 아직 그런 술법까지는 터득하지 못했는지도 모른다. 그렇게 공주를 업고 날아가던 중, 금돼지는 어떤 선비에게 갑자기 칼을 맞는다.

> 이수문이 첫닭이 우는 새벽이 되자, 짐을 꾸려 과거 시험장으로 가기 위해 남대문에 들어섰다. 그런데 갑자기 비린내가 코를 찌르며 이름 모를 짐승이 빠르게 지나가는데, 여인의 슬픈 울음소리가 은은히 들렸다. 이때 불현듯 '길가에서 괴이한 짐승을 만나면 칼로 찔러 죽이라'는 점쟁이의 말이 떠올랐다. 이수문이 급히 허리에 차고 있던 칼을 빼서 있는 힘을 다하여 그 짐승을 치니, 그 짐승이 한 마디 비명도 지르지 않고 흔적 없이 사라져버렸다. 칼이 떨어진 곳에 가서 불을 켜고 살펴보니, 옥가락지 한 짝이 땅에 떨어져 있었다. 이상하게 생각하여 주워서 깊이 잘 보관하였다.

과거 시험을 보기 위해 마침 수도에 와 있던 남주인공 이수문은 이른 새벽 시험장에 들어가던 중, 우연히 날아가던 금돼지를 보게 된다. 일전에 이수문은 점쟁이를 만나 과거에 급제할 수 있는지 물었는데, '남대문에서 만나는 괴이한 짐승을 찔러 죽여야만 고생을 하지 않는다'는 답변을 들었다. 그래서 금돼지를 만나자마자 한 치의 망설임도 없이 칼을 던진다.

이수문의 칼 솜씨가 좋았는지, 금돼지의 형체가 잘 보였던 것인지 정확히 알 수 없지만 금돼지는 이수문의 칼에 머리를 맞는다. 그리고 그 상처가 너무 깊어 소굴에 돌아온 후에도 계속해서 앓아눕는다. 요괴의 정체를 전혀 모르던 이수문은 점쟁이의 말을 따른 것뿐인데, 본의 아니게 금돼지가 더 이상 납치를 할 수 없게 만든 것이다. 금돼지에게 중상을 입힌 탓에 공주도 강간당하는 일이 없이 몸을 보전한다.

공주에게 속아 약점을 들키다

이수문은 금돼지를 칼로 칠 때에 떨어진 공주의 옥반지 한 짝을 주운 후, 과거 시험에 응시해 1등으로 합격한다. 이때 궁궐은 공주가 없어졌으니 발칵 뒤집힌다. 결국 왕은 공주를 찾아오는 신하를 사위로 삼을 것을 발표하고, 이수문에게 관직을 내려주며 공주를 찾도록 명한다. 이수문은 팔도 지역을 두루 돌아다니는데, 도무지 금돼지의 소굴을 찾을 수가 없었다.

그러다 드디어 수개월 만에 백토산에서 금돼지의 소굴을 찾아낸다. 소굴이 매우 깊었기 때문에 쉽게 내려갈 수 없었다. 이에 이수문은 짚으로 동아줄을 만들어 바구니에 묶고, 방울을 달아 타고 소

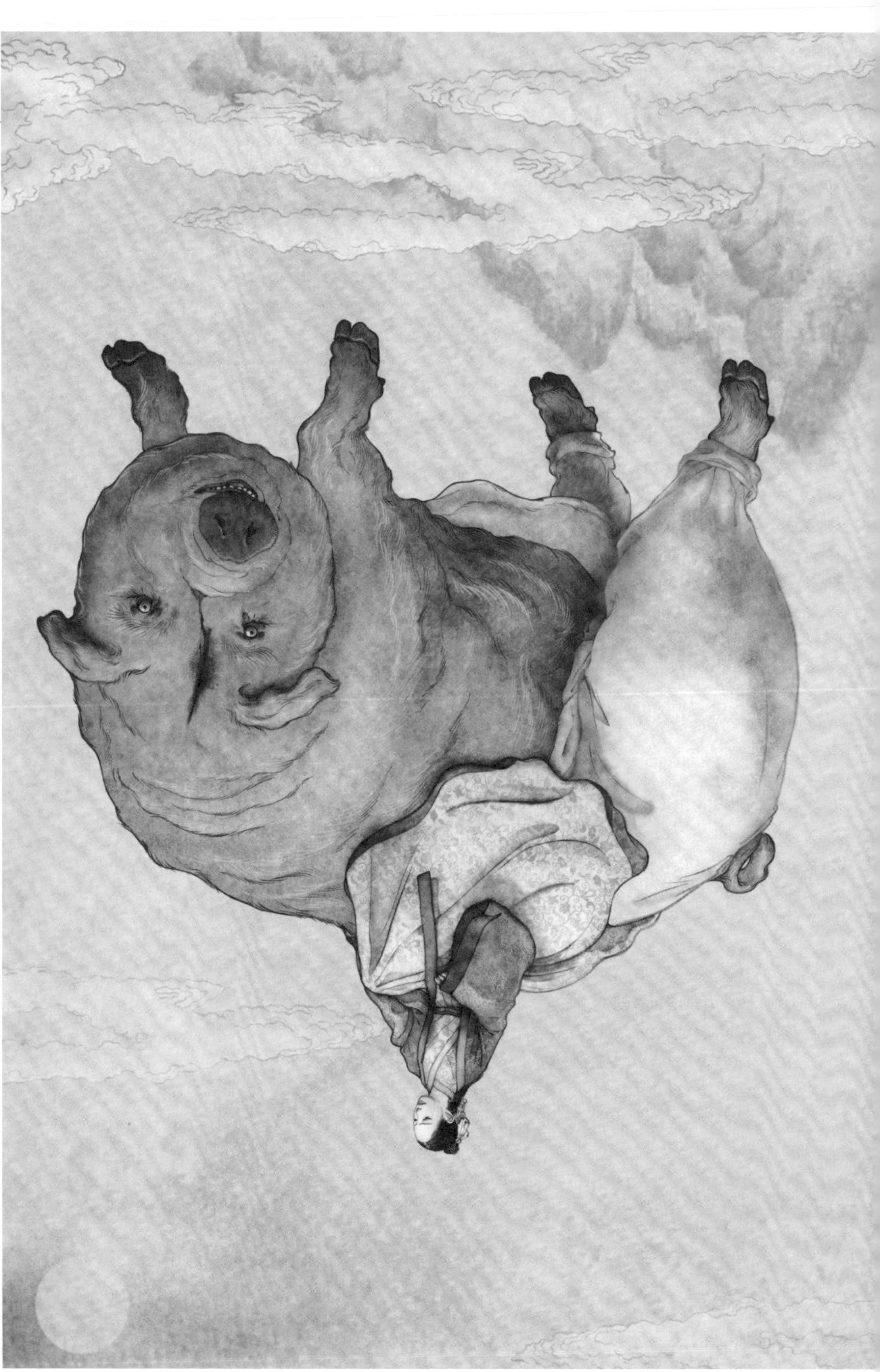

굴로 내려간다. 함께 간 일행들에게는 밖에서 기다리다가, 밑에서 줄을 흔들어 방울소리가 울리면 줄을 끌어올려 주기를 약속받고서 말이다.

그렇게 어렵사리 금돼지의 소굴에 들어가 보니, 금돼지는 칼에 맞은 상처가 거의 나아가고 있었다. 이수문은 공주를 먼저 만나 금돼지를 죽일 방법을 상의하는데, 공주에게 금돼지를 잘 구슬려 그의 상극이 무엇인지 물어보라고 시킨다. 그러자 공주는 금돼지에게 당신같이 뛰어난 존재도 죽을 수 있는지 물어보며, 교묘한 수법으로 상극이 되는 물건을 알아낸다.

> 공주가 상극을 물어보니 금돼지가 대답하지 않았다. 그러자 공주가 한숨을 쉬며 탄식하고 금돼지가 자기 마음을 몰라준다며 자결하려 하였다. 이에 금돼지는 마지못하여 말하였다.
>
> "내가 이 세상에 두려운 것이 없으나, 한 가지 두려워하는 것이 바로 사슴 가죽이오. 사슴 가죽을 동전만 한 크기로 불려서 내 이마에 붙이면 숨도 쉬지 못하고 죽는다오. 그대가 아니면 내가 어찌 나의 상극을 말하겠소? 부디 다른 여자들은 알게 하지 마시오."
>
> 공교롭게도 이수문이 허리에 차고 있던 나무패의 끈이 사슴 가죽이었다. 공주에게 이야기를 전해 듣고는 가죽의 한쪽을 베어내어 칼을 들고 안으로 들어가니, 비린내가 코를 찔렀다. 곧장 금돼지에게 가서 이마에 사슴 가죽을 붙이니, 정말 숨이 끊어지고 몸을 움직이지 못하였다. 이에 칼로 목을 잘라 문밖으로 던져 버렸다. 아무리 금돼지라

한들 어찌 다시 살아나겠는가! 밖으로 나와 사방을 살펴보니 아주 아름다운 여인 수백여 명이 모여 서서 이수문에게 감사 인사를 하였다.

금돼지는 상극을 잘 알아두었다가 조심하고자 한다는 공주의 사탕발림에 감쪽같이 속아 넘어간다. 그래서 사슴 가죽을 자기 이마에 붙이면 죽게 된다는 특급 기밀을 누설해 버린다. 결국 약점을 자기 입으로 노출하여 죽음을 자초하고 만 것이다.

소굴을 만드는 이유

사실 금돼지의 백토산 소굴은 인간이 찾기 어려운 곳이다. 주인공도 수개월을 헤맨 뒤에야 겨우 찾을 수 있었다. 또한 소굴의 입구를 찾았다 하더라도 안으로 들어가는 길이 매우 험난하며, 들어간다 해도 다시 올라오기가 어렵다. 긴 줄을 매단 튼튼한 바구니, 밖에서 바구니 줄을 내려주고 끌어올려 줄 사람이 없으면 영원히 그 소굴 속에 갇히는 구조인 것이다.

금돼지가 이처럼 견고한 소굴을 만든 이유는 무엇일까? 첫 번째 이유는 당연히 인간에게 쉽게 들키지 않기 위해서다. 자신이 요괴라는 점을 노출하지 않고 몸을 안전하게 보호하기 위해서는 소굴이 깊숙하면 깊숙할수록 유리하다. 또 미녀들을 납치해 온 것을 은폐하고 납치를 계속해 나가려면 인간이 찾기 어려운 소굴이 필요했을 것이다.

두 번째 이유는 납치해 온 미녀들이 도망치지 못하게 하기 위해서다. 금돼지는 여러 명의 미녀로 가득 찬 곳을 가장 이상적인 형태로 생각했고, 한번 가진 미녀들을 계속해서 소유하기를 원했다. 때문에 여기저기에서 경국지색의 미녀들을 납치해 왔고, 그녀들이 절대 도망가지 못하도록 빠져나가기 어려운 소굴을 구축했다.

이처럼 금돼지는 미녀로 둘러싸인 집을 이상적이라 생각했다. 납치당한 미녀들의 의사 따위는 상관없었다. 금돼지에게만큼은 그것이 즐거운 삶이었다. 다만 그 욕심이 지나쳤다. 보통의 돼지가 가지고 있는 음식 욕심이 아닌, 여성에 대한 욕심만 강하게 지닌 요괴인 것이다. 그렇기에 금돼지는 한 명의 미녀를 납치하는 데 만족하지 않고 더 많은 미녀들로 집을 채우길 원했다. 결국 칼을 맞고 죽게 될 것을 까맣게 모르고 말이다. 으슥한 소굴을 마련해 인간과의 거리를 철저하게 유지하고자 전략을 세웠으나, 끝없는 욕심으로 인해 끝내 실패하고 만 것이다.

여자를 좋아하고 강간하려 들었다는 점에서 금돼지도 1·2장에 살펴본 〈전우치전〉과 〈옥란기연〉의 여우처럼 성욕을 강하게 지닌 요괴임을 알 수 있다. 그런데 차이점이 있다. 〈전우치전〉과 〈옥란기연〉의 여우 요괴는 성욕을 채우기 위해 자신의 소굴을 벗어나 인간 세계로 들어간다. 제 발로 인간의 집으로 걸어 들어가 인간인 듯 행동하는 것이다. 반면 금돼지는 인간 세계에서 미녀를 찾고는 반드시 자신의 집으로 데리고 갔다. 미녀가 사는 장소에서 함께 살 것은 아예 생각도 하지 않은 것이다.

금돼지는 몸을 보호할 수 있는 가장 안전한 곳이자 성욕을 채울 수 있는 유일한 장소를 자신의 소굴이라고 생각했다. 성욕만큼이나 안락한 자기 집으로 돌아가고자 하는 귀소본능이 상당히 컸던 것이다. 이수문에게는 범죄자의 범행 장소 그 이상도 그 이하도 아닐 테지만, 금돼지에게는 따뜻하고 편안한 보금자리였다. 그렇지만 금돼지는 욕심을 과도하게 부리다가 보금자리를 결국 적막한 폐가로 남게 하고, 다시는 소굴에서 편히 쉬지 못하고 만다.

〈이수문전〉은 | '지하국 대적 퇴치(地下國大賊退治)' 이야기를 바탕으로 주인공 이수문의 영웅적인 삶을 보여준다. 이 책에서는 오광근 소장 한글 필사본(80면)을 대본으로 삼았다. 원문은 《천원수록》(오광근, 신영출판사, 1994)의 부록에서 확인할 수 있다.

요괴는 미녀를 좋아해

앞서 〈이수문전〉의 금돼지가 미녀를 소굴로 납치해 갔다는 이야기를 했다. 금돼지는 고려의 공주 외에도 세상에서 가장 아름다운 여인 수백 명을 납치해 소굴에 모아두었다. 그야말로 '미녀 컬렉터' 요괴인 것이다. 얼굴이 못생겼지만 심성이 고운 여자는 싫었을까? 금돼지는 여성의 성격보다는 일단 눈에 보이는 외모를 중시했기에 추녀는 납치하지 않았다.

그렇다면 미녀가 아닌 미남은 어떨까? 금돼지는 미남도 납치하지 않는다. 아마 자신의 남성성이 강하니 남성은 아예 취급하지 않은 듯하다. 예외적으로 〈이수문전〉의 금돼지가 미녀 외에도 서해 용왕의 아들을 납치하는데, 이는 순전히 수궁에 들어가는 법을 배우기 위해서다. 이 금돼지가 수궁에 들어가려고 한 이유는 뻔하다. 또 다른 미녀를 물색하기 위해서일 뿐이다. 금돼지는 용왕의 아들이 절대 입을 열지 않자, 나무에 거꾸로 매달아 죽을 때까지 내버려 둔다. 남성은 외모의 아름다움을 떠나 불필요하게 생각한 것이다.

그렇다면 요괴에게 있어 '미녀'의 기준은 무엇일까? 요괴는 모든 인간들이 인정할 만큼 빼어나게 이목구비가 아름다운 여성들을 좋아한다. 특히 남성성을 강하게 가진 요괴들의 경우, 미녀를 더욱 탐한다.

〈금방울전〉의 금돼지는 원나라 황제의 외동딸 금선공주를, 〈김원전〉의 머리 아홉 달린 아귀는 명나라 황제의 세 딸을 각각 납치하는데, 이때 납치된 여성들 모두 한결같이 미녀다. 특히 〈김원전〉의 아귀는 납치한 미녀들과 성관계를 하지 못함에도 끊임없이 미녀를 소유하고자 한다.

> 이 요괴가 매우 흉악하였다. 인간도 아니고 짐승도 아니며 귀신도 아니었는데, 몸에 신낭(腎囊, 고환)이 없어 음양을 알지

> 못하였다. 그럼에도 여러 여인을 도둑질하여 시녀를 삼아 병졸들에게 위엄을 한껏 뽐내고자 하였다. 이에 도둑질한 여인들을 곁에 두고 부리니, 그 숫자가 3천여 명이었고 거느리는 병졸이 수십만 명이었다. 그 위엄이 여느 제후국의 제후보다 더하였다.

아귀는 타고난 신체적 특성상 생식 기관이 없어 여자와 성관계를 할 수 없음에도 불구하고 무려 3천 명 가량의 여인들을 납치해 거느린다. 성적 욕구를 채우기 위해서가 아니라, 단지 수많은 미녀들을 둘러 세우고 신하들에게 자랑하는 일 자체에 즐거움을 느끼는 것이다. 또 5장의 '요괴의 소굴'에서 언급했던 〈운수전〉 속 검은 용 요괴는 초나라의 후궁 외에도 서양국의 공주와 안남국의 공주 등 여러 나라 미녀들을 납치한다. 특히 초나라 후궁은 얼굴이 매우 고와 왕이 귀한 보석처럼 사랑하는 여성으로 나온다.

이처럼 고전소설에서 미녀를 광적으로 좋아하는 요괴들은 물리적인 거리를 따지지 않고 미녀가 있는 곳이면 어디든 달려간다. 그렇지만 미녀를 소유하려는 욕망을 가진 요괴라고 해서 모두 미녀 납치에 성공하지는 않는다. 〈장한절효기〉의 대망은 오세신의 아내인 진씨를 길에서 우연히 한 번 보고, 아름다운 외모에 흠뻑 빠진다. 그래서 자신의 소굴로 유인해 겁탈하려 하지만, 진씨가 악귀를 쫓는 주문을 외우며 거울을 비추는 바람에 실패한다. 〈화산선계록〉 속 용왕의 아들 적교도 조요주의 미모에 반해 부하인 야차에게 납치해 오라고 시킨다. 하지만 결국 실패해 위웅창의 부하에게 쇠채찍으로 수백 대를 맞아, 비늘이 떨어지고 붉은 피를 뚝뚝 흘리게 된다. 미녀 납치는커녕 오히려 큰 벌만 받은 것이다.

이처럼 요괴는 미녀를 납치했거나, 납치 시도를 했을 경우 처절하게 응징당한다. 거의 대부분은 목숨을 잃는다. 그 이유는 요괴가 일방적이고 강압적으로 미녀를 소유하고자 했기 때문이다. 납치를 당한 미녀들의 의사는 전혀 상관하지 않았다. 또한 미녀들에게는 저마다 사랑하는 가족과 오랫동안

정든 보금자리가 있었다. 요괴는 미녀들의 가족과 집을 하루아침에 떼놓으면서도 동의를 구하지 않았다. 그렇기에 요괴의 미녀 납치는 용서받을 수 없는 큰 죄로 다스려지는 것이다.

고전소설에서는 인간을 외모에 따라 판단하는 일을 큰 죄악으로 여긴다. 대부분의 고전소설에서 주인공은 인간의 심성이나 덕성을 무엇보다 중요하게 생각하며 외모의 '미추(美醜)'는 그리 큰 문제가 되지 않는다 생각한다. 어리석고 악한 인물들이 사람의 생김새를 논평하거나 못생긴 사람을 비웃으면 천박하고 잘못된 행동이라 심하게 꾸짖기까지 한다. 하지만 얼굴이 예쁜 여성과 잘생긴 남성을 좋아하는 것은 인간의 본능 중 하나다. 그러한 본능을 꽁꽁 숨기며 사는 일이 그리 쉬울까?

요괴에게는 더욱 어려운 일이다. 고전소설 속 요괴는 '아름다움'에 대한 집착이 매우 강하다. 미녀만을 고집하는 〈이수문전〉의 금돼지처럼 남성성이 강한 요괴의 경우, 대체로 미모의 여인을 갖고 싶어 한다. 이는 여성 요괴도 마찬가지다. 여성성이 강한 요괴의 경우에도 준수하고 번듯하게 잘생긴 꽃미남을 보면 소유하고 싶다는 강렬한 욕망을 보인다. 특히 여성 요괴들은 인간 여자로 변신할 때, 하나같이 아름다운 미녀가 된다. 미색으로 남성을 홀리기 위함이 첫째 목적이기는 하지만, 기본적으로 미(美)를 중요하게 여기는 본심이 그대로 나온 것이기도 하다.

그러니 요괴와 주인공은 필연적으로 부딪힐 수밖에 없다. 대놓고 아름다움을 갖길 원하는 요괴와 아름다움에 대한 욕망을 절대 드러내지 않기를 원하는 주인공은 그야말로 상극이다. 고전소설은 언제나 주인공의 승리로 결말이 나, 요괴가 소유하고자 한 아름다움은 결국 헛된 것이며 주인공의 생각이 옳았다는 것이 증명된다. 그럼에도 요괴가 아름다움을 추구하는 모습은 의미를 갖는다. 차마 겉으로 드러낼 수는 없지만 마음속 깊숙이 자리한 주인공들의 본심, 더 나아가 인간의 본성을 여과 없이 보여주는 거울의 역할을 했으니 말이다.

7

요괴 집단, 살기 위해 뭉치고 배신하다

화산선계록

인간은 다양한 관계 속에서 살아간다. 가족, 동료, 친구, 연인, 사제, 선후배 등의 관계가 바로 그것이다. 핏줄로 혈연을, 학맥으로 학연을, 출신 지역으로 지연을 맺기도 한다. 요괴 세계에도 '혈연, 학연, 지연'이 과연 있을까?

인간 세계만큼은 아니지만, 요괴 세계에도 분명 다양한 인간관계가 존재한다. 인간들의 복잡한 관계망만큼은 아니지만 요괴의 관계도 꽤나 복잡다단하다. 인간처럼 나름대로 얽히고설킨 관계망을 형성하면서 살아가는 것이다.

〈화산선계록〉에는 '금선불(사슴), 청허진인(호랑이), 호선낭(여우①), 등선낭(여우②), 운산도사(쥐), 대망, 여우③, 곰, 야차'로 무려 9종의 요괴가 등장한다. 이 중 야차를 제외한 나머지 8종의 요괴는 나름대로 복잡한 관계를 형성하고 있다. 여기에서는 이 8종의 요괴를 중심으로 그들이 살아가는 세계를 들여다보자. (몇몇 요괴는 이름이 따로 있지만 편의상 본모습으로 약칭하겠다)

도사인 척 돈을 긁어모으는 요괴들

〈화산선계록〉의 여덟 종류 요괴는 가족, 친구, 사제, 주종 관계로 얽혀 있다. 관계도를 보면 이해가 쉽다.

우선 '사슴-호랑이-여우①' 셋은 절친한 친구다. 그리고 큰 구렁이 요괴인 대망大蟒을 부하로 두고 마음대로 부린다. 여기서 여우①은 여우②의 친언니이자, 여우③의 어머니다. 여우②와 여우③은 이모와 조카 사이가 된다.

한편 여우③은 곰과 결혼해 부부 관계를 맺는데, 보통 같은 종끼리 결혼하는 것과는 색다른 설정이라고 할 수 있다. 그리고 여우②는 쥐를 스승으로 모셔 사제 관계를 이룬다. 이처럼 〈화산선계록〉 속 요괴들의 관계는 혈연관계가 가장 많고, 친구·사제·주종 관계도 나타난다.

요괴 8종 관계도

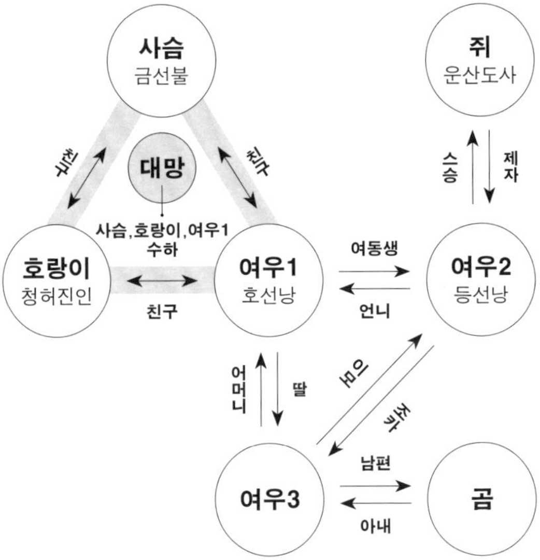

그렇다면 이들이 사는 곳을 살펴보자. 사슴과 여우①, 대망, 여우③과 곰은 산동의 운향산에서 함께 무리 지어 산다. 그런데 요괴마다 각기 다른 본모습을 그대로 드러내며 살지 않고 모두 인간, 구체적으로는 남녀 도사로 변신해 산다.

이들은 운향산에 큰 사원을 짓고 도사인 척하며 사람들을 모은다. 그러고는 신통력으로 인간의 장수와 복을 빌어준다. 그렇기에 사원 근방 사람들은 이들을 부처님과 같이 떠받든다. 오늘날로 치면 사이비 종교 집단과 같다. 어쨌든 이들은 사람들을 속이며 재물을 엄청나게 긁어모은다. 이들이 모은 재물이 많다는 사실은 이들이 몰살되는 부분에 가서 드러난다.

대망, 인간들의 앞잡이가 되다

어느 날 사슴과 여우①은 악녀인 숙정공주에게서 남주인공 위현의 세 부인 이옥수, 유 소저, 정 소저를 죽여달라는 부탁을 받는다. 도사로서 명성이 퍼져서 숙정공주에게 살인을 의뢰받은 것이다. 두 요괴는 숙정공주가 내미는 금은보화와 비단 등이 탐나서 그 청부를 순순히 받아들인다. 그래서 부하인 대망을 데리고 위현의 집에 찾아간다.

하지만 위현의 첫째 부인인 이옥수는 비상한 머리로 앞날을 예견하고 계책을 내는 능력을 가진 여성이다. 미리 위현의 부하인 신양에게 방비하게 해 사슴과 여우①을 잡아 죽인다. 이때 신양은 방에 미리 요괴를 쫓는 거울인 조마경을 설치해 두고 두 요괴를 잡아 죽이면서 대망만은 죽이지 않는다. 남은 무리까지 소탕하기 위해 대망을 앞세워 운향산의 사원으로 간다. 그러고는 조마경을 여우③과 곰 부부에게 비춰 얼음처럼 몸이 굳게 만들고는 칼로 두 동강 내어 죽인다.

사슴과 여우①이 운향산 사원 안에 머물 때는 아무런 문제가 없었다. 누군가 정체를 의심하거나 누군가에게 죽을 위험이 전혀 없었던 것이다. 그런데 재물에 눈이 어두워 사원을 벗어나면서 문제가 생기고, 자신들뿐만 아니라 여우③과 곰까지 죽게 만들었다. 단란하게 잘 살던 한 집단이 돈을 더 벌겠다는 잘못된 판단 한 번으로 인해 순식간에 망한 것이다.

칼과 거울을 든 신양이 목소리를 가다듬고 말하였다.

"한 무리 업축業畜, 전생의 죄 때문에 이승에 태어난 짐승이 하늘을 속이고 사람을 속여 인간의 재물을 취하였구나. 내가 밝으신 우리 임금님의 명을 받아 너희 무리의 소굴을 소탕하고자 하니, 너 또한 죽기를 면치 못할 것이다."

대망이 머리를 땅에 조아리며 감히 대답하지 못하자, 신양이 다시 말하였다.

"네 죄가 죽어 마땅하지만 주인에게 협박당하여 한 짓이니 너그러이 용서하겠다. 이곳에 조심히 있으면서 인간을 혹하게 할 만한 요괴의 재물을 잘 지켜라. 내가 나중에 찾을 때가 있을 것이다."

그러고는 칼을 칼집에 꽂고 거울을 감추었다. 그러자 대망이 비로소 인간의 모습이 되어 여러 번 절하며 감사 인사를 올렸다.

위 장면은 신양이 여우③과 곰 부부를 죽인 뒤, 조마경과 칼을 들고서는 대망에게 하는 말이다. 신양은 대망도 죽어 마땅하지만 주인이 시키는 대로 한 일이라는 점을 감안해 목숨을 살려준다. 그리고 대망에게 사원에 쌓인 재물을 지키는 임무를 맡긴다. 신양은 요괴가 모은 재물이 밖으로 나가면 사람들의 마음을 혼란스럽게 할 것이라 판단한다. 재물의 양이 사원 창고를 가득 채울 만큼 많았기 때문이다. 그렇기에 후일 쓸 데가 생길 때까지 재물을 우선 그대로 두기로 결정한다. 신양의 배려로 목숨을 건진 대망은 이후 다른 나쁜 짓을 하지 않고 충실하게 재물을 지킨다.

배신하고 배신당하고, 또 도망치고

한편 여우①의 친여동생 여우②는 마운산에서 따로 살았었다. 스승인 쥐와 수련하기 위함인데, 친언니인 여우①도 자주 왕래해 천 년 동안 함께 수련했다. 그런데 언니가 허망하게 죽자, 여우②는 복수를 결심한다. 언니처럼 숙정공주 일당과 손잡지만, 결국 또 이옥수에게 죽는다. 이때 여우②의 스승인 쥐의 행보가 독특하다.

> 등선낭(여우②)이 한번 붉은 명주 밧줄에 묶이니, 평생의 재주를 다 써서 도망치고자 하였으나 조금도 움직일 수가 없었다. 어쩔 줄 몰라 가만히 술법을 펴서 스승인 운산도사(쥐)를 오게 하여 구해달라고 애걸하였다. 그러자 운산도사가 말하였다.
>
> "네가 망령되게 네 언니의 원수를 갚으려다가 하늘이 낸 인물에게 죄를 얻었으니 어쩌겠느냐! 이 붉은색 명주 밧줄은 내가 풀 길이 없다. 네가 만일 몇 개월 동안 죽지 않으면 내가 하늘에 가서 이 밧줄을 도로 찾아 가시라고 빌어 너를 구하겠다."
>
> 그러고는 사라져버렸다. 어쩔 수 없음을 깨달은 등선낭이 눈물을 흘리고 머리를 조아리며 신양에게 말하였다.
>
> "저는 마운산의 늙은 여우입니다. 자매가 함께 수도하였는데 언니가 숙정공주의 금은보화에 넘어가 원통하게 죽었습니다. 천 년 수도한 것을 하루아침에 마치니 너무 원통하여 제가 원수 갚기를 생각한 것입니다. 망령된 생각을 하여 죽을죄를 진 것을 부디 용서해 주세요."

여우②는 죽기 직전에 스승인 쥐에게 도움을 요청하는데, 쥐는 자기 힘으로는 구할 수 없다며 딱 잘라 말한다. 그러고는 오히려 언니의 원수를 갚으려 한 것이 망령된 행동이라며 여우②를 꾸짖기까지 한다. 사리판단을 제대로 하지 못하는 여우 자매와는 다른 요괴인 것이다. 그렇기에 쥐는 제자가 죽을 상황이지만 평정심을 유지하고, 죽은 이후에도 섣불리 복수를 하려 하지 않는다.

대신 쥐는 마운산에 혼자 남지 않고 운향산으로 건너간다. 재물을 착실히 지키던 대망을 내쫓고 사원을 차지하고는, 자신의 모자란 요술을 단련한다. 더 높은 요술을 터득해 제자의 복수를 하겠다는 심산인 것이다. 그러던 중 산동 지방에 흉년이 심하게 들고, 마침 신양이 재물을 가져가기 위해 찾아온다. 이때 쥐에게 쫓겨나 근처를 배회하던 대망은 신양을 보자마자 쥐의 만행을 일러바친다.

대망이 말하였다.

"제가 어르신의 명령을 받고 사원과 재물을 착실히 지키고 있었습니다. 그런데 작년 겨울에 한 도사가 와서 저를 끌어 내치고는 자기가 사원을 차지하였습니다. 그 도사가 말하기를 '나는 등선낭(여우②)의 스승이다. 위현과 신양 두 사람이 내 제자를 죽였으니 그들의 가족에게 원수를 갚을 것이다'라고 하였습니다. 지금은 죽은 원숭이를 살려내는 술법을 공부하고 있습니다."

신양이 크게 화가 나서 칼을 휘두르며 재빨리 사원으로 들어가 보니 한 도사가 방 안에 있는데, 방의 네 벽에 모두 부적이 붙어 있었다.

그 도사는 돌로 된 의자 위에 걸터앉아 금으로 된 둥근 그릇에 새끼 원숭이 한 마리를 담아놓고, 막 주문을 외우던 참이었다. 신양이 매우 화난 목소리로 크게 꾸짖었다.

"너 이놈, 요물아! 조용히 산속에 숨어서 목숨이나 보전할 것이지, 감히 사나움을 뽐내며 방자하게 구느냐?"

그러고는 격분하여 도사를 향해 칼을 내리쳤다. 도사가 놀라 급히 지팡이를 들어 막으려 했지만 이미 신양의 칼에 머리가 두 조각 나 떨어졌다. 요괴로운 도사가 비록 신통력이 조금 있다 하나, 신양의 신과 같은 칼을 피할 수는 없었던 것이다. 속절없이 본체가 드러나니 큰 쥐였고, 크기가 거의 말만 하였다. 신양이 원숭이가 든 그릇을 부숴버리고는 대망에게 재물이 잘 있는지 가보라고 하였다. 잠시 뒤 대망이 모두 그대로 있다고 하자, 얼른 내다가 쌓으라 명하였다.

신양이 무척 화를 내며 쥐를 단칼에 죽이는 대목이다. 이후 신양은 재물을 가져다가 굶주린 산동 백성들에게 나눠 준다. 쥐가 요술 단련만 했을 뿐, 재물에 손대지는 않았기 때문이다. 결국 쥐는 술법 공부만 하다가 채 완성치 못하고 머리가 두 동강 났다. 요술을 제대로 터득하지 못해서 반항 한번 못하고 허무하게 죽은 것이다.

마지막으로 사슴과 여우①의 친구인 호랑이는 어떻게 되었을까? 호랑이는 두 친구가 밖에 나가 죽을 것을 예감했는지, 신양이 쳐들어오기 이전에 미리 벽운산이라는 다른 장소로 피신한다. 그리고 벽운산에 청허관이라는 사원을 짓고 사특한 약을 조제하면서 도

사인 척 살아간다. 뿐만 아니라 궁녀 출신의 인간인 소영에게 요술을 가르치고 나쁜 약을 조제하는 방법까지 전수한다.

이후 소영은 등운낭이라는 여도사로 이름을 날리며 낙태약, 독약, 정신을 흐리는 약을 팔아 재물을 얻는다. 또한 죄인과 도망자 무리를 사원으로 끌어들이고, 악인과 한패가 되어 착한 사람들을 죽이기 위한 음모를 꾸미는 등 나쁜 짓을 일삼는다. 결국 호랑이가 부정한 방법으로 돈을 모은 데 그치지 않고, 소영이라는 악독한 악녀까지 양성해 낸 것이다. 그렇기에 결국 호랑이도 이옥수가 보낸 시녀들이 밧줄로 묶어 조마경을 비추자 힘없이 죽음을 맞는다.

나약한 요괴들이 살아가는 법

〈화산선계록〉의 요괴들은 주인공에게 무참하게 죽는다. 죽음의 상황에서 제대로 된 대적 한번을 하지 못한 채 다소 허망하게 말이다. 여덟 요괴 모두 요술이 그리 뛰어나지는 않은 탓이다.

물론 여주인공의 능력이 범접할 수 없을 만큼 탁월해 어쩔 수 없는 이유도 있다. 그렇지만 다른 작품 속 요괴는 주인공이 강력해도 악행을 잠깐이나마 성공하기도 하며, 주인공과 대치해 치열한 전투를 벌이기도 한다. 반면 이 작품의 요괴들은 그러한 모습을 전혀 보이지 않고 너무 쉽게 죽는 나약한 요괴 집단으로 그려진다.

얼기설기 얽힌 인연으로 나름 단결된 집합체를 이루며 살아가던 요괴들이 이처럼 허무하게 죽은 이유는 무엇일까? 이들은 자신들의 소굴이 신체적 안전이 보장된 장소라는 점을 깨닫지 못했다. 죽을 상황에야 뼈저리게 후회하지만 그때는 이미 늦었다.

특히, 이들은 재물에 욕심을 부렸다. 사슴과 여우①은 밖으로 나가 더 큰 재물을 얻기를 원했고, 여우③과 곰 부부는 계속해서 도사 흉내를 내서 인간들의 돈을 뜯어낼 궁리를 했다. 호랑이는 얼굴 모습을 바꾸는 약이나 사랑받게 만드는 약 등 주로 악인들이 애용하는 약을 계속 조제해 팔았다. 이미 많은 재물을 가졌지만 만족하지 못하고, 더 크게 물욕을 채우려다가 죽음을 자초한 것이다.

물론 여우②와 쥐는 개인적인 복수를 하겠다는 욕구만 가지고 있었고, 대망은 주관 없이 시키는 일만 했다. 이들에겐 재물을 향한 소유욕이 잘 드러나지 않는다. 그런데 이들이 주인공에게 죽거나 굴복당한 발단은 사슴과 여우①이 숙정공주의 청탁금이 탐나서 밖으로 나간 일이었다. 두 요괴가 돈을 좇아 밖으로 나감으로써 요괴 집단의 존재를 알리는 큰 화근이 된 셈이다. 때문에 결국 두 요괴와 관계를 맺은 다른 요괴들도 한통속으로 취급되어 처벌받은 것이다.

기본적으로 〈화산선계록〉의 요괴들은 축적한 재물이 주는 안정감을 즐겼다. 운향산에 쌓인 재물의 액수는 산동 지방의 백성들을 모두 먹여 살릴 정도였지만 요괴들은 재물을 특별히 쓰지 않았다. 그저 모아두고 앞으로 남은 생을 행복하게 지내리라 꿈꿨는지도 모른다. 그런데 "욕심이 과하면 화를 부른다"라는 말을 알지 못해, 경제적인 대책을 이미 마련했어도 일찌감치 생을 마감하고 만다.

고전소설 전반에서 요괴는 단독으로 움직인다. 그렇지 않은 경우에는 동료들과 무리지어 살았다는 정도만 언급될 뿐 그 동료들에 대해 자세히 제시되지 않는다. 그리고 가족 관계도 그리 많지는 않다. 〈반필석전〉과 〈태원지〉의 여우 모녀, 〈원회록〉의 구렁이 부자, 〈이화전〉의 여우 부부, 〈삼강명행록〉의 잉어 부부 정도가 가족으로 설정되어 있다. 4장에서 살핀 〈삼강명행록〉의 올출비채와 물고기 요괴도 무늬는 부부로 설정되어 있지만, 실상은 주종 관계나 다름없어 예외적인 경우다. 그리고 〈유이양문록〉의 여우들은 서로 사제 관계, 〈김원전〉의 아귀들, 〈이몽우전〉의 원숭이들, 〈홍길동전〉의 원숭이들, 〈전우치전〉의 여우들은 서로 주종 관계를 맺고 있다.

이처럼 고전소설에서는 요괴끼리 관계가 있다 한들 대개 하나 정도다. 또한 같은 종끼리 관계를 제한적으로 맺는 것이 보통이다. 〈화산선계록〉처럼 한 작품 안에서 여러 종의 요괴가 관계를 다채롭게 맺으며 살아가는 이야기는 거의 찾기 어렵다. 〈화산선계록〉의 요괴들은 재물욕 때문에 선을 넘을 뿐만 아니라, 인간처럼 다양한 관계를 맺어 복수하고 배신하는 행태까지 보인다는 점에서 흥미롭다.

〈화산선계록〉은 화산이라는 신선 세계에 은거하는 위복성의 셋째 아들 위현과 그의 세 부인을 주인공으로 내세워 위씨 가문의 번성 과정을 다루고 있다. 더불어 당나라에서 송나라로 넘어갈 때에 일어나는 역사적 사건도 담고 있다. 이 책에서는 한국학중앙연구원 소장 한글 필사본(80권 80책)을 대본으로 삼았다. 이 작품은 〈천수석〉의 후편이기도 하다.

요괴를 알아보는 방법

앞서 〈화산선계록〉 요괴 무리가 주인공에게 쉽게 퇴치되었음을 이야기했다. 여기서 특이한 것은 이들의 퇴치 과정에서 조마경(照魔鏡)이 빈번하게 쓰인다는 점이다. 조마경은 '마귀를 비추는 거울'이라는 뜻으로, 주인공들이 요괴인지 판단하거나 요괴를 퇴치할 때 주로 사용한다. '보배로운 거울'이라는 뜻에서 '보경(寶鏡)'이라 하기도 하는데 그 기능은 동일하다.

실제로 거울은 무속이나 도교에서 신령스러운 물건으로 여겨지며, 사악한 것을 물리치는 기능을 한다. 고전소설의 조마경도 이 점에 착안해 만들어진 도구다.

고전소설에서 대부분의 요괴들은 인간으로 변신해 인간 세계를 활보하기 때문에 정체를 파악하기가 그리 쉽지 않다. 그럴 때 이 조마경을 비추면 정체가 무엇인지 바로 파악할 수 있다. 가령 〈장한절효기〉의 진씨는 요괴인지 미심쩍은 사람에게 조마경을 비춰, 매우 기다란 뱀인 본모습을 확인한다.

한편 조마경은 단순히 요괴의 정체만을 알려주는 것이 아니라 요괴를 움직이지 못하게 하는 신비한 힘도 있다. 〈화산선계록〉의 대부분의 요괴들이 조마경을 보자마자 얼음처럼 굳어 움직이지 못한 것이 바로 그 예다. 또한 조마경은 숨어 있는 요괴를 바깥으로 나오게 하는 기능도 있다. 〈명행정의록〉을 보면 위천유가 우물에 조마경을 비추자 우물 속 귀신이 밖으로 나오는 모습이 묘사된다. 〈삼강명행록〉에도 정철이 조마경 위에 붉은 글씨를 써서 호수에 비추자, 교룡이 죽은 채 밖으로 나온다. 때문에 대부분의 요괴는 조마경을 보면 깜짝 놀라 소리를 지르거나 심하게 두려워한다.

조마경 외에도 인간이 요괴를 알아보는 방법은 다양하다. 첫째, 바로 점괘를 치는 방법이다. 〈소현성록〉에서 소운성은 여행지에서 우연히 만난 미인이 여우인지 모르다가 '여우가 엎드려 있다'는 점괘를 얻고 비로소 알게 된다. 〈태원지〉의 종황도 천리안과 순풍이라는 두 마리 요괴의 정체를 몰라 애태우다 점괘를 얻고서야 헌원묘에 살던 요괴임을 알아낸다.

둘째, 신체 일부의 괴상한 점을 보고 알아내는 방법이다. 대부분의 요괴는 인간의 외양을 완벽히 복제해 낸다. 그런데 가끔 본래의 신체 일부분을 다 감추지 못하는 경우가 있다. 2장 〈옥란기연〉의 구미호는 잘 때 꼬리를 감추지 못하고 내놓는 바람에 본모습을 들킨다. 그리고 〈태원지〉의 여우는 턱 아래 괴상한 털 한 가닥을 숨기지 못해 주인공에게 요괴임을 들킨다. 요괴가 본의 아니게 스스로 정체를 노출해 버린 경우들인 것이다.

셋째, 조력자의 도움을 받아 알아내는 방법이다. 〈반필석전〉, 〈이화전〉, 〈장인걸전〉 세 작품에서는 자물쇠의 정령이 주인공에게 요괴의 정체가 무엇인지 확실하게 알려준다. 그리고 〈사각전〉에서는 청운도사, 〈태백산호암기〉에서는 여인의 혼령, 〈황장군전〉에서는 금수산 선관이 각각 주인공에게 요괴의 정체를 말해주는데, 이들은 모두 초월적인 존재로 나타난다.

그렇다면 위의 방법 외에 요괴를 알아볼 방법은 없을까? 상식적으로 이해하기 어렵지만 고전소설 속 주인공들은 인간의 외피를 쓴 요괴를 보자마자 한눈에 인간이 아님을 알아본다. 구체적으로 어떤 종류의 요괴인지는 모르더라도 인간이 아닌 요괴임은 분명하다고 확신한다. 이를 '감식안(鑑識眼)'이라는 말로 표현하는데, '거울 보듯이 진위를 알아내는 눈'이라는 뜻이다.

물론 모든 주인공이 요괴를 알아보는 감식안을 갖춘 것은 아니다. 감식안이 없는 주인공들은 조마경을 비추거나 앞서 말한 세 가지 방법들 중 하나를 써서 요괴를 알아본다. 그렇지만 대다수의 주인공들은 감식안 덕분에 혼자만의 힘으로 요괴를 알아볼 수 있다. 고전소설의 주인공들 대부분이 전생에 하늘에서 살던 존재였기에, 그러한 능력까지 타고난 것이다. 현대의 우리에게도 사람을 잘 알아보는 감식안이 필요한 것처럼 고전소설의 주인공들이 반드시 갖춰야 할 덕목 중에 하나도 감식안인 듯하다.

8

신묘랑, 돈 모으는 재미에 심취하다

명주보월빙

고전소설의 주인공들은 금은보화, 비단, 돈 등의 재물을 탐하지 않는다. 남주인공은 관직에 나가서 토지나 월급을 많이 받더라도 자랑스러워하거나 즐거워하지 않는다. 그리고 여주인공은 가난을 괴롭게 여기지 않을 뿐만 아니라, 부유한 삶을 꿈꾸지도 않는다. 남녀 주인공 모두 재물에 집착하는 것은 옳지 않은 일이라고 생각하는 것이다. 그러나 주인공이 아닌 주변 인물, 특히 악인들은 대부분 재물을 많이 갖기를 바라며 재물 때문에 나쁜 짓을 서슴없이 저지르기도 한다.

그렇다면 요괴는 어떠할까? 대부분의 고전소설 속 요괴들은 굳이 대가를 받지 않더라도 악인들과 한패가 된다. 착한 사람들을 괴롭히고 나쁜 짓을 하는 것 자체를 좋아하는 습성 때문이다. 하지만 〈명주보월빙〉에 등장하는 여우 요괴 신묘랑은 물질적 대가를 철저하게 받고 움직이며 재물 축적을 중시한다. 특히 재물에 집착하는 모습은 앞서 〈화산선계록〉의 요괴들보다 훨씬 광적이다. 여기에서는 신묘랑의 이야기로 들어가 보자.

복채에 예민한 여우 도사

신묘랑이라는 이름은 아마도 '신묘神妙한 여자娘'라는 뜻일 것이다. 100권 100책 분량의 대장편소설인 〈명주보월빙〉에 등장하는 신묘랑은 분량상 11권부터 61권까지 약 50권에 등장할 정도로 작품에서 차지하는 비중이 높다. 사실 여우는 고전소설의 단골 요괴로, 무려 서른세 작품에나 등장한다. 그런데 〈명주보월빙〉의 여우처럼 많은 분량을 차지하며 활약하는 경우는 없다. 각기 다른 여우 세 마리가 등장하는 〈임씨삼대록〉과 한 마리 여우가 다섯 권 분량에서 활약하는 〈옥란기연〉과 비교해도 〈명주보월빙〉의 여우 분량은 압도적이다.

신묘랑은 3천 년 묵은 여우인데, 여도사로 변신한 뒤 서촉 청성

산 아래에서 암자를 운영한다. '암자를 운영'한다고 한 것은 이 암자가 그저 불도를 닦는 곳이 아니라 점을 봐주고 돈을 버는 상업적 장소이기 때문이다. 구체적으로 신묘랑은 사람들의 길흉화복과 미래사를 알려주거나 자식을 점지해 주는 등의 지극히 개인적인 소원들을 이뤄준다.

> 신묘랑이 높은 가문과 황실 친족들 중에서도 허황된 부인들과 간악한 여자들을 많이 사귀었다. 암자가 하루도 조용할 날이 없었고, 여기저기로 돌아다니며 나쁜 짓을 하였다. 길흉을 잘 알아서 명성이 자자하니 찾는 사람이 문에 가득 찼다. 그러나 신묘랑은 예단(복채)이 적으면 제쳐두고 찾아가지 않았으며, 암자에는 금은보화와 비단이 산같이 쌓여 있었다. 이 때문에 신묘랑을 모르는 사람이 없었다.

수많은 사람들이 신묘랑의 명성을 듣고 암자로 찾아오는데, 이때 신묘랑은 복채가 적은 사람은 결코 만나주지 않는다. 철저히 액수를 따져 손님을 가려 받는 것이다. 또 암자에만 머물지 않고, 여기저기 돌아다니며 다양하고도 많은 악행을 벌인다. 구체적으로는 납치, 살인, 살인 미수, 방화, 환약 사용, 모함, 신분 위조, 탈옥 등이다.

그중에서도 신묘랑의 주특기는 큰 개만 한 크기의 날개 달린 호랑이로 변신해 인간을 납치하는 일이다. 납치에 성공한 사람만 해도 총 10명인데, 모두 착한 여성과 어린아이들이다. 심지어 이제 막 태어나 이름도 짓지 않은 신생아까지 납치한다. 그런데 신묘랑과 납치되는 사람들 간에 아무런 원한이 없다는 점이 문제적이다. 일면식도, 악연도 전혀 없는 사람을 납치하는 이유는 대체 무엇일까?

돈에 홀려 어떤 일이든 맡다

신묘랑은 재물을 받는 대가로 악인들이 부탁한 나쁜 짓을 대신 해준다. 어디까지나 돈을 벌려고 악행을 일삼는 것이다. 악행을 의뢰한 악인은 총 11명으로 왕실 사람부터 관리, 사대부 집안 남녀에 이르기까지 다양하다. 특히 유씨와 후궁 김 귀비는 신묘랑의 단골 고객이 되어서 신묘랑에게 아주 많은 재물을 바치는데, 급기야 유씨는 논밭과 가보를 팔아 모든 재물을 소진하는 지경에까지 이른다.

> 유씨가 조씨와 조씨의 두 아들을 빨리 죽여달라고 부탁하자, 신묘랑이 말하였다.
>
> "제가 정성을 다해서 성공하겠습니다. 걱정하지 마십시오."
>
> 유씨가 여러 번 당부하자, 신묘랑이 그때마다 순순히 응답하였다. 그런데 신묘랑은 마음속으로 자신이 조씨와 그의 아들들을 해치지 못할 것을 알고 있었다. 유씨가 주는 재물이 탐나서 우선 허락한 것이다. 이후 신묘랑은 세월과 비영 등 유씨의 시비들에게 새로 짓는 암자의 위치를 알려주고, 자주 만나 간악한 계책을 의논하였다. 그러나 암자 짓는 일에 몰두하여 아직 악한 짓을 실행하지 못하였다.

윤씨 집안의 둘째 며느리인 유씨는 맏며느리인 조씨를 죽이려고 한다. 윤씨 집안의 장남인 윤현, 곧 시아주버니가 집안을 이끄는 점과 자신의 남편인 윤수가 차남이라는 이유로 재산을 덜 갖는 점이 싫었기 때문이다. 이에 신묘랑에게 많은 재물을 주며 조씨와 그의 두 아들을 모조리 죽여달라고 부탁한다. 조씨의 아들들이 살아있는 한, 자기 아들이 가문을 이을 가능성이 전혀 없기 때문이다.

신묘랑은 조씨와 그의 아들들을 죽이지 못하고, 자신이 해칠 만한 평범한 인물들이 아니라는 점을 미리 알았다. 3천 년을 요괴로 살며 터득한 감이다. 하지만 유씨가 눈앞에 내미는 재물이 탐나서 무턱대고 허락해 버린다. 재물을 모아 큰 암자를 새로 지은 후, 더욱 많은 돈을 벌고 싶은 욕심이 들었기 때문이다. 그래서 우선 선불을 받고는 암자를 짓는다는 핑계를 대며 미적미적 살인 실행을 미룬다.

여기서 눈에 띄는 점은 악행을 의뢰하는 이들이 신묘랑의 정체를 꿈에도 모른다는 점이다. 그저 신묘랑을 신통한 여도사로만 굳게 믿는다. 심지어 김 귀비의 딸인 문양공주는 왕족이지만 신묘랑과 한 침대에서 잠을 자고 한 식탁에서 밥을 먹기까지 한다.

> 신묘랑이 풀로 만든 가짜 조씨를 물에 던져 잠기는 것을 확인하고, 암자로 돌아와 쉬었다. 그런데 정혜주의 부적 때문에 정신이 어두워지고 눈이 아득하여 진짜와 가짜를 분별하지 못했다. 또 숨이 몹시 가빠 고르기 어렵고, 몸에 땀이 비 오듯 흘렀다. 그러자 덜컥 겁이 나 생각하였다.

‘하늘이 정한 수명이 아직 남아 있고 팔자가 존귀한 부인을 죽여서 이러는구나! 내일 유씨 집으로 가서 내 공로를 자랑하고 재물을 더 얻어내야 하겠다.’

암자를 다 지은 신묘랑은 유씨의 채근에 못 이겨, 조씨를 납치한 후 강물에 버린다. 조씨의 며느리인 정혜주가 위험을 미리 감지하고 풀로 만들어둔 가짜 조씨인 것도 모르고 말이다. 신묘랑은 일이 성공한 줄만 알고 암자로 돌아오는데, 가짜 조씨의 몸에 있던 정혜주의 부적 때문에 한바탕 곤욕을 치른다. 어지럽고 숨도 못 쉴 지경에 빠진 것이다. 그런데 이런 와중에도 날이 밝으면 유씨에게 찾아가 자기 공을 과시하고 재물을 더 뜯어낼 궁리를 한다.

그렇게 신묘랑은 재물에 사족을 못 쓴다. 그 어떤 어려운 일이라도 돈만 주면 다 해주는 해결사다. 다만 모든 일을 성공하지는 못한다. 신묘랑은 날개 달린 호랑이로 변신해 정혜주의 방에 들어갔다가 곤욕을 치른다.

정혜주가 후일의 징표를 삼고 다시 자기를 해치지 못하게 하려고 주머니에서 은장도를 꺼내 신묘랑의 왼쪽 귀를 베었다. 신묘랑이 매우 뛰어난 요괴이지만 정혜주의 당당하고도 바른 기운을 마주하니 온몸이 떨리고 어지러웠다. 마침 귀까지 베이니 아프고 분한 것이 극심하였으나 어찌할 수 없었다. 도망치려고 하자, 정혜주가 신묘랑의 머리채를 잡고 이 집에 들어온 이유를 대라고 호통쳤다. 그리고 시비 홍선을 시켜 쇠밧줄을 가져오라고 하여 신묘랑의 몸을 꽁꽁 동여맸다. 그 후 한 모금 물을 뿜고 요괴를 제압하는 노래를 부르니, 오색 빛깔 나던 흉악한 호랑이가 잠깐 사이에 금빛 여우로 변하였다.

위방이라는 음탕한 남자가 윤광천과 결혼한 정혜주를 짝사랑해 신묘랑에게 납치를 부탁했다. 돈에 빠져 사리를 판단하지 못한 신묘랑은 받은 일을 하려 든다. 그러나 정혜주는 하늘이 낸 탁월한 여성이라, 신묘랑이 요괴임을 단박에 짐작하고 쉽게 제압해 버린다.

신묘랑은 정혜주에게 왼쪽 귀가 잘리고 정체까지 들통나지만, 이후 다행히 유씨 모녀가 도와줘 달아난다. 된통 당했으니 이제 그만할 법도 하지만, 한번 돈맛을 보면 쉽게 끊을 수 없듯이, 재물의 노예가 된 신묘랑은 멈추는 법을 모른다. 이후에도 폭주 기관차처럼 물불 가리지 않고 돈 주는 사람을 위해 나쁜 짓을 대신 한다.

꼬리가 길면 밟힌다는 말처럼 신묘랑은 결국 혜원이라는 여도사에게 잡힌다. 혜원이 요괴를 제압하는 노래를 부르자 어지러워하다가 쇠밧줄에 묶이고 만다. 그리고 황제 앞에 끌려가 그간의 모든 악행을 실토하게 된다.

황제는 신묘랑의 팔다리를 자르는 형벌을 내리는데, 죽을 때 신묘랑의 핏빛 살덩이 한 점이 서북쪽으로 날아간다. 살점이 날아갔다는 것은 신묘랑이 언젠가 부활할 수 있다는 뜻이다. 실제로 신묘랑은 〈명주보월빙〉의 후속작인 〈윤하정삼문취록〉에서 여씨라는 악녀로 부활한다. 생명력 하나만큼은 엄청나게 끈질긴 요괴인 것이다.

악착같이 돈을 모으는 이유

어쨌든 신묘랑은 돈에 의해 움직여, 돈에 조종당하는 노예라고 할 수 있다. 결과를 뻔히 알면서도 위험을 감수할 만큼 돈의 마력에 완전히 매료된 것이다. 그렇다면 '산처럼 쌓인 금은보화와 비단'을 대체 어디에 사용했을까? 작품을 아무리 살펴보아도 신묘랑이 특별한 음식이나 물건을 사면서 돈을 펑펑 썼다는 내용은 찾을 수 없다. 단지 암자를 새로 짓는 데 일부를 쓴 것이 전부다. 돈이 아까워 쓰지 못하는 구두쇠 스크루지가 떠오를 정도다. 대체 왜 쓰지도 않을 재물을 목숨을 담보로 내놓으면서까지 애써 모았을까?

신묘랑은 많은 재물을 소유하고 있는 것 자체가 좋았다. 신묘랑은 오랜 세월 인간으로 변신해 살았기 때문에 인간 세계의 생리를 훤히 꿰뚫고 있었다. 돈으로 사고 싶은 물건뿐만 아니라 사람도 사고, 뭐든 다 할 수 있는 인간 세상을 익히 봤을 것이다. 딱히 쓰지 않더라도 재물이 축적된 상태만으로 심리적 만족감과 행복감을 느꼈던 것이다. 결국 신묘랑은 어떤 분명한 목적을 가지고 재물을 축적한 것이 아니라, 단순히 소유욕에 이끌려 수단과 방법을 가리지 않고 재물을 모았던 것으로 보인다.

신묘랑처럼 본인의 안위에 영향이 있을 걸 뻔히 알면서도 재물에 목을 매는 요괴는 고전소설에서 잘 나타나지 않는다. 여우가 등장하는 작품을 비롯해 여우 이외의 다른 요괴가 등장하는 여러 작품을 두루 살펴보아도 찾을 수 없는 것을 보아, 신묘랑이 거의 유일

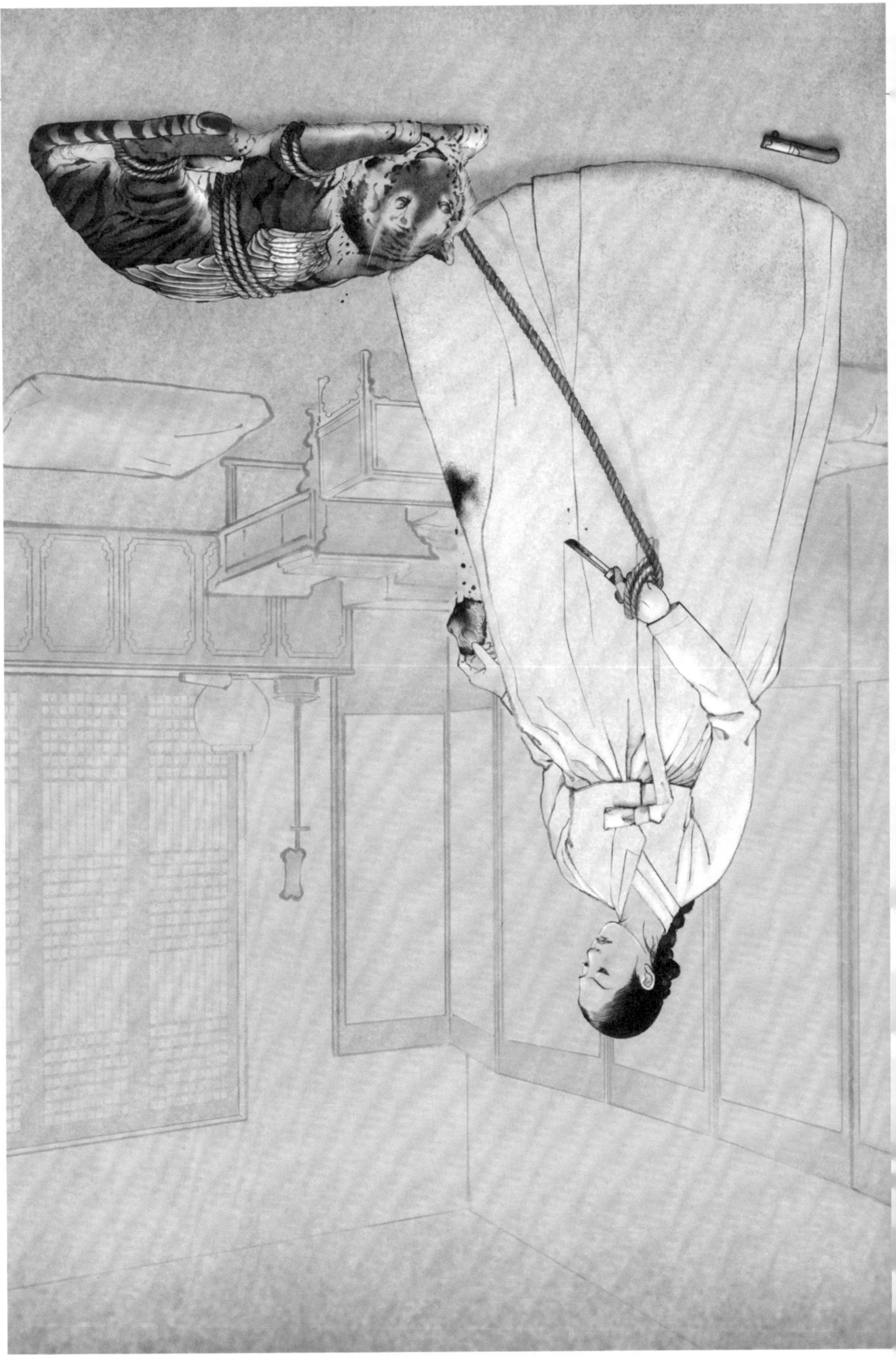

하다고 할 수 있다. 그런데 신묘랑이 그렇게 돈을 좇아 일생토록 모은 결과는 너무 처참하고 허무하다. "그토록 많은 돈이 있는데 왜 쓰지를 못하니?"라고 묻고 싶을 지경이다.

요즘 '플렉스flex'라는 말이 유행처럼 쓰인다. 힙합 문화에서 래퍼들이 '부유함이나 귀중품을 과시한다'는 의미로 쓰던 용어인데, 래퍼뿐만 아니라 젊은 층까지 퍼져 광범위하게 사용하고 있다. 목표를 세워 돈을 모으고 명품을 사서 그것을 자랑하는 것이 일종의 트렌드가 된 것이다. 이제는 자신의 능력으로 이룬 것을 당당하게 뽐내는 일이 전혀 욕먹을 일이 아니라는 인식이 생긴 듯하다. 신묘랑이 비록 좋은 능력을 엉뚱한 데 써서 돈을 벌기는 했지만, 스스로 번 돈이니 한 번쯤 플렉스를 제대로 하고 죽었다면 자기 입장에서 남은 한은 없지 않았을까? 죽음의 순간에 창고에 그득그득 쌓여 있는 재물이 신묘랑의 눈에 아른거리지는 않았을지 궁금하다.

〈명주보월빙〉은 중국 송나라를 배경으로 윤씨, 하씨, 정씨 세 가문 인물들의 일생과 혼인 이야기를 담고 있다. 또 후편인 〈윤하정삼문취록〉(105권 105책)과 〈엄씨효문청행록〉(30권 30책)으로 이어지는 연작소설이기도 하다. 이 삼부작의 분량을 모두 합치면 무려 235권 235책이며, 등장인물은 약 787명에 이른다. 작품의 제목은 명주라는 구슬과 보월패라는 노리개를 예물 삼아 남녀 주인공이 인연을 맺는다는 뜻을 가지고 있다. 이 책에서는 한국학중앙연구원 소장 한글 필사본(100권 100책)을 대본으로 삼았다. 번역본은 《현대어본 명주보월빙》 1~10권(최길용 역주, 학고방, 2014)이 있다.

여우의 변신법

앞서 신묘랑은 날개 달린 호랑이로 변신하기가 주특기라고 했다. 그런데 신묘랑은 어떤 방법으로 변신하는 것일까? 작품에서 신묘랑이 호랑이로 변신할 때의 모습은 '변하였다, 담력을 크게 내어 변하였다, 술법을 폈다' 정도로만 표현된다. 구체적인 변신법이 전혀 드러나지 않고 말이다. 다만 호랑이 외에 작은 새, 검은 새, 정혜주, 윤광천 등으로 변신할 때마다는 '몸을 흔들어' 변신했다고 나온다. 곧 몸을 흔드는 행위를 통해서 마음먹은 대로 변신하는 것이다.

2장에서 살펴보았던 〈옥란기연〉의 구미호도 몸을 흔들어 계씨의 얼굴로 변신했다고 나온다. 그리고 〈쌍성봉효록〉의 여우 요괴인 호선낭도 몸을 흔들어 나비로 변신한다. 또 여우는 아니지만 〈금방울전〉의 금돼지 요괴도 몸을 흔들어 잠시 동안 머리 아홉 달린 요괴로 변신한다. 신묘랑과 동일한 변신법인 것이다.

이외에 다른 작품에서는 여우의 변신법이 아예 묘사되지 않는다. 대부분은 '눈 깜짝할 사이에 변신했다'라는 정도로만 두리뭉실하게 묘사될 뿐이다. 〈옥루몽〉에서 인간으로 변신해 있던 여우들이 공중제비를 돌자 다시 여우로 변했다는 서술이 그나마 상세한 경우라 할 수 있다. 총 서른세 작품에나 여우가 등장하는데, 그 변신법이 단순하게 '몸을 흔든다'라고만 나온다는 점은 조금 의아하다. 또한 변신법이 자세하게 나오지 않으니 더욱 궁금증을 불러일으킨다.

정말 여우는 몸을 흔드는 간단한 행위 하나만으로 자신이 원하는 상대로 변신할 수 있는 것일까? 입에서 입으로 전해 내려오는 한국 설화에서는 여우의 변신법이 고전소설보다 훨씬 구체적으로 나타난다.

옛날에 어떤 사람이 돈이 없어 소금 장사를 했다. 어느 날은 소금 짐을 지고서 하루 종일 돌아다니다가 해가 저물었는데 잘 곳이 없었다. 그래서 어쩔 수 없이 공동묘지 곁에서 잤다. 무덤 옆에 누워 있는데, 갑자기 여우 한 마리가 나타나더니 무덤 하나를 마구 파헤쳤다. 그러고는 파헤친 무덤 속에서 해골바가지를 꺼내서는 머리에 썼다. 그러자 머리 하얀 할머니로 변신하였다. 그게 마음에 안 들었는지 여우는 그 해골을 벗어 버리고 또 다른 무덤을 파헤쳤다. 그러고는 다른 해골바가지를 꺼내 쓰니 예쁜 아가씨로 변신하였다.

-《한국구비문학대계》, 〈해골바가지와 여우〉

위 설화에서 여우는 죽은 사람의 무덤을 파헤쳐 해골을 꺼내고, 그 해골을 머리에 뒤집어쓰는 방법으로 변신한다. 그리고 고르는 해골에 따라 다른 사람의 모습으로 변신한다. 고전소설의 여우처럼 자기가 마음만 먹으면 그 모습대로 변신하지는 못하고, 그야말로 복불복인 것이다. 때문에 여우는 마음에 드는 해골을 만날 때까지 여러 무덤을 파헤친다.

이외에 다른 설화에서는 여우가 해골을 머리에 올리고 북두성에 절을 올려서 해골이 떨어지지 않아야만 사람으로 변신한다는 이야기가 나온다. 어느 방법이든 여우가 사람으로 변신하기 위해 노력을 상당히 기울여야 하는 것만은 분명하다. 중국 설화에도 이와 비슷한 이야기가 전한다.

여우는 안통 스님이 나무 그늘 아래 있다는 사실을 전혀 모르고 해골을 가져다 자기 머리 위에 올려놓은 다음 머리를 흔들어봤는데, 만약 해골이 흔들거리다 땅에 떨어지면 뒤도 돌아보지 않고 다른 것을 골랐다. 그렇게 네다섯 번도 다 해보지 않고서 여우는 해골 하나를 고르더니 높이 머리 위에 올려 흔들었다. 그리고 다시 나뭇잎과 풀, 꽃 등을 뜯어다가 자기의

> 몸을 덮어 가린 다음 몸을 흘깃 둘러보자, 그것들이 옷으로 변하였다. 잠시 후 여우는 부인으로 둔갑해 아름다운 자태로 떠나갔다.
>
> -《태평광기》, 〈승(僧) 안통〉

중국 설화에서 여우는 해골을 머리 위에 올려두고 흔들어봐서 떨어지지 않는 것을 고른다. 그리고 특이하게도 나뭇잎과 풀꽃 등을 이용해 옷을 만들기까지 한다.

이처럼 한국 및 중국의 설화에 나오는 여우의 변신법은 고전소설보다 상당히 구체적이다. 고전소설은 설화를 전폭적으로 수용해 이야기를 구성하곤 하는데, 이상하게도 여우의 변신 장면은 설화와 비슷하게 묘사된 경우를 발견할 수 없다. 또한 여우뿐만 아니라 모든 요괴를 통틀어 보아도 변신법이 친절하게 제시되지 않는다. '몸을 흔드는' 정도가 전부인 것이다.

고전소설이 유독 여우의 변신법 설명에 불친절한 이유는 무엇일까? 고전소설의 작가들은 여우가 인간으로 변신할 수 있다는 점을 설화를 통해 이미 상식처럼 알고 있었다. 하지만 여우가 마음에 드는 해골을 찾아야 한다는 점, 머리에서 떨어지지 않는 해골을 찾아야 한다는 점이 물리적으로 시간이 많이 든다고 생각했다. 즉, 요괴의 변신 과정이 너무 번거롭게 느껴진 것이다. 그래서 고전소설에서는 변신과 관련한 제약을 아예 없애버리고, 순식간에 자신이 원하는 모습으로 변신할 수 있도록 능력도 향상시켰다. 이에 따라 다소 복잡한 절차를 거치는 여우의 변신법을 과감하게 생략할 수 있었다. 대신 변신에 드는 시간을 아껴 악행에 힘쓰도록 설정했다. 대다수 고전소설이 여우가 인간으로 변신하는 과정보다, 인간이 되어 벌이는 다양한 악행에 더 크게 초점을 맞추고 있는 것이 바로 그 예다.

인간의 역할에 몰입하는 요괴

9

옥선, 악한 첩이 되어 남편의 사랑을 갈구하다

임씨삼대록

사랑 이야기를 다룬 드라마나 영화를 보면 삼각관계가 자주 등장한다. 서로 사랑하는 남녀 사이에 다른 제3자가 끼어들어 긴장과 갈등을 불어넣는데, 특히 막장드라마에서는 제3자가 훼방꾼이 되어 온갖 나쁜 짓을 일삼다가 사랑에 실패하거나 벌 받는다. 진부한 형식이지만 이 훼방꾼 인물이 과한 말투나 행동으로 유행어나 명장면을 만들며 인기를 견인하기도 한다. 얼마나 개성적인 악인을 만들어내느냐가 작품을 끝까지 감상하게 하는 관건이 되는 것이다. 이와 같이 삼각관계는 작품의 흥행과 직결된다는 점에서 중요하다.

고전소설도 크게 다르지 않다. 결혼을 약속한 남녀 사이에 다른 인물, 특히 악인이 끼어들면서 결혼이 파투나는 내용이 수없이 등장한다. 그리고 이것은 독자들의 흥미를 불러일으키고, 소설의 인기를 결정하는 데 상당히 큰 역할을 한다.

그런데 요괴가 인간과 삼각관계를 맺는다면 그 이야기가 어떻게 펼쳐질까? 아니 그에 앞서 고전소설에 등장하는 요괴도 사랑의 감정을 느끼며 삼각관계를 맺을까? 이러한 궁금증을 〈임씨삼대록〉에 등장하는 구미호인 옥선을 중심으로 풀어나가 보자.

선동에게 반한 구미호

〈임씨삼대록〉은 1대부터 3대까지 임씨 집안 인물들의 이야기를 기록한 작품이다. 여기에는 삼각관계가 '남주인공-여주인공-여우 요괴'로 나타난다. 이 셋은 천상 세계인 전생과, 인간 세계인 현생에 모두 등장한다. 또한 두 공간에서 모두 삼각관계를 이룬다.

셋의 인연은 천상 세계에서부터 시작된다.

부부의 연분을 맺어주는 월하노인이 소매를 떨치며 일어났다. 그러고는 선동과 선녀의 발목에 붉은 실을 매어주었다. 이때, 갑자기 음산한 구름이 사방에서 일어나고 검은 안개가 자욱하더니 비린 냄새가 코를 찔렀다. 그 뒤 구미호 한 마리가 나타났는데, 선동과 선녀가 붉은 실로 맺어진 것에 크게 화나 금빛 털을 곧추세우며 흉악한 소리를 지르고, 두 머리와 아홉 꼬리를 흔들며 입으로 누런 안개를 토했다. 그리고 한 번 소리를 지르자, 집채만 했던 구미호가 갑자기 아름다운 여인으로 바뀌었다. 그 여인은 푸른 눈썹을 쭈뼛 세우며 월하노인에게 달려들어 선녀에게 매준 붉은 실을 끊으려 하였다. 월하노인은 어이없이 웃고는 실의 한 끝을 풀어서 그 여인에게도 매어주었다.

발에 붉은 실을 묶어 부부의 연분을 맺어주는 월하노인은 처음에는 선동과 선녀의 발에만 붉은 실을 묶어주었다. 그런데 갑자기 구미호가 나타나 선녀 발에 묶인 실을 끊고 자기 발에 묶으려 했다. 구미호가 선동의 아름다운 외모를 몰래 훔쳐보고는 첫눈에 반해버렸기 때문이다. 제멋대로 끼어든 구미호를 모른 척할 수도 있었을 텐데, 월하노인은 이것 역시 하늘이 정한 운명이라고 하며 구미호에게도 붉은 실을 연결해 준다. 먼저 천상 세계에서 '선동-선녀-구미호'의 삼각관계가 이뤄진 것이다. 셋의 운명은 평탄했을까?

그 여인이 얼굴에 살기를 띠고 선녀에게 달려들어 가녀린 몸을 잡아 만 길 낭떠러지로 밀어버렸다. 그때 갑자기 남쪽에서 한 선녀가 오색 구름을 타고 나부끼듯이 나타나 옷소매를 떨치며 선녀를 낚아챘다. 그러고는 선녀에게 말하였다.

"그대가 이곳을 떠나는 것은 인간 세상의 기쁨과 슬픔을 누린 후에 선계로 돌아오도록 운명이 정해져 있기 때문입니다. 피하려 해도 되지 않을 것입니다."

말을 마치고는 구름 치마를 휘날리며 올라갔다. 그 순간 향기로운 구름이 감싸고 맑은 바람이 가볍게 불었다.

선동을 독차지하고 싶던 구미호는 월하노인이 선녀도 자신과 함께 연분을 맺어준 점이 불만스러웠다. 그래서 갑자기 발악하며 선녀를 만 길 낭떠러지로 밀어버렸다. 선녀를 죽여 선동을 혼자 갖고 싶었던 것이다. 그런데 마음씨 착한 선녀는 구해주는 사람이 많아 쉽게 죽질 않는다. 이에 구미호는 인간 세상에 내려가 죽이기로 결심한다. 자신이 선동과 선녀 사이에 끼어든 것이고, 본래 선동의 진정한 배필이 아니라는 사실은 전혀 아랑곳하지 않으면서 말이다.

미녀로 환생해 흉계를 꾸미다

이로써 전생의 제1막은 끝나고, 현생에서 펼쳐지는 제2막으로 넘어간다. 현생인 명나라에서의 셋의 악연은 더욱 파란만장하다. 선동은 임창흥, 선녀는 설성염으로 환생해 인간 세상으로 내려간다. 전생에서부터 선녀를 죽이겠다고 결심한 구미호도 안 따라갈 리가 없다. 워낙 신통력이 뛰어난 요괴인지라, 인간으로 몸을 바꾸는 것쯤이야 어려운 일도 아니다. 구미호는 본래 여신 여와女媧, 중국 신화에서 인간의 창조와 혼인을 주관한 여신의 돌상자에 갇혀 지냈는데, 요술을 발

휘해 육신은 돌상자에 그대로 두고 인간으로 환생한다. 황실 가문 고명딸이자 경국지색의 미녀, '옥선'으로 말이다.

'임창흥-설성염-옥선'은 인간으로 환생하면서 전생의 기억을 까맣게 잊는다. 하지만 하늘이 정한 운명대로 다시 얽히게 된다. 전생에서 선동과 선녀가 먼저 붉은 실로 연결된 것처럼, 임창흥과 설성염은 순탄하게 결혼한다. 그런데 옥선이 우연히 임창흥을 보고 열렬히 사랑에 빠지면서 전생의 악연이 반복된다. 임창흥은 이미 설성염과 정식으로 결혼했기에 옥선의 청혼을 받아들이지 않는다. 또 옥선의 집안 식구들 역시 지체 높은 가문의 귀한 딸인 옥선이 미혼 남성에게 시집가기를 원한다. 그렇지만 옥선은 첩이 되더라도 임창흥의 아내가 되길 고집한다. 결국 옥선은 아버지 권력을 이용해 강제로 결혼 승낙을 받아내고, 임창흥의 첩이 되는 데 성공한다.

그때부터 옥선의 악착같음이 빛을 발한다. 욕심 많은 구미호인 옥선은 첩의 자리를 이상하리만큼 순순히 받아들였지만, 일단 임씨 집안에 들어간 뒤에 설성염을 없애리라는 속셈을 품고 있었다. 그래서 설성염의 죽음에 자신이 전혀 관여하지 않은 것처럼 꾸미는 것이 중요했다. 당당히 본부인 자리에 앉아 임창흥에게 사랑받기를 원했기 때문이다. 옥선은 티 나지 않게 설성염을 죽이기 위한 계획을 세우고 3단계에 걸쳐 차례로 시행한다.

1단계는 설성염이 시부모를 독살하려 시도한 것으로 꾸며 시댁 식구들과 임창흥이 설성염을 미워하게 만드는 일이다. 그러나 평소 옥선의 나쁜 심성을 꿰뚫어 보던 시댁 식구들과 임창흥은 설성염을 전혀 의심치 않고 오히려 옥선이 벌인 일이라고만 짐작한다. 2단계는 임창홍의 또 다른 첩인 목지란을 칼로 찔러 죽이고는 설성염이 그랬다고 뒤집어씌우는 일이다.

> 옥선이 얼굴을 바꾸는 약을 먹고 설성염으로 변신한 뒤, 독기가 가득 찬 얼굴로 목지란의 방에 들어가 크게 꾸짖었다. 그러고는 칼로 목지란의 가슴을 무참히 찔렀다. 이때 목지란은 막 단잠에 들었는데 옥선의 꾸짖는 소리에 놀라 깨었다가 아무런 영문도 알지 못한 채 불쌍한 주검이 되었다. 애석하다! 옥선의 모질고 악독한 것이 요괴와 같으니, 이 세상에 다시없을 악인이다. 사람 죽이기를 썩은 풀 베듯 하니 본래 구미호가 아니라면 어찌 이렇게까지 하겠는가!

옥선이 얼굴을 바꾸는 약을 먹고 설성염으로 변신해 임창홍의 첩 목지란을 죽이는 장면이다. 현장을 목격한 목지란의 시녀들은 설성염이 질투심에 목지란을 살해했다고 철석같이 믿게 된다. 이에 설성염은 살인자에, 투기하는 여자라는 억울한 누명을 쓰고 유배를 간다. 하지만 옥선의 궁극적인 목표는 설성염을 아예 없애는 것이다. 유배 정도로는 성이 차지 않아 자객을 보내 설성염을 죽이는 마지막 3단계까지 시행한다. 그러나 설성염은 전생에 벼랑에서 떨어졌다가 구출되었듯이, 착한 이의 도움으로 멀쩡히 목숨을 보존한다.

이처럼 여주인공인 설성염은 옥선이 아무리 죽이려고 해도 쉽게 죽지 않는다. 전생에서 셋의 연분이 맺어지기는 했지만, 임창홍의 진정한 짝은 오로지 설성염뿐이기에 그렇다. 또 '착한 사람은 복을 받고 나쁜 사람은 벌을 받는' 고전소설의 패턴이 철저하게 실현되기 때문에 악인들은 번번이 실패할 수밖에 없다.

간통을 하고 전쟁을 부추기다

한편 옥선은 설성염이 없어진 상황에서도 임창흥에게 사랑을 받지 못한다. 깊은 통찰력과 안목을 지닌 임창흥은 옥선이 설성염에게 죄를 뒤집어씌웠으리라는 심증을 품고 있었다. 다만 물증이 없었다. 그래서 그저 마음속으로 옥선을 가증스러워하며 대면하기를 꺼리고 멀리한다.

그러자 옥선은 놀랍게도 양왕이라는 다른 남자와 간통한다. 자신을 사랑하지 않는 임창흥만 짝사랑하는 데 지쳐버린 것이다. 물론 옥선에게 양왕은 외로움을 잠시 해소하는 상대일 뿐이다. 진정 사랑받고 싶은 상대는 오직 임창흥이었다. 양왕도 옥선의 빼어난 외모에 혹해 육체만 탐할 뿐 진정한 정신적 교감을 나누지는 않는다. 두 사람의 간통이 임씨 집안뿐만 아니라 나라에 널리 알려지면서 옥선은 처형당할 위기를 맞는다. 옥선이 그렇게 죽는 것일까?

목숨이 끈질긴 옥선은 사형장으로 끌려가던 중 요사스러운 도사인 능운이 구출해 줘서 오랑캐 나라로 도망친다. 그렇다면 조용히 살 법도 한데, 또다시 발악한다. 미모로 남자를 홀리는 재주를 발휘해 오랑캐 왕을 유혹하고 왕비가 되어, 왕에게 명나라와 전쟁하라고 부추기는 것이다. 명나라를 망하게 하고 임씨 집안 사람들에게도 복수하겠다는 심산으로 말이다. 물론 계획은 실패로 돌아간다.

옥선은 전쟁터에서 임창흥을 다시 만나 싸움을 하는데, 그의 아름다운 얼굴을 넋을 잃고 바라보다가 임창흥에게 붙잡힌다. 임창흥이 정수리에 요술을 제어하는 부적을 붙이고, 목과 발목을 쇠사슬로 묶는 바람에 도망치지도 못한다. 결국 옥선은 명나라로 끌려와 황제의 명으로 목이 잘려 죽는다. 그리고 천상 세계에 있는 여와의 돌상자로 혼백이 되돌아간다.

여기서 이상한 점이 있다. 월하노인은 분명 전생에서 옥선에게도 임창흥과의 연분을 맺어주었다. 그런데 결말은 임창흥과 설성염, 두 사람의 사랑만 이뤄졌다. 이럴 거면 처음부터 붉은 실을 묶어주지 말지, 옥선의 입장에서는 월하노인이 매우 원망스러울 듯하다.

사실 월하노인은 임창흥과 설성염이 인간 세상에 내려가 옥선으로 인해 고난을 겪을 것을 미리 알았다. 옥선과 얽힌 고난을 꿋꿋이 이겨내야만 나중에 천상으로 다시 돌아올 수 있도록 정해둔 것이다. 그래서 그 사실을 은연중에 시를 읊어 내보인다.

> 월하노인이 미인으로 변신한 구미호의 머리를 손으로 치며 웃었다.
>
> "몇천 년을 묵어 비법을 얻었도다. 그 기운으로 인간이 되었구나. 황실 가문에 태어나 군자와 숙녀의 앞길을 방해하리라. 교태로운 얼굴과 고운 태도의 아름다움이여! 녹대鹿臺에서 주왕을 홀리던 달기를 부러워하지 않으리라. 임창흥을 만남이여! 헛된 인연을 맺었구나. 황실

의 금지옥엽이 속절없이 가을바람에 날아가겠도다."

말을 마치고는 소매를 떨치며 가볍게 일어났는데, 훌쩍 사라져 어디로 갔는지 알 수 없었다.

월하노인은 구미호에게 붉은 실을 매어준 뒤, 구미호의 앞날을 예언한다. 결국은 임창홍의 사랑을 얻지 못하고 죽을 것임을 은근히 드러낸 것이다. 그럼에도 옥선은 전생의 일을 다 잊어버렸으므로 오로지 임창홍만 보며 달린다. 아마 월하노인의 말을 기억해 내더라도 멈추지 않았을 것 같다. 임창홍에 대한 집착이 너무도 강해 누구도 말릴 수 없기 때문이다. 이러한 이유로 월하노인은 옥선의 사랑이 무참히 실패할 것을 알았지만 붉은 실을 묶어주었다.

요괴의 끈질긴 사랑법

하늘이 정한 대로, 옥선의 끈질기고 광적인 사랑은 끝난다. 인간 세계에서는 목 잘리는 것으로, 천상 세계에서는 돌상자에 갇히는 것으로 말이다. 인간으로서 평생 한 일이라고는 임창홍-설성염 부부 사이를 방해한 것이 전부다. 다른 사람을 괴롭히는 데 일생을 허비한 것이다. 물론 반성과 후회를 끝까지 보이지 않는다. 사랑을 독차지하려면 어쩔 수 없이 겪는 과정이라고 여겼는지도 모른다.

사실 요괴 옥선은 집안과 외모, 뭐 하나 부족한 게 없는 여자로 환생했으니 다른 남자에게 사랑받으며 행복한 삶을 누릴 수도 있었다. 그런데도 임창흥의 아내이자, 그의 사랑을 독차지하는 여자가 되고 싶어 했다. 불행히도 옥선은 제대로 된 관심과 사랑을 받지 못했고, 그래서 더 그를 갈망하며 헛된 시간을 보낸 것으로 나타난다. 어찌 보면 고군분투하는 옥선이 불쌍하게 느껴지기도 한다.

그러나 임창흥의 입장에서는, 전생부터 현생까지 지치지 않고 따라와 괴롭히는 그녀가 지긋지긋했을 것이다. 특히 광적인 집착으로 벌인 사건들은 도저히 용서할 수 없는 일들이었다. 옥선의 사랑은 스토커처럼 너무도 일방적이다. 자신이 첫눈에 사랑에 빠졌으니 상대방도 자신을 사랑하리라 착각했고, 상대방에게 무턱대고 사랑을 강요하는 식이다. 옥선의 사랑이 자신과 사랑하는 대상 모두에게 상처만을 남긴 채 막을 내린 이유는 그 때문이었다.

한편 옥선은 인간이 되어서도 전생의 극단적이고 폭력적인 성향, 즉 요괴적 성품을 유지하고 있었다. 설성염처럼 바른 행동을 하면서 기다렸다면 결국 사랑받았을지도 모를 일인데, 타고난 본성을 고치는 일이 마음처럼 되지 않았다. 악인들과 한패가 되어 모함, 납치, 살인, 반역 등의 온갖 나쁜 짓을 벌이는 게 적성에 맞았다.

게다가 옥선은 고전소설의 여주인공들처럼 남편의 다른 아내들과 화목하게 지내는 것이 불가능한 요괴였다. 사랑의 대상을 누군가와 나눈다는 것 자체를 이해할 수 없었다. 현대 독자의 입장에서도 한 남자를 사랑하는 둘 이상의 여성이 나름의 규칙을 가지고 싸우지 않으며 화합하는 모습은 선뜻 이해하기 어렵다. 이를 옥선이 그대로 보여주는 것이다. 옥선이 최후가 비극적인 이유에는 다른 여성과 달리 사랑을 나누는 방법을 익히려 하지 않은 탓도 크다.

고전소설 속 요괴와 인간의 사랑은 대체로 비극이다. 옥선의 경우처럼 '요괴의 사랑이 일방적이라, 성격이 포악해서, 자신의 사랑을 남과 나누려 하지 않아서, 하늘이 요괴의 사랑을 인정해 주지 않아서'다. 이유가 많아도 너무 많다. 정식으로 결혼해 한 남자의 아내가 되고 사랑받겠다는 어쩌면 소박한 소망이 요괴에게는 이토록 어려운 일일까? 요괴이기에 이러한 꿈 자체가 용납되지 않은 것일까?

요괴로서 너무 큰 꿈을 꾸었던 옥선은 우리에게 강렬한 인상을 남긴다. 임창흥의 아내가 될 수만 된다면 첩도 마다하지 않던 적극적인 모습, 사랑을 쟁취하려고 온갖 악랄한 짓을 서슴없이 저지르던 모습, 사랑받을 가망이 없어지자 다른 남자를 찾아 외로움을 달래던 모습, 사랑한 만큼 증오심에 불타 복수하려던 모습 등 상당히 파란만장한 삶을 보여주었기 때문이다. 물론 요괴 옥선의 이미지는 '표독스러운 악녀상' 그 자체가 지배적이다. 그렇지만 한편으로는 '열렬히 사랑을 갈구했으나 단 한 순간도 사랑받지 못한 가엾은 한 여인'의 모습도 겹쳐 보인다.

〈임씨삼대록〉은 중국 명나라를 배경으로 임씨 가문의 번창 과정 및 임씨 집안 남녀의 결혼과 관련된 다양한 사건들이 복잡하게 이어지는 작품이다. 또한 〈성현공숙렬기〉의 후속편이다. 이 책에서는 한국학중앙연구원 소장 한글 필사본(40권 40책)을 대본으로 삼았다. 번역본은 《임씨삼대록》 1~5권(김지영 외 5인 역주, 소명출판, 2010)이 있다.

요괴의 전생

요괴도 전생이 있다는 발상은 퍽 참신한데, 그리 많이 등장하지는 않는다. 요괴가 자기 입으로 전생에 '천상 사람이었다, 옥청궁(玉淸宮, 옥황상제가 사는 곳) 선녀였다, 향안전(香案前, 제사 때 향을 올려두는 상 앞)에서 서책을 담당했다'고 거짓말하는 경우가 훨씬 많지만 실제 전생이 있었는지가 확인되는 요괴는 드물다. 앞서 살핀 〈임씨삼대록〉과 〈윤하정삼문취록〉(51~53쪽 참고)이 외에 〈구래공정충직절기〉, 〈소강절〉까지 더해 세 작품 정도뿐이다.

〈임씨삼대록〉에는 옥선 외에 옥경이라는 악녀가 한 명 더 등장하는데, 옥경 역시 옥선처럼 전생에 구미호였다. 인간이 된 옥경이 설희광과 임월혜 부부 사이에 끼어들어 나쁜 짓을 벌이다가 처참한 죽음을 당하는 이야기는 옥선의 이야기와 똑같다.

다른 작품인 〈구래공정충직절기〉에 등장하는 악녀 유호영도 전생이 천 년 묵은 구미호다. 특히 유호영은 전생에 여와의 수하에 있다가 남녀 주인공이 연분을 맺을 때 끼어들고, 인간 세상에서도 삼각관계를 맺어 갈등을 빚다가 사형당한 뒤 천상 세계로 올라간다. 〈임씨삼대록〉의 옥선, 옥경과 거의 비슷한 행동 패턴을 보이는 것이다.

마지막으로 〈소강절〉에는 두 번이나 죽는 요괴가 등장하는데, 첫 번째 생에서는 천하에 다시없을 불효자로 살다가 죽는다. 두 번째 생에서는 불효한 벌로 인해 구렁이가 되어 큰 나무 속에 산다. 그런데 어떤 효자가 자신이 전생에 불효했다는 것을 알고 죽이는 바람에 두 번째 생도 마감한다. 이후 세 번째 생에서 효자는 위흥이라는 인간 남자로 환생하지만 구렁이는 죄가 많아 환생하지 못하고 귀신의 형태로 떠돌게 된다. 결말은 형체 없는 귀신으로 나타난 구렁이 요괴가 위흥을 죽여 원수를 갚으려 하지만 결국은 실패하고 사라진다는 내용이다. 여우가 아닌 구렁이에게 전생 신분이 설정되는 점도 독특하지만, 본래 인간이었다가 요괴로 태어난다는 설정이 참신하다. 인간이었더라도 불효막심한 악인이었기에 가능한 이야기였을 것이다. 전생에 착한 성품을 가졌던 사람이 현생에 요괴로 태어난다는 이야기는 아직까지 전혀 찾아볼 수 없기 때문이다.

이처럼 고전소설 요괴의 전생 이야기는 그리 많지 않다. 남녀 주인공은 하나같이 전생이 있어 천상의 선동이나 선녀, 용궁의 아들이나 딸로 설정된 것과는 크게 대비된다. 주인공들에게 전생 신분은 인간으로 태어나기 이전부터 고귀한 신분이었음을 증명해 준다는 점에서 의미가 중요하다. 그런데 요괴는 거의 모두 악인과 동일하기 때문에 굳이 전생 신분을 만들어줄 필요가 없다. 설사 만든다 해도 그럴듯한 신분이 아닌 여우나 구렁이 등의 요괴로 만들거나, 인간이라 하더라도 악인이라 명확히 규정해 놓는다. 그리고 전생에 요괴였다는 사실은 현생에서 악한 일을 벌이는 이유로 쓰인다. 전생에 요괴였으니 현생에서 나쁜 짓을 벌이는 것이 당연하다는 식의 논리인 것이다.

또한 요괴의 전생 신분은 요괴가 전생에서부터 주인공과 악연을 맺었다는 사실을 만들기 위해 설정되는 경우가 많다. 그렇게 될 때 좀 더 복잡하면서 재미있는 이야기가 펼쳐지기 때문이다. 〈임씨삼대록〉과 〈구래공정충직절기〉, 〈소강절〉 모두 그러하다.

고전소설 속 요괴의 전생은 작가가 필요에 따라 전략적으로 선택할 때만 나타나므로 그리 많지 않다. 그저 소수의 작품을 통해, 요괴가 시공간을 뛰어넘어 전생과 현생에서 모두 '빌런(villain)' 역할을 한다는 것을 알 수 있다.

10

호미아, 양어머니가 되어 모성애를 흉내 내다

○ 유이양문록

입양한 아이를 피를 나눈 친자식보다 더 사랑하는 부모의 이야기를 가끔 접한다. 고전소설에도 수양아들이나 수양딸을 진정으로 아끼는 부모가 자주 등장한다. 재밌게도 대체로 친자식은 외모나 능력이 다소 모자란 데 비해, 양자식은 여러모로 뛰어난 것으로 설정된다. 보통 주인공이 친부모와 헤어져 고난을 겪는 과정에서 입양되기 때문이다. 어쨌든 주인공을 입양한 부모는 양자식을 더 귀하게 대한다. 때문에 친자식은 자연스럽게 부모에게 불만을 가지며, 양자식을 내쫓거나 죽이려고 하는 등 비뚤어진 행동을 계속해서 이어나가곤 한다. 양자녀를 향한 부모의 사랑이 갈등의 불씨가 되는 것이다.

〈유이양문록〉에는 특이하게도 인간의 양부모가 되어 사뭇 다른 방식으로 갈등의 불씨를 지피는 요괴가 등장한다. 고전소설에서 부모-자식 관계를 형성한 요괴는 매우 드물게 나타난다. 7장 〈화산선계록〉의 여우 모녀처럼 있다고 한들 부모로서의 에피소드나 자식 사랑의 감정이 드러나지 않는 것이 보통이다. 그렇기에 이 요괴는 더욱 주목할 점이 많다.

도사 행세하다 양어머니가 되다

〈유이양문록〉은 유씨와 이씨 두 가문 인물들의 이야기를 기록한 작품이다. 여기에는 '호미아'라는 이름의 꼬리 일곱 달린 여우 요괴가 등장한다. 호미아는 벽진이라는 꼬리 아홉 달린 여우 요괴를 스승으로 두고 있다. 두 여우는 운수산에서 함께 여도사 행세를 하는데, 도술이 매우 뛰어나다. 어느 날 호미아는 벽진의 소개로 윤운빙이라는 인간 여자를 만난다.

윤운빙은 본래 황후 윤씨의 이복동생이다. 그녀는 황후의 권력을 이용해 이창원과 억지로 결혼한 뒤, 이창원의 본부인인 화선군주를 모함해 집에서 쫓겨나게 만들었다. 그런데도 이창원을 비롯한 이씨 집안 사람들이 자신을 사랑해 주지 않자, 도망쳐 나와 호미아를 만난다.

윤운빙이 스스로 이름을 윤운화라 고치고, 호미아를 스승으로 떠받들며 자기 친어머니보다 더 공경하였다. 호미아가 윤운빙을 희롱하며 말하였다.

"소저가 비록 황실의 핏줄이기는 하지만 얼굴이 세 번 변하여 마침내 지금의 얼굴이 된 것은 제가 만들어준 것입니다. 그러니 우리가 서로 모녀라 칭할 만합니다."

윤운빙이 고마워하며 말하였다.

"스승님의 은혜는 제 친어머니의 은혜보다 훨씬 크니, 어찌 쉽게 제가 먼저 모녀 관계를 청하겠습니까? 만일 저를 더럽다 생각하지 않으신다면 절하는 예를 올려 어머니로 섬기고 싶습니다."

호미아가 사양하지 않으며 웃자, 윤운빙이 여덟 번 절하는 예를 다하여 어머니로 삼았다. 호미아가 기뻐하며 말하였다.

"네가 이미 나를 싫어하지 않고 어머니라 부르는데, 내가 여도사의 복장을 입고 있는 것이 마땅하지 않다. 보통의 부인네 복색으로 바꾸는 것이 좋겠다."

윤운빙이 기뻐하면서 말하였다.

"어머님의 말씀이 가장 좋으니 그렇게 하십시오."

그러고는 윤운빙이 고운 손으로 비단과 노리개를 내어놓고, 호미아의 옷 치수를 재서 순식간에 옷을 한 벌 지어 입혔다. 호미아가 여도사의 옷을 벗고 담박하고 깨끗한 여인의 옷으로 고쳐 입으니, 어린 나이에 남편을 잃은 과부처럼 보였다. 나이는 서른이 채 되지 않은 듯했고, 얼굴은 황홀할 정도로 곱고 피부는 눈보다 하얘 찬란하고 깨끗하였다. 사람이 한번 보면 너무 놀라 넋을 잃을 정도이며, 윤운빙의 고운 얼굴로도 호미아의 아기자기한 이목구비를 따라가지 못하였다. 이에 보는 사람마다 기특하게 여겼다. 이후 호미아가 스스로를 '호씨'라고 칭하였다. 이로써 호미아와 윤운빙이 서로 모녀지간으로 행세하니, 그 정이 끈끈하여 친모녀 사이와 다름이 없었다.

호미아는 윤운빙을 처음 보자마자 그녀의 아름다운 모습을 사랑스러워한다. 그래서 이씨 집안 사람들이 이유 없이 자신을 구박했다는 윤운빙의 거짓말을 곧이곧대로 믿으며 분노하고 연민한다. 때문에 이씨 집안에 복수하고 유세창이라는 남자와 재혼하고 싶다는 윤운빙의 두 가지 소원을 흔쾌히 들어주기로 한다. 그런데 이미 윤운빙의 얼굴이 이씨 집안에 알려졌기 때문에 그 얼굴 그대로 유세창과 결혼할 수는 없었다. 유세창의 집안과 이씨 집안 사이에 친분이 두터웠기 때문이다.

이에 호미아는 세 개의 신비한 약을 써서 윤운빙의 얼굴을 새롭게 바꿔준 후, 모녀 관계를 맺는다. 그리고 윤운빙의 어머니처럼 보이기 위해 여도사 복장을 벗고 과부의 옷을 입는다. 이로써 호미아는 자신을 윤운빙의 양어머니 신분으로 만들고, 윤운빙에게도 외모와 신분을 완벽하게 세탁해 준다.

딸의 소원을 악행으로 이뤄주려 하다

이후로 호미아와 윤운빙은 취별산 녹운동에서 단둘이 살면서 친모녀처럼 깊은 정을 나눈다. 특히 호미아는 끈끈한 유대감을 바탕으로 상당히 헌신적인 모성애를 보이는데, 윤운빙의 소원대로 윤운빙을 이미 본부인 장씨가 있는 유세창과 결혼시키기 위해 온갖 나쁜 짓을 마다하지 않는다.

그 첫 번째 단계로, 먼저 유세창과 장씨의 사이를 갈라놓는다. 호미아는 유세창이 장씨와 첫날밤을 치르려고 할 때, 몰래 도술을 부려 장씨에게서 비리고 아니꼬운 냄새가 나게 만든다. 이로 인해 유세창은 장씨와 동침하지 않고, 그날 이후부터 이유 없이 장씨가 미워져 가까이하지 않는다.

이에 호미아는 두 번째 단계를 시행한다. 도술을 부려 유세창이 꿈속에서 윤운빙을 보도록 하고, 그가 녹운동으로 직접 찾아오게 만든다. 꿈속에서부터 윤운빙의 아름다운 자태에 홀린 유세창은 부모의 허락도 받지 않고 무턱대고 윤운빙과 동침한다. 호미아의 계책대로 척척 맞아 들어가는 것이다.

그런데 유세창과 윤운빙의 동침이 탄로 나며, 유세창의 아버지인 유진이 불같이 화를 낸다. 유진은 유세창에게 무려 60대의 매를 때리고, 며느리로 받아달라며 찾아온 윤운빙에게는 대문 문턱도 밟지 못하게 한 뒤 쫓아낸다. 본부인이 있는 외간 남자를 유혹한 음란한 여자로 취급했기 때문이다. 이처럼 유진이라는 정대한 인물이 복병으로 등장해 호미아의 교묘한 계책은 일단 실패로 돌아간다.

그렇다고 여기서 포기할 호미아가 아니다. 이전보다 훨씬 더 강력한 방안을 구상하는데, 바로 황제의 권력을 이용하는 것이다. 아무리 고집스러운 유진이라 하더라도 황제가 명령하면 유세창과 윤운빙의 결혼을 허락할 수밖에 없으리라 계산했기 때문이다. 그리고 이제는 자신이 직접 나서는데, 20세의 꽃다운 미녀로 변신해 황제에게 접근한 뒤 손쉽게 후궁에 오른다. 그러고는 황제에게 요사스러운 약을 먹여 정신을 흐리게 한 뒤, 황제를 자기 손아귀에 넣고 조종하기 시작한다.

결국 황제는 정치도 돌보지 않는 지경까지 가는데, 이때 황후가 나서서 호미아를 질책한다. 그러자 호미아는 자기 피부를 피가 날 때까지 쥐어뜯고 자기 몸을 쇠채찍으로 마구 친 후에, 황후가 때렸다고 황제의 앞에서 모함한다. 윤운빙을 위해 고통을 감수하기까지 하는 것이다. 이 일로 황제는 황후를 미워하고, 호미아만 더욱 아끼게 된다. 결국 호미아는 황제를 부추겨 윤운빙과 유세창의 결혼을 성공으로 이끈다. 양어머니 호미아의 희생 덕에 윤운빙의 간절한 소원이 끝내 이뤄진 것이다. 그렇다면 호미아는 이제 악행을 그만두었을까?

아직 윤운빙의 소원이 한 가지 더 남아 있었다. 바로 철천지원수인 이씨 집안을 몰락시키는 일이다. 호미아는 이씨 집안 여자면서 태자비인 이몽난을 첫 번째 표적으로 삼는다. 먼저 태자 연왕에게 마음을 변하게 하는 약을 먹여 이몽난을 미워하게 만든다. 그리고 이몽난이 황제와 태자를 저주하는 글을 쓴 것으로 꾸며 이몽난을 궁궐에 감금시킨다. 그런데 여기서 만족하지 않고 이몽난을 직접 죽이려 하다가 사달이 일어난다.

호미아가 자객으로 변신하여 이몽난을 칼로 찔러 죽이려 하였다. 그런데 갑자기 천둥 벼락이 치며 번쩍번쩍 빛이 나는 적룡이 튀어나와 호미아를 물어 던졌다. 그러자 호미아가 엎어져 오랫동안 정신을 차리지 못하였다. 잠시 뒤 벼락 치는 소리가 그치고 호미아가 일어나 보니, 적룡이 이몽난의 주변을 호위하고 있었다. 더욱 놀라 겨우 정신을 차린 후, 쥐가 숨듯이 재빨리 달아났다. 호미아가 돌아와 황제를 보고 울면서 말하였다.

"제가 태자비의 고난을 불쌍히 여겨 일부러 몇 그릇 음식을 가지고 가서 위로하고자 했습니다. 그런데 태자비가 이를 갈면서 저를 책망하기를 '네가 아첨과 교태로 아버님의 총기를 가리고 정치를 어지럽혔다. 또 지금 나를 이처럼 곤경에 빠뜨린 것도 다 요악한 네년 탓이다!' 하였습니다. 그러고는 음식 그릇을 제 얼굴에 던지고 칼로 머리를 찔렀습니다. 만일 태자비가 죽지 않는다면 제가 반드시 태자비의 칼에 죽을 것입니다. 황제께서는 빨리 저를 죽여 태자비의 원수를 갚고, 조정 사람들이 비웃는 일이 없게 하십시오."

말을 마치고는 머리를 보여주니, 칼에 찔린 상처가 깊지는 않았으나 붉은 피가 계속해서 흐르고 있었다.

호미아가 이몽난을 칼로 찔러 죽이려다가 이몽난을 호위하는 적룡에게 머리를 물리는 장면이다. 죽을 위기에 처했었고 머리에서 피가 철철 날 정도로 고통을 당했으면 그만할 법도 하지만, 호미아는 오히려 이를 기회로 삼는다. 황제에게 이몽난이 자신을 칼로 찔렀다고 모함하는 것이다. 이를 철석같이 믿은 황제는 결국 이몽난에게 사형을 내리지만, 다행히 양 상궁이 대신 죽어 이몽난은 목숨을 보존한다.

도사 때문에 본모습을 들키다

이몽난을 깨끗이 처리했다고 착각한 호미아는 마지막으로 이몽난의 아버지인 이연기를 죽일 계획을 짠다. 그 계획은 윤운빙의 남자 노비인 계천에게 얼굴을 바꾸는 약을 먹여 이연기로 꾸민 후, 황제를 공격하도록 시키는 것이다. 미리 약속한 대로 가짜 이연기는 갑자기 궁전에 쳐들어가 큰 창으로 황제를 찌르려 한다. 이때 옆에 있던 호미아가 직접 칼을 들고 나서서 두어 번 칼싸움을 한다. 그러자 가짜 이연기가 슬쩍 도망친다. 철저하게 미리 짠 연극이었다.

이 일로 호미아는 황제를 지킨 충직한 후궁이 되고, 이연기는 역적으로 잡혀간다. 또 황제는 이연기에게 사약을 내린다. 이몽난에 이어 이연기까지 죄인이 되어, 이씨 집안이 망할 위기인 것이다.

그런데 이때 금강탑이라는 도사가 나타나 이연기의 누명을 벗기고, 호미아가 그동안 저지른 악행을 폭로한다.

금강탑이 공중에서 가만히 주문을 외우며 칼을 가볍게 내려치니, 호미아가 그 칼에 정수리를 맞고 피를 흘리며 엎어졌다. 그러더니 금빛 털에 꼬리 일곱 달린 여우로 변하여 살려달라고 빌었다. 금강탑이 호미아의 뒤통수에 부적을 써 붙이니, 다시 인간으로 변신할 수 없었다. 호미아는 후궁전 침실에 갇혀 있었는데, 황제의 명을 받은 궁녀들이 들이닥쳐 여기저기 뒤지려 하였다. 그러자 호미아는 갑자기 입으로 독 기운을 뿜으며 달려들어 물려 하였다. 이를 지켜보던 황제와 태자가 크게 놀라 급히 외전으로 나와 문을 막고, 여러 궁인들에게 호미아를 잡으라고 명하였다. 그런데 쫓으면 이리 피하고 저리 피하여 모습이 보일 듯 안 보이니, 모두 두려워 문을 닫고는 호미아를 감히 잡을 생각을 못하였다.

호미아가 날이 밝을 때까지 난리를 쳤는데, 빨리 피하지 못한 자는 그 독을 정면으로 맡아 조금 이따가 죽었고 직접 물린 자는 그 자리에서 죽었다. 이날 죽은 궁인이 거의 30여 명이었는데, 호미아가 그 시신 위에 올라가 피를 빨아 먹었다. 그러니 한 사람의 시신도 온전한 것이 없었다. 호미아는 실컷 피를 먹고 배가 부르니 졸음이 쏟아졌다. 그래서 자기가 머물던 침실에 돌아와 자니, 누가 감히 얼씬하겠는가?

금강탑은 호미아에게 도술을 써서 꼬리 일곱 달린 여우의 본모습을 드러내게 한다. 그런데 그동안 호미아가 주는 약을 먹고 정신이 흐려진 황제는 오히려 금강탑이 호미아를 여우로 만든 것이라 생각한다. 그래서 금강탑은 호미아의 뒤통수에 부적 한 장만 붙여 둔 뒤 궁을 나가고, 황제는 호미아를 지켜본다. 그날 밤에 호미아는 30여 명의 궁인들을 독기로 죽이거나 물어뜯어 죽인다. 심지어 모든 시신의 피까지 빨아먹은 뒤 포만감에 늘어져 잔다. 여우라는 본체를 드러낸 이상, 본성 그대로 행동하는 것이다.

이 모습을 본 황제는 그제야 호미아가 인간이 아닌 여우 요괴라는 것을 깨닫는다. 이에 다음 날 금강탑에게 호미아를 죽이라고 명한다. 그런데 금강탑이 칼로 호미아를 죽이려 할 때, 갑자기 공중에서 호미아의 스승인 벽진이 나타나 호미아를 데리고 사라진다. 두 여우 요괴가 이대로 멀리 도망치는 것일까?

이때 유진과 이연기가 나타나 해결한다. 두 사람은 합심해 공중에 그물을 쳐, 두 요괴를 손쉽게 사로잡는다. 결국 호미아는 벽진과 함께 이연기의 칼에 맞아 처참하게 죽는다. 이렇게 되자 황제는 자신이 요괴에게 놀아난 것을 매우 부끄러워하고, 호미아의 사체를 저잣거리에 내걸어 백성들이 보게 한다.

아낌없이 주고팠던 요괴

호미아는 윤운빙을 돕기 위해 처음부터 끝까지 자기 몸을 아끼지 않았다. 후궁이라는 높은 자리에서 황제의 사랑을 듬뿍 받는 상황이라면 권력을 누리며 사는 쪽이 더 편했을 텐데, 호미아는 딱히 권력에 대한 집착을 보이지 않는다. 호미아에게 권력은 윤운빙의

소원을 이뤄주기 위한 수단에 불과했기 때문이다.

사실 호미아는 유씨와 이씨 집안 사람들과 아무런 원한 관계가 없다. 그런데 오직 수양딸인 윤운빙을 위해서, 그녀의 두 가지 소원을 들어주기 위해서 분주히 움직인다. 자식 사랑이 지극한 나머지 자식의 단점을 제대로 보지 못하는 어머니처럼 행동하는 것이다. 비뚤어진 모성애의 표상이라 할 수 있다.

호미아는 어머니가 되고 싶었고 인간처럼 가족을 만들고 싶었다. 또 피를 나눈 친자식은 아니지만 처음 생긴 딸이 원하는 모든 것을 다 베풀어주고 싶었다. 다만 사랑을 주는 방법을 잘 몰랐다. 자식의 잘못된 요구조차 들어주는 무조건적인 수용이 모성애라고 생각한 것이다.

다른 사람을 속이거나 해치면서까지 자식의 소원을 들어준다면, 자식은 그와 같은 부정한 방법을 고스란히 본받을 수밖에 없다. 보통 어린아이들이 자기 주관을 갖게 되면서 가장 먼저 배우는 것이 바로 포기하는 법이다. 모든 장난감을 가질 수 없고, 매일 만화만 볼 수 없으며, 원하는 일을 다 할 수는 없다는 사실을 배우는 것이다. 그 과정에서 마트 바닥을 뒹굴며 울기도 하지만 그 또한 한층 성숙하는 계기가 된다.

윤운빙이 성인이긴 했지만 어머니가 아이에게 포기를 가르치는 것처럼 호미아도 윤운빙이 그릇된 욕심을 깨우치고 반성할 수 있도록 보듬어줬다면 어땠을까? 물론 호미아와 윤운빙 모두 악한 심성을 타고났기에 마음이 잘 맞았던 것이니 그러한 일은 없었을 것이다. 다만 호미아가 윤운빙을 만나기 이전에 인간 세상에 나와 이상적인 어머니의 모습을 관찰하고 지켜봤다면, 위와 같은 악행을 벌이지 않았을지도 모른다. 인간 세계와 동떨어진 운수산에서 조용히 살아왔던 호미아는 자식에게 사랑을 주는 데 서툴고 무지했다. 악녀를 소중한 딸로 생각해 일생을 허비하다가 죽고 만 호미아가 가엾어 보인다.

〈유이양문록〉은 명나라를 배경으로 유씨와 이씨 두 가문의 결혼 갈등, 부부 갈등, 아내 간의 갈등 문제를 기록하고 있다. 또 가정과 궁궐에서 펼쳐지는 음모, 외부에서 일어나는 전쟁담을 복잡하게 엮어놓았다. 특히 여러 등장인물이 환생한다는 이야기가 독자들에게 매우 큰 흥미를 주는 작품이다. 이 책에서는 한국학중앙연구원 소장 한글 필사본(77권 77책, 6권과 74권 없음)을 대본으로 삼았다.

다양한 환약의 종류

앞서 호미아가 신비한 약을 자유자재로 사용하는 모습을 보았다. 고전소설에는 '환약'이라고 불리는 신비한 약이 있다. 이 환약은 사람을 어지럽게 하거나 변신시키는 요사스러운 약이다. 그 형태는 둥글둥글한 알약인 경우도 있고, 물에 타는 가루인 경우도 있다. 다만 작품마다 약의 형태에 대한 묘사는 거의 나타나지 않고, 그 효험이 요사스럽다는 점을 매우 중시한다. 그렇기에 환약에는 저마다 특이한 이름이 붙어 있으며 효험도 각기 다르게 나타난다.

원하는 사람의 얼굴과 신체로 변신시켜 주는 '개용단(改容丹)', 다시 본래 얼굴로 돌아오게 하는 '회면단(回面丹)', 총기를 흐리게 해서 어리석게 만드는 '미혼단(迷魂丹)', 미워하던 사람을 사랑하게 만들고 사랑하던 사람을 미워하게 만드는 '변심단(變心丹)', 물에 타서 쓰면 피부가 타들어 가는 '적면단(赤面丹)', 벙어리로 만드는 '암약(喑藥)', 수개월 앓다가 오장육부가 망가진 후에 죽게 하는 '절명단(絶命丹)', 먹는 즉시 죽는 '촉명단(觸命丹)' 등이다. 이름과 효험이 참으로 기상천외한데, 이 역시 작품마다 조금씩 다르게 나타난다.

고전소설에서 선한 인물은 환약을 절대 가까이하지 않으며, 철저하게 금기한다. 〈소현성록〉의 주인공 소현성이 강주 심양의 한 도사가 만든 환약 소굴을 통째로 불태워 없애버리는 모습이 가장 대표적인 예다. 선인들이 환약을 멀리하는 이유는 이 약이 인간의 신체나 정신 건강에 해롭기 때문이다. 그렇기에 환약은 주로 악인과 요괴가 취급한다.

악인과 요괴는 환약을 한결같이 선인에게 해를 끼치는 데 사용한다. 이때 선인들은 보통 미리 알아차리고 현명하게 피한다. 간혹 모르고 먹는 경우도 있는데, 이때는 해독제를 먹고 회복하거나 다른 이의 도움을 받아 죽었다가도 살아난다. 이처럼 고전소설에서 환약은 선인들이 잠시 고난과 시련을 격는 계기를 만들어내, 심각한 갈등 상황을 펼치는 역할을 한다.

환약을 활용하는 요괴로는 대표적으로 〈명주보월빙〉의 여우 신묘랑이 있다. 신묘랑은 품속에 늘 약봉지를 품고 다니는데, 그 속에는 미혼단, 암약, 절명단, 촉명단 등의 환약이 줄줄이 들어 있다. 또 〈쌍성봉효록〉에는 호선낭이라는 여우 요괴가 등장한다. 호선낭이 특이한 점은 자신이 직접 환약을 조제한다는 점이다.

> 강주 심양현 도화산에 한 절이 있었는데, 그 절에 요망한 도사 한 명이 살았다. 그 도사는 스스로를 '금호진인'이라고 칭하였는데, 또 다른 이름은 '호선낭'이었다. 호선낭은 본래 사람이 아니라 도화산 바위굴 속에서 오래 묵은 금빛 암여우이다. 이 때문에 '금호진인(金狐眞人)'이라 한 것이다. 호선낭은 수천 년 동안 도를 닦아 사람으로 변신할 수 있게 되었고, 절을 세워 사람들을 유혹하였다. 그리고 절 뒷산에 채소밭을 만들어 백 가지 풀을 심었다. 그 후 대낮에 민가를 돌아다니며 마을 소년들을 납치하여 소년들의 심장과 간, 피를 백 가지 풀과 섞어서 환약을 만들었다. 이처럼 호선낭은 환약을 만들어 팔아 많은 돈을 벌었다.

호선낭은 어린아이의 장기와 피에, 자신이 가꾼 백 가지 풀을 섞어서 환약을 만든다. 인간을 죽여서 환약을 만들고, 그것을 다시 인간에게 되파는 매우 사악한 여우 요괴인 것이다. 그런데 환약은 시중에서 쉽게 구할 수 없는 희귀한 약이고, 다른 사람의 눈을 속일 수 있기 때문에 불티나게 팔린다. 호선낭은 소수의 사람을 은밀히 상대하는데, 그 사람들은 모두 어리석은 사람들이다. 대체로 환약으로 다른 사람을 속이고 비뚤어진 욕망을 실현하려고 하기 때문이다.

결국 이러한 인간의 그릇된 욕망과 환상이 환약과 요괴를 만들어냈다고 할 수 있다. 또한 사람들의 그릇된 욕망이 있는 한 그것을 충족해 주는 요괴는 계속해서 출몰하게 된다. 이는 고전소설에서 요괴가 악한 존재로 규정되고 퇴치되어도 끊임없이 등장하는 이유와도 연결된다. 요괴야말로 인간의 잘못된 욕망을 대리만족시켜 주는 대상으로 꼭 맞는 것이다.

알약 한 알, 가루 한 줌만 삼키면 나를 미워하던 사람이 나를 사랑하게 되고, 내가 선망하는 사람의 얼굴과 몸매로 변신할 수 있다는 상상이 매우 참신하다. 고전소설에 나타나는 환약은 단 하나도 실재하지 않는다. 현대 의약품 중 사람을 죽게 하는 독약이 다양하게 존재하기는 하지만, 앞서 언급한 환약들의 이름은 아니다.

고전소설의 작가는 무한한 상상력을 발휘해 많은 종류의 환약을 창작해 내고, 그것을 통해 이야기를 다채롭게 구성한다. 독자들은 현실에서는 실현 불가능한 이야기이기에 이를 더욱 흥미롭게 받아들인다. 때문에 고전소설 속 환약은 하나같이 나쁜 일을 하는 데 쓰이지만, 독자들에게 무궁무진하고도 재미있는 이야깃거리가 되고 있다.

11

월나라 세 요괴, 충직한 문관 행세를 하다

○ 삼강명행록

요괴 세계에도 계급 차이와 직업의 귀천이 있을까? 고전소설에서 요괴들은 무리를 지어서 살더라도 직업의 귀천이나 신분 계층을 나누지는 않는다. 힘에 따라 나뉘는 주종 관계 정도만 있을 뿐이다. 직업을 갖고 경제 활동을 하면서 살아가는 인간과는 다르기 때문이다.

그런데 요괴가 일단 인간으로 변신해 인간 세계로 들어와 살게 되면 이야기가 달라진다. 그들도 직업 차별이 확실한 사회에 적응하며 살아가야 하는 것이다. 요괴가 인간이 되어 관리가 되고자 결심한 이상, 이왕이면 귀한 직업이 더 좋지 않을까? 그래서 문관이 되기를 선택한 세 마리 요괴가 있다. 〈삼강명행록〉에 등장하는 여우, 원숭이, 거북 요괴다.

문관文官은 문과 시험 출신의 관리다. 예외적으로 전현직 고위 관리의 자식을 특채로 뽑기도 했지만, 보통은 유학 경전에 대한 지식 및 문학적 소양을 시험해 선출했다. 학문과 문학·예술 분야를 관장하고 조정의 인사권을 가지는데, 특히 조선시대에는 무관보다 문관을 우대했기 때문에 문관이 되는 것이 최고의 출세였다. 너도나도 집안에서 문관이 나오기를 원해 과거 시험이나 문관 채택에 부정부패가 심했던 사실이 이를 보여준다. 그럼 이제 조선이 아닌 가상의 어떤 나라에서 문관 행세를 하는 세 요괴 이야기 속으로 들어가 보자.

온 나라를 어지럽히는 세 신하

앞서 4장에서는 〈삼강명행록〉의 사씨 부인이 만난 요괴인 올출비채를 소개한 바 있다. 이번에는 사씨의 아들 정철이 만난 요괴에 대해 이야기하려고 한다.

정철은 명나라 황제가 황위를 빼앗기는 사건으로 인해 어머니 사씨와 헤어지게 된다. 이에 어머니를 찾기 위해 남자 종인 영안과 함께 이곳저곳을 떠돈다. 그러다가 월나라에 도착해 남화사라는 절에서 잠시 머문다.

본래 월나라는 강산이 맑고 고울 뿐만 아니라 도읍지가 웅장하고 성곽이 튼튼한 나라였다. 또 백성들도 풍채가 좋고 의기가 당당했다. 하지만 정철이 도착했을 때에는 원인 모를 전염병으로 인해 나라 전체가 마비된 상태였다. 사실 이 전염병은 인간으로 변신한 여우, 원숭이, 거북, 이 세 요괴가 퍼뜨린 것이다. 그런데 아무도 이 사실을 알아채지 못한다.

뭔가 이상하다고 생각한 정철은 남화사 주지승에게 월나라의 풍속에 대해 물어본다.

주지승이 말하였다.

"저희 왕께서 골격이 신선 같고 성품이 시원시원하여 풍류와 사냥을 즐기시기는 하지만, 정치를 어질게 잘 다스리셨습니다. 그래서 백성들의 풍속이 온순하고 인정이 많았으며, 기후가 순조로워 농사가 잘되고 나라가 태평했습니다. 또 왕께서 본래 문장을 잘하는 선비, 기특한 선비, 천문지리와 여러 종교와 시운과 별자리를 모두 아는 어진 선비를 두루 구하려고 하셨지만 한 명도 얻지 못했습니다.

오히려 방탕한 신하와 외도外道를 구하는 협객들을 모아 그들에게 혹하시더니, 정치가 해마다 위태롭게 되었습니다. 또 농사마저 흉년이 들고 백성들이 병에 걸리는 괴로움이 많았습니다. 심지어 올해는 전염병이 불길처럼 퍼져서 도성 안팎에 죽은 자가 천만 명에 이르렀고,

성안의 집마다 전염병에 안 걸린 곳이 없습니다. 그런데도 왕께서는 풍악을 그치는 날이 없으시고, 요망한 승려인 호 국사 및 아첨하는 신하들과 함께 남루한 옷차림으로 궁궐을 나와 주색에 깊이 빠져 노십니다. 이에 백성들이 원망하고 있습니다."

주지승은 본래 국왕이 정치를 어질게 잘 다스렸기 때문에 나라가 태평했는데, 몇 년 전부터 방탕한 신하와 부정한 도를 닦는 협객들을 거느리면서 나라가 위태로워졌다고 이야기한다. 게다가 올해는 전염병까지 크게 유행해 많은 사람이 죽어나가지만 국왕은 여전히 풍악을 울리며 놀러 다닌다고 덧붙인다. 이때 주지승이 가리키는 요망한 승려와 아첨하는 신하는 바로 인간으로 변신한 여우, 원숭이, 거북 요괴다.

여우는 호 국사, 원숭이는 산 상서, 거북은 모 시랑이라는 관리 행세를 하며 월나라 조정에서 군림한다. 국사國師는 왕의 스승으로, 지혜와 덕이 높은 승려에게 조정에서 내리던 칭호다. 그리고 상서尙書는 지금의 장관급, 시랑侍郎은 지금의 차관급에 해당하는 상당히 높은 관직이다. 세 요괴가 인간으로 변신한 것도 모자라서 높은 직책의 관리 행세를 월나라에서 하고 있는 것이다. 그러나 월나라의 국왕을 비롯해서 백성들까지 모두 이들이 요괴라는 사실을 전혀 알아차리지 못한다. 오히려 국왕은 세 요괴를 충신으로 생각하며 그저 아낄 뿐이다.

실패한 역병 대유행

주지승의 말을 들은 정철은 월나라 백성들에게 불쌍한 마음을 느낀다. 이에 남화사 뒷산에 올라가 복을 부르고 재앙을 물리치는 제사를 올린다. 보통 나라에 역병이 돌 때 정성을 바치는 제사인데, 이것만으로는 효험이 바로 나기 어렵다. 그래서 정철은 주지승, 영안과 함께 월나라 도성에 들어가 본다. 그런데 도성 안은 말로만 듣던 것보다 훨씬 더 비참한 광경이었다.

인도에는 멀쩡히 걸어 다니는 사람이 거의 없었고, 고통에 몸부림치며 앓는 소리가 여기저기서 들려왔다. 또 관리들이 시체를 수레에 실어가는데, 그 수레 행렬이 도성 문을 가득 메울 정도였다. 이 처참한 모습을 목격한 정철은 매우 슬퍼하며, 짐 속에 깊이 감췄던 거울과 칼, 지팡이를 꺼낸다. 이 세 가지 물건은 하늘이 내려준 보배로운 신물神物이다. 때문에 월나라 백성들은 세 가지 물건의 빛을 쏘이는 것만으로 병이 말끔히 낫는다. 정철이 3일 동안 월나라 구석구석을 돌아다닌 결과, 오래 앓던 사람이 즉시 낫고 막 숨이 끊어진 자가 다시 살아나는데 그 수를 헤아릴 수 없을 정도였다. 이로 인해 하루아침에 도성의 신음 소리가 환호성으로 바뀌었을 뿐만 아니라, 천지의 기운이 맑아지고 상서로운 구름이 나타나서 길한 기운까지 생기게 된다. 월나라 국왕도 하지 못한 일을 정철이 단 3일 만에 해낸 것이다.

사실 정철은 이러한 영웅적 능력을 드러내거나 자기 수중의 신비한 물건을 내보이는 일을 꺼리는 인물이다. 기본적으로 사람들에게 찬양받거나 우상시되는 것을 좋아하지 않기 때문이다. 또 정철이 이곳저곳을 떠도는 이유는 오직 어머니를 찾기 위해서이므로 최대한 자신의 존재감을 드러내지 않으려 애쓴다. 하지만 월나라 백성들이 너무도 참혹하게 죽어가는 모습에 어쩔 수 없이 도움을 주었던 것이다.

이로써 월나라에 대유행하던 전염병은 완전히 소멸하고 무려 10만여 명의 백성이 죽다 살아난다. 그런데 이 소문이 삽시간에 왕의 귀에까지 들어가면서 정철은 곤란에 빠지게 된다. 왕이 주지승에게 정철을 직접 만나 세 가지 신물을 보고 싶다고 말했기 때문이다. 왕의 의사와는 다르게 정철은 그저 소중한 목숨을 살리고자 했을 뿐 자기 신분을 밝히고 싶지 않았다. 이에 미리 낌새를 알아차리고 영안과 함께 몰래 남화사를 빠져나가 자취를 감춘다. 결국 왕은 직접 남화사로 와서 여러 날을 머물며 근처를 수색하지만 끝내 정철을 찾지 못한다.

충신을 가장하다 검광에 쓰러지다

얼마 뒤 왕은 조계라는 강에 배를 띄워 뱃놀이를 하는데, 이때 정철이 몰래 숨어 엿본다. 아직 월나라를 떠나지 않은 것이다. 그 이유는 전염병의 정확한 원인을 밝히지 못했고, 왕의 주변에 있는 간악한 신하들을 제거하지 못했기 때문이었다. 이에 진상을 제대로 파악하기 위해 왕과 신하들을 유심히 살핀다.

왕은 뱃놀이를 마친 뒤 강 근처에 임시 숙소를 세우고 머무는데, 이때 호 국사, 산 상서, 모 시랑이 왕의 곁에서 춤을 추고 노래한다. 전염병이 없어진 일을 축하하기 위해서다. 그러다 갑자기 엉뚱한 말을 꺼낸다.

> 호 국사가 황금 손잡이가 달린 백옥 잔에, 담근 지 천 일 된 술을 가득 부어 왕에게 올렸다. 그리고 눈물을 흘리며 말하였다.
>
> "제가 초야에 묻힌 미천한 몸인데, 다행히 성스러우신 임금님의 융성한 은혜를 입었습니다. 이에 충성을 다 바쳐 조정을 크게 돕고 백성의 재앙을 없애니, 풍년이 들고 나라와 백성이 편안하였습니다. 그런데 조정의 신하 중에 늙은 저를 투기하여 임금님을 은근히 떠보며 간사한 말을 하는 자가 많습니다. 이로 인해 임금님께서 점점 게을러지셨습니다. 또 시운이 좋지 않아 흉년이 들고 전염병이 널리 퍼지니, 늙은 제가 지극정성으로 제사를 올려 전염병의 기운이 거의 없어지려고 했습니다.
>
> 그런데 임금님께서는 하늘에서 내려온 이가 전염병을 물리치는 헛된 꿈을 꾸시고는 오직 그것만을 믿으셨습니다. 또 요악한 중놈(남화사 주지승)이 꾸며낸 이치에 맞지 않는 말만 들으셨습니다. 그래서 얼굴도 모르는 정철이라는 사람만 애타게 생각하시다가 용안이 날로 여위어가시니, 제가 원통하고 분함을 참지 못하겠습니다."
>
> 이 말을 들은 왕이 바삐 호 국사의 손을 잡으며 여러 번 사과하였다.

이때 산 상서와 모 시랑이 앞으로 나와 청하였다.

"호 국사의 도덕과 충성을 성대하게 기려서 승상 직을 주시고, 공 있는 신하에게만 주는 구석九錫을 내려주십시오."

왕이 침묵하면서 고민하자, 다른 신하들이 모두 매우 분하고 노여워하였다.

호 국사는 조정의 신하 중에 자신을 질투하는 자가 많다고 눈물로 호소하고, 자기가 지성으로 제사를 올려 전염병이 없어진 것이라 말한다. 사실은 자신이 다른 두 요괴와 함께 병을 퍼뜨렸지만 뻔뻔하게 거짓말을 하는 것이다. 그러고는 왕이 전염병을 정철이 물리쳤다고 믿어 애타게 만나고 싶어 하는 것이 워통하고 분하다는 말까지 한다.

호 국사 입장에서는 자신이 퍼뜨린 전염병을 한순간에 없애버린 정철이라는 인물이 달가울 리 없다. 그래서 무조건 정철을 비방하는 것이다. 이에 왕은 체통도 없이 호 국사의 손을 잡고 사과한다. 이때를 놓칠세라 산 상서와 모 시랑이 잽싸게 나서 호 국사에게 문관 중에서도 가장 높은 관직인 승상을 임명하고, 공로가 높은 신하에게만 주는 아홉 가지 물품인 구석을 내려달라고 요청한다. 오늘날로 치면 국무총리에 해당하는 최고위직에 호 국사를 올려 계속해서 왕을 농락하려는 속셈인 것이다. 마치 미리 입을 맞춘 듯이 셋은 눈물어린 연기와 호소를 그럴듯하게 한다. 이 모습에 다른 신하들은 모두 분통을 터뜨리지만 세 명 모두 총애받는 신하이기에 감히

누구도 티를 내지 못한다.

왕이 잠시 고민에 빠져 있을 때, 불현듯 영안이 칼을 가지고 나타난다.

갑자기 문을 지키는 장수가 말하였다.

"장막 밖에서 어떤 사람이 임금님을 뵙고 한 자루 칼을 바치겠다고 합니다."

왕이 놀라고 의심하여 안으로 들여보내라고 명하였다. 영안이 옥계단을 빠르게 걸어오는데, 키가 매우 크고 얼굴이 당당하며 영웅처럼 용맹한 사내의 모습이었다. 영안이 왕에게 머리를 숙여 절한 후에 소매 속에서 보검을 내어 바치며 말하였다.

"저는 문창진군정철의 이름을 밝히지 않기 위해 쓴 예명이자, 정철의 전생 신분의 심부름꾼인데, 문창진군께서 이 보검을 바쳐 임금님의 덕을 갚고 싶다고 하셨습니다."

왕이 내시를 통해 그 칼을 받아 칼집에서 꺼내 보니, 서릿발 같은 빛이 장막을 뚫고 나갔다. 그때 곁에 있던 세 신하가 갑자기 소리를 지르며 엎어졌다. 왕과 신하가 크게 놀라서 쳐다보니 호 국사와 산 상서와 모 시랑이었다. 조금 뒤에 세 사람이 일어나 땅에 머리를 두드려 피를 흘리면서 말하였다.

"저 보검이여! 그 빛을 한번 보니, 감히 우리의 본체를 숨기지 못하겠구나. 한 나라의 백성들을 오랫동안 고생하게 하였으니, 그 죄가 죽음에 이르는 것이 마땅하도다."

그러고는 왕에게 두 번 절하고 본래의 모습으로 변하였는데, 하나는 늙은 여우니 바로 호 국사이고, 하나는 원숭이니 곧 산 상서이고, 하나는 거북이니 모 시랑이었다. 그리고 세 요괴가 죽으니, 임금과 신하가 모두 어쩔 줄 몰라 하였다. 영안이 이때를 타서 재빨리 보검을 거둔 후에 장막을 찢고 사라지니, 모두들 하늘에서 내려온 장수로 여겨 감히 따라가지 않았다. 이때 비로소 월나라의 임금과 신하들은 산야에 살던 세 요괴가 변신하여 자기들을 속인 것을 깨달았다. 이후 왕이 다시 바른 도를 닦고 덕으로써 정치를 다스리니 월나라가 태평성대를 이루었다.

정철은 왕의 주변에 있는 세 신하가 사실은 요괴라는 것을 한 번 보고 바로 알아차렸다. 그래서 영안을 시켜 왕에게 칼을 바친다. 칼의 광채만으로 요괴가 정체를 드러낼 것이라 짐작했기 때문이다. 짐작대로 왕이 칼을 칼집에서 빼자마자 호 국사와 산 상서, 모 시랑이 소리를 지르며 엎어진다. 그리고 이들은 그동안 월나라 백성을 괴롭혔다는 사실을 고백하고, 본모습을 드러낸 뒤 죽는다. 임무를 완수한 영안은 재빨리 왕의 손에 있는 칼을 빼앗아 달아나고, 왕과 신하들은 비로소 세 신하가 요괴였음을 깨닫는다. 이후로 왕은 다시 바른 도를 닦고 덕스러운 정치를 베풀게 된다. 결국 정철이 전염병을 낫게 하는 일뿐만 아니라, 왕의 옆에 기생하던 요괴를 처치해 왕을 교화시키는 일까지 해낸 것이다. 이로써 정철은 의도치 않게, 월나라 백성을 두 번이나 살린 은인이자 영웅으로 거듭난다.

왜 문재가 뛰어난 요괴는 없을까

이처럼 〈삼강명행록〉의 세 요괴는 월나라 조정에서 신하 행세를 했다. 이들이 죽기 직전에 왕에게 두 번 절하던 모습이 인상적이다. 요괴지만 오랫동안 문관 행세를 했기 때문에 신하로서의 기본 예절이 몸에 밴 탓일까? 다만 이러한 단순한 예절 외에, 세 요괴는 정작 문신으로서의 능력을 뽐내지 않는다. 귀가 얇고 어리석기 그지없는 월나라 왕을 농락하기에 굳이 문재文才가 필요하지 않아서일 수 있다. 아첨과 처세술만으로도 충분히 왕을 조종할 수 있었기 때문이다. 그럼에도 무리하게 승상직을 요구하면서까지 문관으로 남기를 원했던 세 요괴가 작품 어디에서도 문재를 드러내지 않는 것은 석연치 않다.

사실 고전소설 속 요괴는 글을 짓거나 글씨를 쓰는 재능인 문재가 거의 없다. 고전소설에서 남주인공들은 학문과 무예에 두루 능통해 문과와 무과 과거에서 모두 장원을 차지하곤 한다. 반면 요괴는 두 가지 재능을 동시에 갖추지 못한다. 무예가 뛰어난 요괴는 많이 나타나지만 문무를 겸비한 요괴는 나타나지 않는 것이다.

일례로 〈소강절〉의 여우 요괴는 송나라에서 명망이 가장 높은 소강절만 없어지면 자신이 학식에 있어 최고가 될 것이라 생각한다. 그래서 미소년으로 변신해 소강절을 찾아가 대화를 나누고, 요괴의 도술 비결이 담긴 천서 한 권을 보여준다. 천서로 소강절을 홀려서 그가 수련한 도학을 무너뜨릴 속셈이다. 하지만 소강절은 요괴가 싫어하는 빨간색 물감인 주사朱砂를 책장마다 찍어서 그 책을 다시 쓸 수 없게 만들고, 여우를 질책하며 돌려보낸다.

이때 여우가 소강절과 나눈 대화가 궁금한데, 과거의 고사故事와 미래의 일을 모르는 것 없이 술술 이야기했다고만 간단히 나온다. 소강절의 입장에서는 잡학지식을 뽐낸 것일 뿐, 여우가 심도 깊은 문재를 드러낸 것이라 보기는 어렵다. 한시를 짓거나, 사상·철학·정치를 깊이 있게 논술하는 등의 글재주와 관련된 학식이 구체적으로 나타나지 않은 것이다. 이처럼 고전소설에는 문재를 완벽하게 갖추고 인간과 심도 깊은 토론을 하거나 문장력을 겨루는 요괴가 없다.

반면, 중국 설화집인《수신기搜神記》와《태평광기》를 보면 연燕나라 소왕昭王의 무덤 앞에 사는 얼룩 여우가 서생으로 변신해 진晉나라의 유명한 문장가인 장화張華와 학문적 대화를 나누는 이야기가 나온다. 이때 장화는 식견이 지나치게 뛰어나며 자신에게 절대 밀리지 않는 서생의 모습을 보며 요괴가 아닐까 의심한다. 결국 이 여우는 인간의 지식수준을 넘어서는 문재를 뽐내다가 요괴라는 정체를 들켜 죽고 만다.

중국 문학에서 여우는 위에 언급한 얼룩 여우처럼 다재다능해 모르는 것이 없다. 그래서 '여우 박사'라는 뜻의 '호박사狐博士'라고도 불린다. 한국 고전소설에도 여우 요괴가 압도적으로 많이 등장하므로 그러한 여우가 있을 법하지만 문예미를 완벽하게 갖춘 '호박사'는 아직까지 찾아볼 수 없다.

이는 한국 고전소설의 작가가 요괴를 '힘'과 관련한 물리적 측면에서만 바라봤고, 그에 의해 요괴의 능력도 무예 쪽에만 치우치게 설정한 탓이다. 또한 문재의 영역은 인간만이 누려야 하는 것이라 생각했기에 문예미까지 두루 갖춘 요괴는 의도적으로 만들지 않았는지도 모른다. 인간의 경우에는 비록 악인이라 하더라도 문재가 특출난 인물을 종종 찾을 수 있는데, 요괴는 본래 인간이 아니니 해당 사항이 없는 것이다.

또 다른 측면에서 생각해 보자면 조선이라는 유교 사회에서 가장 중요시하는 '문文'의 영역에 요괴가 들어오는 것을 용납하기 어려웠는지도 모른다. 조선 사회는 문학을 윗사람들이 백성을 교화하는 가장 높은 수단으로 여겼다. 곧, 인간 세상의 매우 귀중한 가치관으로 삼은 것이다. 그렇기에 태생이 인간과 다른 월나라의 세 요괴에게 문재까지는 결코 허락하지 않은 것이 아닐까?

〈삼강명행록〉의 작품 정보는 4장의 68쪽을 참조 바란다.

요괴의 약점

고전소설에서 주인공이 요괴를 퇴치하는 방법은 다양한데, 보통은 칼을 많이 사용한다. 그런데 칼과 같은 무기를 곧바로 쓰지 않고도 요괴를 퇴치할 수 있는 방법이 있다. 바로 요괴의 약점을 알아내 그것을 이용하는 것이다. 요괴의 약점은 크게 세 가지로 나눠 볼 수 있다.

첫째, 요괴는 경전을 암송하거나 노래를 부르는 것을 싫어한다. 이때 경전은 일반적인 종교 경전이 아니라, 요괴를 쫓는 내용을 담은 경전이다. 도교에서 악귀를 쫓을 때 외우는 옥추경(玉樞經), 무속 의례에서 사악한 귀신을 쫓기 위해 외우는 축귀경(逐鬼經), 요괴를 없애고 악마를 항복시킨다는 내용의 제요항마경(除妖降魔經), 요괴를 얼어붙게 만드는 천왕보살의 경문 등이다. 이외에 그냥 단순하게 귀신을 쫓는 주문이나 글을 외운다고 나오기도 한다. 또한 노래 역시 요괴를 물리치는 데 큰 효험이 있는데, 요괴를 없애는 내용을 담은 제요가(除妖歌)가 대표적이다. 이렇게 주인공이 경전을 외우거나 노래를 부르면 요괴는 재빨리 달아난다. 아무래도 경전과 노래의 내용이 요괴와 같은 악귀를 물리치는 내용이기에 싫어할 수밖에 없는 것이다. 주인공 역시 이 점을 간파하고 있으므로 그에 맞는 경전이나 노래를 선택하게 된다.

둘째, 요괴는 천적을 무서워한다. 보통 자연 생태계의 먹이사슬을 이야기할 때, 어떤 생물을 공격해 잡아먹는 생물을 천적이라고 한다. 널리 알려진 것처럼, 쥐의 천적은 고양이고, 개구리의 천적은 뱀이며, 진딧물의 천적은 무당벌레다. 고전소설 속 요괴에게도 천적이 있다. 바로 개, 매, 고양이, 닭 등의 동물이다. 구체적으로 여우의 천적은 사냥개나 보라매, 쥐의 천적은 고양이, 지네의 천적은 닭으로 나온다. 이들은 요괴의 두 눈알을 쪼거나, 몸을 물어뜯는 방식으로 요괴를 단숨에 죽인다. 그렇기에 요괴는 천적이 나타나면

극도로 두려워한다.

셋째, 요괴는 상극을 만나면 죽는다. 우리는 보통 자신과 성격이 맞지 않는 사람을 상극이라고 하는데, 여기서의 상극은 요괴에게 치명적인 물건이나 약물을 말한다. 천적과는 다르게 생명이 없는 사물이다. 먼저 금돼지의 상극은 사슴 가죽인데, 사슴 가죽에 침을 묻히거나 물에 적셔 불린 후에 금돼지의 이마나 목 뒤에 붙이면 즉사한다. 또 거북이의 상극은 숯이나 펄펄 끓는 기름이고, 지렁이의 상극은 불에 달군 철이다. 이무기의 상극은 뱀독을 없애는 돌인 석웅황이다.

이렇듯 요괴도 인간처럼 약점이 있다. 그래서 주인공은 그 약점을 빨리 알아내 이용해야 한다. 아주 특출한 능력을 타고난 주인공은 어떠한 노력 없이 요괴를 보자마자 약점을 알아내기도 한다. 하지만 대부분은 학문을 수학했던 경험이나 특별한 책을 읽었던 경험, 적극적으로 탐색하려는 의지, 곁에서 도움을 주는 신비한 존재의 조언 등으로 알아낸다.

일단 요괴의 약점을 알아내면 주인공이 직접 나서 무기를 휘두르는 수고를 들이지 않고도 손쉽게 요괴를 퇴치할 수 있다. 다만 약점을 알아내는 과정에서 약간의 노력이 필요하다. 특히 요괴의 천적과 상극을 알아내기 위해서 꾀를 내야 하는 경우가 있으며, 정작 알아냈다 하더라도 그 상극을 구하는 데 큰 어려움을 겪는 경우도 있다. 〈장인걸전〉의 장인걸이 여우를 퇴치할 매를 사기 위해 봉래산 신선에게 가서 술과 안주를 바치며 지극정성으로 비는 것이 바로 그 예다.

12

오나라 세 요괴, 용맹한 무관이 되어 활약하다

천정가연

앞서 11장에서는 문관 행세를 하는 요괴들을 살펴봤다. 그렇다면 무관武官이 되는 요괴는 없을까? 무관은 무과 시험 출신의 관리로, 병법·활쏘기·검술·말타기 등의 무예를 평가하는 시험을 치르고 선발된다. 군사와 관련된 일을 맡아 특히 전란에서는 핵심적인 역할을 맡았지만, 주로 몸을 쓰는 일을 한다는 이유로 문관과 달리 차별을 받았다.

이처럼 현실 세계에서 무관은 문관에 비해 차별받았지만, 고전 소설에서는 문관보다 무관이 되는 요괴를 더 쉽게 찾아볼 수 있다. 11장에서 언급했듯이 요괴를 힘과 무예의 측면에서 주로 바라봤기 때문이다. 게다가 요괴는 신체 능력이 인간보다 월등히 뛰어날 뿐만 아니라 요술도 추가로 부릴 수 있으므로 전쟁터에서 크게 활약할 수 있다. 여기에서는 무관으로 살아가며, 무예를 뽐내겠다는 당찬 포부로 선봉장을 자원하는 세 마리 요괴들을 〈천정가연〉이라는 작품을 통해 만나보자.

지휘관이 되어 전쟁의 승기를 잡다

〈천정가연〉은 유신과 한청풍이라는 남녀가 인연을 맺는 과정을 보여주는 작품이다. 그런데 남녀 주인공 외에도 인간으로 변신한 세 요괴가 이목을 끈다. 바로 호랑이, 뱀, 물고기 요괴다. 호랑이는 검각산에서 만 년이나 묵은 백호인데, '호산웅'이라는 이름의 인간으로 변신한다. 그리고 뱀은 대용산에서 만 년 묵은 큰 구렁이로, '망필단'이라는 이름의 인간이 된다. 마지막으로 물고기는 북해에서 만 년을 살았는데, '어해등'이라는 이름의 인간으로 변신한다. 이처럼 세 요괴는 각각 다른 장소에서 무려 만 년이라는 긴 시간을 살아왔다. 그렇기에 셋 사이에 특별한 연결고리나 만남이 있지는 않았다. 오나라에 모여 무관이 되기 전까지는 말이다.

〈천정가연〉에는 오랑캐 나라인 호국이 주인공의 나라인 명나라를 멸망시킬 마음을 품고 전쟁을 일으키는 사건이 나온다. 이때 천관도사에게 병법을 배운 뒤 명나라의 대원수가 된 남주인공 유신이 호국의 장수들을 쉽게 물리치며 승승장구한다. 전세가 불리해진 호국은 같은 마음을 품고 있는 오나라에 지원을 요청한다. 그러자 오나라 왕은 전쟁에 나갈 장수를 급하게 모집한다. 그런데 무관이 되겠다고 자원한 용맹한 장수들이 무려 수백만 명이나 되었다. 그래서 왕은 군대의 맨 앞에 서서 군대를 지휘하고 통솔할 선봉장을 어떻게 뽑을지 고심한다. 선봉장은 전쟁의 승패를 판가름할 막중한 자리였기에 결코 허투루 뽑을 수 없었기 때문이다.

> 오왕이 명령을 내렸다.
>
> "전쟁터에서는 용맹함이 제일이니, 그것을 시험하여 선봉장을 정할 것이다."
>
> 그러고는 50장약 150미터이나 되는 나무를 세우고 금색 주머니 하나를 주면서 말하였다.
>
> "너희들 중에 이 금주머니를 저 나무 끝에 거는 자가 있으면 선봉장으로 임명하겠다."
>
> 그러자 한 장수가 큰 소리로 대답하며 나오니, 바로 호산웅이었다. 왕이 바라보니 키가 9척약 2.7미터을 넘을 정도였고, 머리에는 검붉은 색 투구를 쓰고 있었으며, 몸에는 흰 띠가 달린 갑옷을 입고 있었다. 그가 해보겠다고 나섰는데, 사실은 검각산의 만 년 묵은 흰 호랑이가 변신한 것이었다. 호산웅이 50장의 높이를 단번에 뛰어 나무 끝에

금주머니를 달고 오니, 지켜보던 사람들이 모두 칭찬하였다. 그때 갑자기 또 한 장수가 나오며 말하였다.

“제가 다시 저기 걸린 금주머니를 떼어 오겠습니다.”

이 사람은 바로 어해등인데, 허리는 곰처럼 단단하고 머리는 호랑이처럼 용맹하였다. 그가 몸을 단번에 솟구쳐 나무 끝에 걸린 금주머니를 떼어 가지고 오니, 사실은 북해의 만 년 묵은 물고기였다. 그때 또 뒤쪽에서 한 장수가 우레같이 크게 고함을 지르며 나왔는데, 바로 망필단이었다. 키는 호산웅처럼 9척이 넘었으며, 등은 곰처럼 넓고, 허리는 이리처럼 날렵하였다. 그가 몸을 솟구쳐 다시 금주머니를 나무 끝에 걸고 내려오니, 사실은 대용산의 만 년 묵은 큰 구렁이었다. 오왕이 이 모습을 보고 크게 기뻐하여 호산웅을 대원수로 삼고, 어해등과 망필단을 중군장中軍將으로 임명하였다. 그리고 각각 부대를 갖추어 행군하게 하니, 오나라 군사들이 든 깃발과 무기가 햇빛을 가릴 정도로 많았고, 왕이 내려준 옥으로 만든 임명 증서와 통솔권을 상징하는 도끼가 천 리까지 길게 늘어져 있었다.

오왕은 50장이나 되는 긴 나무 위에 금색 주머니를 거는 사람을 선봉장으로 삼겠다고 말한다. 이때 가장 먼저 나선 장수가 바로 호산웅이다. 호산웅은 단번에 몸을 솟구쳐 나무 끝에 금주머니를 매달고 내려온다. 사실 50장이면 아무리 용맹한 장수라 하더라도 쉽게 올라가기 어렵다. 더구나 평범한 사람이라면 절대 올라갈 수 없을 정도로 턱없이 높은 높이다. 그런데 호산웅은 나무를 잡고 기

어오르지 않고 땅에서 도약해 점프만으로 나무 끝에 도달한다. 뒤이어 자원한 어해등과 망필단도 마찬가지로 단 한 번 뛰어올라 너무 쉽게 높은 나무를 올라갔다 내려온다. 이는 이들이 사실 요괴라서 가능한 일인데, 오왕은 이를 알지 못하고 훌륭한 장수를 얻었다며 매우 기뻐하기만 한다.

이로써 호산웅은 부대 전체를 통솔하는 최고 지위인 대원수의 자리에 앉고, 어해등과 망필단도 대원수를 도와 실무를 총괄하는 중군장이 된다. 약식이기는 하지만 왕이 직접 시험을 치르고 그 자리에서 바로 관직을 내려준 것이기에 매우 큰 영광이라 할 수 있다.

이렇게 호산웅과 망필단, 어해등은 왕이 임명한 오나라 무관으로서 당당하게 호국을 도우러 떠난다. 왕에게 인정받은 세 명의 무관이 과연 전쟁터에서는 어떤 활약을 펼쳤을까? 이 세 용병이 파견되면서 계속해서 지고 있던 호국이 거짓말처럼 승기를 잡는다. 호산웅, 망필단, 어해등은 같은 요괴끼리라 더 잘 통해서인지, 하나로 똘똘 뭉쳐 명나라와 전쟁을 한다.

첫날은 망필단이 유신과 싸웠으나 승부를 내지 못했고, 둘째 날은 어해등이 유신과 싸웠으나 역시 승부를 내지 못했다. 셋째 날엔 다시 망필단과 유신과 치열하게 싸우는데, 이때 망필단이 호산웅의 명을 받아 유인 작전을 펼친다.

> 다음 날 아침에 유신이 명나라 진영의 문을 나서니, 망필단이 칼을 들고 나오며 말하였다.

"명나라 장수 유신은 목숨이 나에게 달려 있으니, 빨리 나와서 승부를 가르자!"

그러자 유신이 크게 화를 내며 말하였다.

"필부 망필단이 감히 어른을 몰라보고 어디 입을 놀려 쓸데없는 말을 하느냐?"

그러고는 달려들어 여러 번 맞붙어 싸웠다. 그러다 갑자기 망필단이 거짓으로 지는 척하고, 창을 땅에 질질 끌면서 자기 진영 쪽으로 달아났다. 유신이 급히 뒤를 쫓아갔는데, 갑자기 망필단이 공중으로 몸을 솟구쳐 올라가면서 웃었다.

"불쌍한 유신아! 하늘 가운데 떨어졌으니, 끝내 어찌 나오겠느냐!"

이 말을 하고는 어디론가 사라져버렸다. 유신이 그제야 주위를 둘러보니 텅 빈 광야에 사람이 단 한 명도 없었다. 사방은 철로 만든 성벽이 견고하게 막고 있었으며, 구름과 안개가 자욱하였다. 유신이 망필단에게 속은 것을 깨닫고 빠져나갈 곳을 찾았는데, 철로 된 성이 점점 높아져 백 겹이 되었다. 몸에 날개가 있지 않는 한 도저히 빠져나갈 방법이 없었다. 이에 유신이 하늘을 우러러보며 탄식하였다.

"유신은 오늘 호왕에게 죽게 되었도다! 죽기는 서럽지 않으나 명나라 사직을 보호하지 못하였으니, 저승에 가서도 눈을 감지 못하겠구나."

그러고는 두 손 모아 살려달라고 빌 뿐이었다.

한참을 유신과 접전하던 망필단은 일부러 달아나는 척한다. 유신을 용봉산 넓은 들판으로 유인한 뒤, 도술을 부려서 철로 된 성에 가두기 위해서다. 사실 이러한 유인책은 전쟁터에서 흔히 쓰이는 뻔한 계책이다. 그런데 유신은 그것을 미처 헤아리지 못하고 깜빡 속아 넘어간다. 망필단을 잡아 죽일 생각에만 빠져 있었기 때문이다. 결국 유신은 백 겹이나 되는 견고하고 단단한 성에 갇히고 만다. 호국이 명나라의 대원수를 사로잡아서 전쟁 승리를 눈앞에 둔 순간이었다.

지략을 믿다 당하다

이와 같이 호산웅을 비롯한 세 요괴는 전쟁터에서 무관으로서의 능력을 마음껏 발휘한다. 물론 호산웅은 유신과 직접 싸움을 하지는 않지만, 군을 통솔하는 가장 높은 지위인 만큼 망필단과 어해 등의 뒤에서 모든 일을 지시하는 임무를 수행한다. 결국 호산웅이 몸소 말을 타고 전쟁터에 나가 칼을 한번 휘둘러 보지도 않고 앞선 전투에서는 승리를 한 것이다.

고전소설에 나타나는 보통의 전쟁담을 보면, 먼저 지위가 낮은 장수끼리 싸우다가 차츰 지위가 높은 장수끼리 맞붙는다. 그래서 마지막에는 주인공과 상대편 나라의 대원수가 싸운다. 그런데 호산웅은 진영 밖을 한 번도 나가지 않은 채 유신을 사로잡는 데 성공한다. 성에 갇힌 유신이 탄식하면서 두 손 모아 기도나 하는 모습과는 참으로 대조적인 것이다. 이로 인해 요괴 무리가 주인공보다 더 특출난 것처럼 느껴지게 되고, 주인공은 상대적으로 나약해 보이는 일이 발생한다.

그렇다면 작가가 남주인공을 못난 인물로 만들려고 이 장면을 넣은 것일까? 물론 아니다. 이 작품은 사실 유신이라는 남성 영웅보다 한청풍이라는 여성 영웅을 더 주목한다. 따라서 유신의 위기 상황은 한청풍이 요괴와 오랑캐 무리를 물리치는 멋진 활약상을 만들기 위해 의도적으로 만들어진 것이다. 또 유신의 구출이야말로 한청풍이 유신과 결혼하게 되는 가장 큰 계기가 된다.

아니나 다를까 백학산에서 병법을 공부하던 한청풍은 스승인 백학산 도사에게서 유신이 위험하다는 말을 듣고 혜성처럼 전쟁터로 달려간다. 물론 남장하고 말이다. 한청풍은 먼저 철로 된 성으로 가서 유신을 지키던 호국의 군사들을 모조리 죽인다. 그리고 도사에게서 받은 쇠몽둥이를 휘두르니 성이 순식간에 무너져 유신을 구출한다.

그렇지만 유신은 3일 동안이나 성에 갇혀 있었던 터라 싸움을 할 수 없는 상황이었다. 이에 한청풍은 유신을 명나라 진영으로 보내고, 혼자서 호국과 싸운다. 창을 휘둘러 적군을 10여 명이나 죽이고, 또 도술을 부려 5백만 명에 달하는 적군을 몰살한다. 유신을 훨씬 능가하는 무예 실력을 보이는 것이다.

이를 잠자코 지켜보던 호산웅은 한청풍을 사로잡기 위한 계책을 세운다. 땅에 구덩이를 깊이 판 뒤 한청풍을 유인해 가두는 방법이다. 유신을 가두던 계책과 거의 비슷한데, 어이없게도 한청풍 역시 유신처럼 호산웅의 유인책에 걸려든다. 한청풍은 무작정 호국 장수의 뒤를 쫓다가 그만 구덩이에 빠진다. 그러나 다행히 천왕보살의 도움으로 몰래 빠져나와 명나라 진영으로 돌아온다.

호국 왕이 호산웅을 칭찬하며 축하하였다.

"장군의 재주와 용맹은 옛날 제갈량이 살아 돌아와도 당하지 못할 것입니다."

호산웅이 대답하였다.

"한청풍이 용맹만 있고 지혜는 없으니, 제가 어찌 겁내겠습니까? 그러나 아직 명나라 군대를 모두 몰살하지 못했습니다. 내일은 유신을 죽이고 명나라 황제를 사로잡아서 왕에게 바친 뒤, 천하를 평정하겠습니다."

한청풍이 함정 속에 있다고 철석같이 믿고 있는 호산웅과 호국 왕이 기뻐하는 대목이다. 특히 왕은 호산웅을 한껏 추켜올리며 칭찬한다. 중국 삼국시대의 유명한 지략가인 제갈공명보다 더 낫다고까지 띄워준다. 호산웅은 딱히 그 말을 부정하지 않고, 한청풍이 용맹만 있지 자신처럼 지혜가 없다고 말한다. 그러나 호산웅의 생각은 오산이었다. 함정에서 빠져나온 한청풍은 일부러 모습을 감춰서 자신이 아직 구덩이 속에 갇힌 것처럼 꾸민다. 적의 계략을 역이용하기 위해서다.

다음 날 호산웅이 군대를 이끌고 명나라를 쳐들어오는데, 한청풍은 그제야 나타나 호산웅을 놀라게 한다. 한청풍은 곧바로 도술을 부리면서, 요괴를 제압하는 효과가 있는 천왕보살의 경문을 외운다. 이 때문에 호산웅은 정신이 아득해져 손발을 놀리지 못하고 얼어붙는다. 그러자 한청풍이 재빨리 호산웅의 목을 베고, 차례로 망필단과 어해등의 목도 벤다. 이렇게 세 요괴는 전쟁 지략과 무예를 자부하다가 전쟁터에서 허망하게 죽는다. 세 요괴가 없으니 호국이 힘없이 패배한 것은 더 말할 필요도 없다.

재능 뽐낼 곳을 찾아간 요괴들

호산웅, 망필단, 어해등은 전쟁터에서 죽을 때 호랑이, 뱀, 물고기라는 정체를 드러내지 않는다. 그저 인간 모습 그대로 머리가 잘려 죽는다. 끝까지 오나라의 장수로 남고 싶었던 그들의 바람이 이뤄진 것일까?

세 요괴는 오나라의 무관이 되고 싶었다. 사실 무예 실력만을 뽐내고 싶었다면 굳이 복잡한 절차를 거쳐 관직을 받을 필요 없이, 곧바로 전쟁터에 혜성처럼 등장해 활약하면 될 일이었다. 그러나 세 요괴는 굳이 왕이 낸 시험에 응시했고, 왕에게 직접 발탁되었다. 나름대로 공정하게 관리로 임명되어 직책을 얻기를 바랐던 것이다. 그러고 나니 오왕의 바람에도 부응하고 싶었다. 전쟁에서 명성을 얻는 것만큼이나 자신들을 무관으로 임명해 준 오왕에게도 보답하고 싶었던 것이다. 명나라에 대항해 사력을 다해 싸우는 모습이 그 점을 말해준다.

결국 이들은 전쟁에서 이겨 무관으로서의 책임을 다하고자 했다. 그렇게 되면 용감한 장수로 거듭날 뿐만 아니라 오나라 왕에게 칭찬받을 수 있기 때문이다. 어설프게나마 인간의 충성심을 흉내 내려 한 것이다. 그런데 그 바람이 너무 크고 허황되었다. 아무 이유 없이 명나라를 멸망시키려 하는 오나라 왕은 사실 아주 나쁜 인물이다. 악인과 요괴가 서로 죽이 척척 맞는 것이 당연하기는 하지만, 고전소설에서 요괴가 부정한 인물을 돕는 일은 잘될 리 만무하다. 그렇기에 악인인 오왕과 한패가 된 세 요괴 역시 처절한 실패를 맞는다.

세 요괴 중에서 특히 호랑이 요괴인 호산웅은 무예뿐만이 아니라 병법을 적재적소에 활용하는 지략까지 갖추었다. 제갈량에 비유될 정도는 아니지만 유신과 한청풍에 비하자면 월등한 능력을 가진 것이다. 유신과 한청풍은 모두 호산웅의 지략에 한 차례씩 당했으며, 심지어 죽을 위기까지 겪었다. 만약 한청풍이 유신을 구출하지 않았고, 천왕보살이 한청풍을 구출하지 않았다면 호산웅이 승리했을지도 모른다. 반면 요괴는 안타깝게도 도와주는 이가 없다. 도사나 보살과 같은 신비한 능력을 가진 존재들은 나쁜 짓을 일삼는 요괴를 절대 도와주지 않는다. 착한 주인공들만 구출해 준다. 그렇기에 요괴는 오직 자기 능력으로만 싸워야 한다. 외롭고 고독한 싸움이 아닐 수 없다.

비록 결말은 좋지 않았지만 세 요괴는 자기의 재능을 마음껏 펼칠 수 있는 무관이라는 직업을 선택했고, 실제로 상당한 활약을 했다. 인간은 자기의 재능 혹은 자기가 하고 싶은 일을 잘 몰라 직업 선택에 큰 어려움을 겪는 경우가 많다. 하지만 호산웅, 망필단, 어해등은 한 치의 망설임도 없이 무관을 택했다. 가장 잘할 수 있고, 가장 하고 싶은 일이 무엇인지를 스스로 잘 알고 있었기 때문이다. 그 능력을 착한 사람을 돕는 데 썼다면 더 좋았겠지만 본인이 잘할 수 있는 일에 자신 있게 도전한 용기만큼은 칭찬해 주고 싶다.

〈천정가연〉은 남녀 주인공인 유신과 한청풍이 천상 세계에서 맺은 인연을 인간 세계에서 이어가는 과정과 두 사람의 영웅적 활약을 다채롭게 보여준다. 제목은 '하늘이 정한 아름다운 인연'이라는 뜻이다. 이 책에서는 1923년에 태화서관에서 발행된 한글 활자본(50면)을 대본으로 삼았다. 원문은 국립중앙도서관 홈페이지에서 〈(의용무쌍)텬뎡가연〉이라는 표제로 업로드된 파일을 통해 무료로 열람할 수 있다.

요괴의 사회성

'인간은 사회적 동물이다'라는 말은 누구나 한 번쯤 들어봤을 것이다. 인간은 혼자 살아갈 수 없으며 다른 인간과 상호작용을 하면서 사회에서 살아가야 한다는 의미다. 그렇기에 인간은 가족 · 친구 · 연인 · 동료 등의 관계를 맺고, 어딘가에 소속되어 사랑하고 사랑받으며 살아간다. 그렇다면 요괴도 인간처럼 사회생활이 가능할까?

오나라의 세 요괴와 달리 대다수의 요괴는 상당히 폐쇄적이다. 다른 집단과의 접촉을 극도로 꺼리고 자기 집단의 생활 모습을 노출하기 싫어한다. 그저 깊숙하고 어두운 곳에서 자기들만의 방식대로 살아가기를 원한다. 악한 본성이 통하는 요괴끼리만 뭉쳐서 사는 것이다.

그렇기에 설령 인간으로 변신해 인간 세계에 잠입한다고 한들 하루아침에 사회성을 갖추기란 여간 쉬운 일이 아니다. 오랜 기간 인간이 되어 지내더라도 사회성을 쉽게 키우지 못하고 계속해서 돌발 행동을 한다. 2장에서 본 〈옥란기연〉의 구미호나 4장에서 본 〈삼강명행록〉의 올출비채처럼 말이다.

이 때문에 요괴들은 인간과의 접촉을 최소화하면서 가끔씩만 인간 세계에 끼어드는 쪽을 택하기도 한다. 이들은 다시 두 부류로 나눌 수 있는데, 첫 번째는 인간으로 변신해 잠시 자기 소굴을 벗어나 인간 사회에 악영향을 끼치는 경우다. 8장 〈명주보월빙〉의 신묘랑이 대표적인 예다. 두 번째는 인간으로 변신하지 않고 자기 소굴을 벗어나지도 않으면서 위력을 써서 인간들을 괴롭히는 경우다. 다음 13장 〈삼한습유〉의 적룡이 이에 해당한다.

이처럼 인간 세계와 적당히 거리두기를 하는 요괴들은 굳이 사회성을 기를 필요가 없다. 또 적성에 맞지 않는 사회성을 기르려 노력할 필요도 없다. 하지만 이들도 어쨌든 인간과 접촉하기 때문에 결국은 오래가지 못하고 죽음을 당한다.

인간의 외양을 완벽하게 모방할 수 있는 요괴라면 인간의 사회성까지 모방할 수는 없을까? 사실 인간이라고 해서 모두 사회성이 좋거나 사교적인 것은 아니다. 친화력을 타고나는 사람도 있지만, 대부분은 사람들과 접촉하면서 사회성을 길러나간다. 그 과정에서 여러 가지 시행착오를 겪기도 하며, 저마다 크고 작은 스트레스와 고충을 안는다. 또 인간관계로 인한 감정 소모에 지치기도 하지만, 그럼에도 인간은 열심히 습득한 사회성을 발휘하며 어울려 살아간다. 결국 인간은 태어나면서부터 죽을 때까지 사회성을 기르는 훈련을 하며 살아가는 것이다.

그런데 이러한 훈련을 한 적 없는 요괴는 겉모습이 아무리 인간과 똑같다 하더라도 튈 수밖에 없다. 상당히 오랜 기간을 인간으로 살지만 자꾸만 주변 사람과 부딪히기 일쑤인 요괴들이 이를 말해준다. 결국 요괴의 사회성은 인간으로 산 시간에 비례해 늘거나 발전하지 않는다. 또 요괴는 인간처럼 사회성 훈련이 되지 않는다. 인간의 다양한 감정 교류, 인간과 인간이 서로 관계를 맺는 방식 등을 이해하고 학습해서 몸으로 익힐 수가 없다.

이것의 가장 큰 원인은 요괴가 인간과는 생물학적인 종(種)이 다르기 때문이다. 또 요괴의 악한 본성을 쉽게 고치기 어렵기 때문에 인간과 화합하기 어렵다. 대부분의 요괴는 저마다의 욕망을 채우기에만 급급하다. 인간들의 사회생활을 관찰하고 따라 하거나 연습하고자 하는 노력을 하지 않는다. 간혹 개과천선하는 요괴가 있기는 하지만, 그들의 경우에도 끝내 인간 사회에서 인간과 함께 살아가지는 않는다. 이 모습은 인간과 요괴의 종 차이가 매우 극복하기 어려운 문제라는 점을 보여준다.

숭배받기를 원하는 요괴

13

적룡, 존경받기 위해 망해가는 나라를 수호하다

○ 삼한습유

명예는 세상 사람들에게 훌륭하다고 인정받는 것을 말한다. 인간은 누구나 한 번쯤 명예로운 삶을 꿈꾼다. 그런데 인간만큼이나 명예를 원해 명예롭게 살기를 꿈꾸는 요괴도 있다. 요괴에게 명예가 다 무슨 소용일까 싶지만 그들도 세상에 좋은 이름을 남기고 싶어 한다. 요괴도 이왕이면 불명예스러운 삶보다는 명예로운 삶을 살고 싶은 것이다.

명예를 추구하는 일은 돈을 좇는 것만큼이나 부정적으로 묘사되기도 하지만 요괴나 인간이나 명예를 얻고자 노력하는 것은 결코 비판받을 일이 아니다. 삶의 목표를 무엇으로 설정하느냐는 각자의 자유기 때문이다. 다만 명예에 중독되어 집착하거나 남에게 피해를 끼친다면 문제가 된다. 인간도 통제하기 어려운 명예욕을 요괴가 가진다면 어떠할까? 고전소설 〈삼한습유〉에는 '적룡赤龍'이라 불리는 붉은 용이 등장한다. 이 용은 백제의 수호신으로 군림하는데, 이 요괴가 가진 은밀한 명예 욕구를 들여다보자.

백제를 지켜주는 '강의 신'

고전소설 〈삼한습유〉는 한반도의 삼국시대를 배경으로 한다. 특히 주인공인 효렴과 향랑이 사는 신라를 중심으로 이야기가 펼쳐진다. 이때 신라는 백제의 잇따른 공격과 호시탐탐 기회를 노리는 고구려의 위협 속에 있었다. 인심이 흉흉해졌을 뿐만 아니라, 신라의 가장 유명한 장군인 김유신도 어쩌지 못할 정도로 대외적으로 어려운 상황이었다. 그러자 향랑은 남편인 효렴에게 당나라로 가서 구원병을 요청하라고 말한다. 막강한 군대를 얻어 와서 국가의 위기를 극복해 보라는 뜻이었다. 당시 효렴은 대아찬의 벼슬을 그만두고 고향에 내려와 있었는데, 향랑의 말을 듣고 신라의 왕에게 허락을 받은 뒤 당나라로 간다. 그리고 당나라 황제에게 소정방을 필두로 한 13만 명의 군대를 보내겠다는 약속을 받고 돌아온다.

얼마 지나지 않아 소정방이 이끄는 군대가 순조롭게 당도하고, 효렴과 김유신 장군이 마중을 나가 합류한다. 막강한 연합군이 결성된 것이다. 이 소식을 들은 백제는 선제공격에 나서는데, 용맹을 떨치며 싸우던 계백 장군이 수적으로 밀려 황산벌에서 전사한다. 우리가 역사를 통해 익히 알고 있는 삼국통일 전쟁의 내용이 소설에 고스란히 담겼다.

이후 신라와 당나라 연합군은 승승장구하며, 강 하나만 건너면 백제의 왕이 있는 성으로 갈 위치까지 온다. 이러한 상황이 되었으면 백제 입장에서는 불똥이 떨어졌을 법하다. 그런데 하필 백제의 왕이 우리가 잘 아는 의자왕이다. 사치를 일삼고 술과 여자에 빠져 있던 의자왕은 국가가 망할 수도 있는 심각한 상황을 깨닫지 못한다. 그저 강에 제사를 지내면 강의 신이 도와줄 것이라는 무당의 말을 믿고 제사만 지낸 뒤, 아무런 대책도 세우지 않는다. 무당이 말한 '강의 신'이 대체 어떤 존재이기에 의자왕이 이리도 태평한 것일까?

본래 백제는 금마산에서 나라를 열었다. 금마산에는 주사씨라는 신이 있었는데, 이 주사씨가 뱀이 되었다가 천 년 동안 도를 닦아 적룡이 되었다. 이 적룡이 백제의 강에 살게 되자, 백성들은 사당을 세워 6백 년 동안 신으로 섬겼다. 이에 보답하듯 적룡은 백제에 큰일이 생길 때마다 입속의 여의주로 구원했다. 신이한 변화를 마음대로 부리는 요괴라서 가능했던 것이다. 특히 적룡은 백제가 잘못했든, 백제 왕이 무도하든 상관없이 무조건 백제를 편든다. 백제가 자신을 신으로 존중하고 제사 지내주기 때문이다.

이번에도 적룡은 직접 나서서 백제를 돕는다. 신라와 당나라 연합군이 강을 건너려고 하자, 불을 뿜어 물이 마치 화산처럼 솟구치게 만든다. 그리고 벼락이 치는 것과 같은 큰 소리를 내고 세찬 바람과 거센 파도를 일으킨다. 이 과정에서 연합군의 수많은 군사와 수십 척의 배가 물에 빠진다. 의자왕의 바람대로 적룡이 연합군을 후퇴하게 만든 것이다. 이에 의자왕은 기뻐하며 적룡을 더욱 영험한 신이라 믿는다. 또 연합군이 "날개가 있어도 강을 건너지 못할 것"이라며 안심하고, 다시 궁녀들과 잔치를 열어 술을 마신다.

사실 적룡의 입장에서는 백제를 망하지 않게 하려고 연합군을 막았다. 그런데 오히려 의자왕이 적룡만 믿고 아무런 방비도 하지 않게 만들었다. 의도와는 달리 백제가 망하는 지름길을 열어준 것이다. 그것도 모르고 적룡은 다음 날에도 연합군을 열심히 막는다.

> 다음 날 소정방이 김유신과 함께 말을 나란히 하고 앞서가는데, 멀리 보니 온 땅에 붉은빛이 가득하였다. 강 가운데 구불구불한 것이 있는데 길이는 1만 장약 30킬로미터쯤 되고, 자유롭게 헤엄치며 반쯤 잠겼다가 반쯤 떠오르곤 했다. 그것이 강둑에 있는 군사들의 소리를 듣고는 재빠르게 수면 위로 올라와 머리를 드러내더니 공중으로 솟구쳐 당나라 군사들을 내려다보았다. 사람들이 모두 두려워 물러나며 그것을 보니 바로 적룡이었다. 소정방이 크게 화가 나 군사들에게 활을 꺼내 쏘라 하였는데, 용이 사나운 바람을 일으켜 맞받아치니 화살이 모두 거꾸로 떨어졌다. 그리고 천둥이 치고 번개가 번쩍이더니 순식

간에 온 세상이 깜깜해지고, 성난 파도가 땅을 말듯이 밀려드니 군사들이 급히 물러났다.

적룡은 당나라 군사들이 쏘는 수많은 화살에도 끄떡없다. 바람을 일으켜 날리면 그만이기 때문이다. 게다가 천둥 번개와 파도까지 마음대로 다스리니 인간 힘으로 도저히 이기기 어렵다. 강을 건너야 의자왕을 붙잡고 항복을 받아낼 수 있는데, 연합군 입장에서는 애가 탈 노릇이다. 밤에 조심스럽게 건너려 해도 적룡이 불현듯 나타나 방해했고, 군대를 둘로 나눠 강을 건너는 척하고 다른 곳으로 돌아가려 해도 적룡이 용케 알고 파도를 퍼부었다. 때문에 연합군은 고지를 앞두고도 몇 날 며칠 발이 꽁꽁 묶인다. 반면 성 안쪽에 사는 백제 백성들은 적룡에게 감사해하며 밤낮없이 제사를 올린다. 그러니 적룡은 백제를 더욱더 지켜주려 애쓴다.

죽어서도 백제인을 돕다

사실 적룡은 백제인에게나 신이지, 다른 나라 사람들에게는 한 마리 사악한 요괴에 불과하다. 그렇기에 적룡의 방해는 그리 오래가지 못한다. 효렴은 적룡을 죽일 방법을 찾기 위해 부인인 향랑이 있는 집으로 급히 달려간다. 향랑이 여자이기는 하지만 신적인 능력을 지닌 인물이기 때문이다. 향랑은 효렴에게 적룡은 식욕과 색욕이 강하고 흰 말을 좋아한다는 점을 알려준다.

> 소정방이 큰 갈고리를 건 굵고 검은 밧줄에 흰 말을 미끼로 달았다. 그리고 그 말을 큰 바위 위에 쭈그리고 앉게 하였다가 강물로 던져 넣었다. 적룡이 그것을 삼키고는 큰 갈고리를 이끌고 점점 물속으로 들어가다가 놀라 날뛰며 수염을 부르르 떨쳤다. 그러자 흰 파도가 산과 같이 솟아 강물이 뒤흔들리고 귀신이 부르짖는 것 같은 소리가 나며 눈부신 빛이 수백 리까지 번쩍거렸다. 당나라 군대 전체가 밧줄을 잡고 따라갔는데, 위아래로 수십 번을 오르내리고서야 적룡을 강 언덕으로 끌어냈다. 눈은 해와 달같이 빛나고, 발은 구불구불한 무지개가 얽혀 있는 것 같고, 철 같은 수염은 위로 뻗쳐 있고, 신이한 비늘은 거꾸로 서 있었다. 화난 기운이 허공으로 치솟으니 맹렬하기가 회오리치는 불길과 같았다. 이에 뽕나무 기둥에 묶어서 급히 때려죽이고, 통째로 구워서 군대 전체가 배불리 먹었다. 당나라 군사마다 실컷 먹지 않은 자가 없었다.

효렴이 전한 향랑의 말에 힌트를 얻은 소정방은 흰 말을 미끼 삼아 낚시질로 적룡을 잡는다. 그리고 뽕나무에 묶어서 때려죽인다. 그토록 백제를 지키려 애썼던 적룡이 허망하게 죽어버린 것이다. 적룡이 죽자 성 안의 백제 백성들이 크게 통곡하는데, 의자왕은 "용을 물고기 낚듯 낚을 수 없다"며 부정해 버린다. 또 아무런 이상이 없다고 보고하는 간사한 신하들의 말만 굳게 믿으며 용이 죽은 사실을 받아들이려 하지 않는다.

그렇다면 연합군은 곧바로 강을 건널 수 있었을까? 의자왕은

여전히 무방비 상태니 백제를 멸망시키는 일은 이제 식은 죽 먹기일 듯하다. 그런데 복병이 생긴다. 소정방을 비롯한 당나라 군사들이 적룡을 구워 먹고는 갑자기 식중독에 걸린 것이다. 용 고기를 먹지 않은 신라의 군사들을 제외한 나머지 당나라 군사들은 모두 배가 부풀어 오르고 숨을 헐떡거리며 말을 하지 못했다. 이대로라면 강을 건너도 백제와 전쟁하기에 수적으로 불리한 상황이었다. 적룡이 의도하지는 않았지만 죽어서도 백제를 지키게 된 셈이다.

이번에도 효렴은 향랑에게 해독 방법을 묻는다. 향랑은 적룡이 분노를 품고 죽어 그 독기 때문에 병에 걸린 것이고, 지렁이즙을 마신 후 그 찌꺼기를 바르면 낫는다고 알려준다. 과연 그대로 하니 앓아누웠던 군사들이 푸른 침을 몇 되씩 토하고는 씻은 듯이 병이 나았다. 그리고 연합군은 드디어 강을 건넌다. 강을 건너는 데는 오랜 시간이 걸렸지만, 백제를 물리치는 데는 얼마 걸리지 않았다. 적룡이 죽으니 힘써 백제를 지킬 누군가가 더 이상 없었던 것이다.

수호신으로 섬겨주길 바란 요괴

작품에서 향랑은 백제가 62번의 전쟁을 일으키고 무리하게 성과 절을 지어 백성들을 괴롭히는 등의 혼란한 짓을 했어도 적룡이 백제를 지키려 한 점이 잘못됐다고 말한다. 백제가 망하는 것은 하늘이 정한 당연한 운명인데, 적룡이 그것을 무리하게 어기려 했다는 뜻이다. 적룡은 백제인에게만 수호신이지 신라인의 입장에서는 천명을 알지 못하는 요괴에 불과한 것이다.

대체 적룡이 굳이 목숨을 내놓고 백제를 지키려 한 이유는 무엇일까? 백제의 수호신으로서 일종의 책임감을 가졌던 것일까? 아니면 오랜 시간 정이 들어 백제에 애착을 갖게 된 것일까? 사실 적룡이 가진 감정에 대해서는 작품에서 정확하게 드러나지 않는다. 그렇지만 추측은 가능하다.

백제가 망하면 적룡을 섬겨줄 나라와 백성도 자연스럽게 없어진다. 사실 백제인들이 제사를 지내고 음식을 올리며 존중하는 마음을 갖는 일은 적룡에게는 직접적으로 어떠한 이익도 되지 않는다. 맛있는 먹이를 가져다주는 게 오히려 더 실질적인 이익이 된다. 그럼에도 적룡은 자신을 신으로서 섬겨주는 데 만족감을 느꼈다. 또한 그것을 오랫동안 즐겼다. 무려 6백 년 동안이나 누려왔으니 그 달콤함에 익숙할 대로 익숙해졌고, 습관처럼 몸에 밴 것이다.

따라서 적룡은 그렇게 존중받는 일상을 누구에게도 빼앗기고 싶지 않았다. 이는 6백 년 동안 백제에 큰일이 생길 때마다 나서서 도와주고 그 대가로 제사를 받아왔다는 서술을 통해 간접적으로 알 수 있다. '도움 뒤에 따르는 제사'라는 패턴을 잘 알고 있었기에 머리보다는 몸이 먼저 기계처럼 움직인 것이다. 연합군과 싸우다가 자신이 죽을지도 모른다는 생각을 할 틈도 없이 말이다. 결국 적룡이 끝까지 백제를 놓지 않은 이유는 존경받고자 하는 욕구가 가장 크게 작용한 것이라 생각해 볼 수 있다.

천 년 동안 도를 닦아 뱀에서 용이 될 정도의 능력이 있었으니,

물속에 사는 가짜 용이 아닌 진짜 용이 되어 하늘로 올라가도 되었을 것이다. 신라와 당나라의 연합군이 강을 건널 때 그저 가만히 있었다면 정체를 들킬 일도 없었고 목숨을 잃을 일도 없었다. 전처럼 도를 닦으면서 살아가도 될 일이었다.

그러나 오랜 시간 명예를 누리며 살아왔는데 하루아침에 그것이 없어진다면 어떠한 기분일까? 아마 적룡은 혼자 살아남았다 하더라도 명예가 없는 삶을 살기 어려웠을 것이다. 그렇기에 '수호신'이라는 명예에 맹목적으로 집착하면서 애써 연합군을 막으려 발버둥을 쳤는지도 모른다. 목숨까지 버리며 백제의 수호신으로 남은 적룡의 선택이 과연 옳은 것인지, 명예가 주는 힘이 그만큼 강력한 것인지 다시 한번 생각해 보게 된다.

〈삼한습유〉는 1814년에 죽계(竹溪) 김소행(金紹行, 1765~1859)이 한문으로 지은 장편소설이다. 제목은 '한반도 삼국의 이야기 중 빠진 것을 보충한다'는 뜻이다. 신라에 사는 향랑이라는 여성이 절개를 지키다가 죽은 뒤, 온갖 고난을 무릅쓰고 다시 환생해 첫사랑 효렴과 결혼하는 이야기를 담고 있다. 또한 신라의 삼국통일도 배경으로 삼고 있다. 이 책에서는 서울대학교 중앙도서관에 소장된 한문 필사본(3권 2책)을 대본으로 삼았다. 번역본은 《삼한습유》(조혜란 역주, 고려대학교 민족문화연구원, 2005)가 있다.

요괴 시체의 처리법

앞서 〈삼한습유〉에서는 용의 사체를 먹은 인간들이 단체 식중독에 걸려 죽을 뻔했다. 그런데 〈삼강명행록〉이라는 작품에서는 인간들이 용의 시체를 먹고도 아무런 탈이 나지 않는다.

> 상강의 물이 모두 밖으로 솟구쳐 나오자 물고기 같은 것 하나가 나왔는데, 길이가 1장(약 3미터) 정도 되었고 굵기는 두 팔을 모은 둘레보다 더 넓었다. 머리는 붉고 이마는 희었으며, 피부색은 청색과 황색이 섞여 있었다. 형상이 용처럼 보였는데 물속에 살며 머리에 뿔이 달린 교룡이었다.
>
> 이때, 교룡이 막 진흙 속을 구르며 화를 내려고 하였다. 정철이 화살 한 발을 쏘아 교룡의 머리를 맞히니 피가 상강에 흐르며 눈 깜짝할 새에 죽었다. 길이가 매우 길었고 그 몸통과 머리가 장대하여 그야말로 비늘 없는 독한 용이었다.
>
> 백성들이 교룡의 살을 베어 구우니 매우 기름지고 맛있었다. 서로 앞다퉈 나눈 후 소금에 절여두고 두세 달 밥반찬을 삼았다. 또 교룡의 배 안에 보물이 많이 들어 있어 백성들이 나눠 가지고는 즐거워 뛰놀았다.

〈삼강명행록〉의 요괴인 교룡이 주인공 정철에게 화살을 맞아 죽게 되자, 교룡에게 괴롭힘을 당했던 백성들은 교룡의 살을 베어 구워 먹는다. 뿐만 아니라 소금에 절여 밥반찬을 삼기까지 한다. 〈삼강명행록〉의 교룡은 〈삼한습유〉의 적룡과는 다르게 시체에 독기가 전혀 없고, 인체에 무해한 것이다.

이외 다른 작품에서도 요괴의 시체를 먹는 이야기가 드물게 발견된다. 〈흥무왕연의〉에서는 두류산의 천 년 묵은 돼지 무리를 모두 죽여 삶아 먹고, 〈윤하정삼문취록〉에서는 죽은 멧돼지의 살점을 발라 가마에 끓여 기름을 만든 후 식재료로 활용한다(50쪽 참고). 또 〈이계룡전〉에서는 붉은 여우를 죽여 그 뼈로 약을 지어 먹는다. 이성희라는 남성이 여우와 동침한 뒤 죽을병에 걸렸는데, 병을 유발한 여우의 뼈를 먹어야만 나았기 때문이다. 이처럼 고전소설에서 인간들은 요괴 사체가 활용 가치가 있으면 자발적으로 먹기도 한다.

그러나 대부분의 작품에서 인간들은 요괴 사체를 불태우거나, 땅에 묻거나, 물에 던지거나, 저잣거리에 전시한다. 심지어 머리와 팔다리를 자르거나, 혀를 뽑거나, 배를 갈라 염통과 간을 꺼내는 등의 훼손도 서슴지 않는다. 이는 인간의 시체를 소중히 다루며 복잡한 절차를 거쳐 매장·화장하는 장례 의식과 비교하면 더욱 극과 극을 이룬다. 인간과 달리, 요괴의 죽은 몸은 아무렇게나 취급해도 된다고 여기는 사고가 나타나는 것이다. 요괴를 죽이면 그만이지, 굳이 사체를 훼손할 필요까지 있었던 것일까?

이 점은 인간에게 너무 큰 해를 끼친 요괴를 향한 증오심이 반영된 것이다. 요괴가 살아 있을 때 너무 많은 고통을 받았던 인간들은 요괴의 죽음을 확인해도 쉽게 분이 풀리지 않는다. 그래서 죽은 몸까지 훼손함으로써 분풀이를 원 없이 하고, 어딘가 있을 다른 요괴나 요괴처럼 악행을 저지르는 악인들에게 호된 본보기를 보여주는 것이다.

한편 요괴 사체는 훼손해도 된다는 사고는 인간이 요괴를 존귀한 생명체로 여기지 않는다는 점을 보여준다. 고전소설에서는 투기와 모함으로 온 집안을 쑥대밭으로 만든 며느리가 죽었을 때, 그 시체를 시집의 선산에 묻어주고 장례의 예를 다하는 경우가 종종 발견된다. 인간은 아무리 악했어도 일단 죽으면 존엄하게 대하는 것이다. 반면 요괴에겐 일말의 연민이나 동정심도 보이지 않는다. 장례 치러주거나, 양지바른 곳에 묻어주었다는 작품도 전혀 찾을 수 없다. 고전소설 속 요괴는 죽어서도 생명으로서 존엄성을 인정받지 못한다. 요괴는 죽음으로 죗값을 치러도 여전히 증오의 대상인가 보다.

14

은수자, 형악산의 신령 되기를 원하다

황장군전

사람은 대개 이름이 있다. 그리고 이름을 여럿 가지기도 한다. 옛 선조들은 어려서 부르는 아명兒名이 따로 있었고, 자字 혹은 호號를 별도로 지어 부르기도 했다. 게다가 죽은 뒤에는 시호諡號를 쓰기도 했다. 이름을 여럿 짓는 문화는 현대 사회도 이어지는데, 웹상에서 닉네임을 정하고 유명 연예인이 '부캐'를 만들어 부르는 일 등이 바로 그 예다. 이처럼 한 사람이 이름을 다양하게 가지는 것은 이름이 사람을 구별하는 기능만 하는 것이 아니라, 보다 큰 의미를 지닌다는 점을 보여준다.

요괴는 이름을 어떻게 가질까? 요괴는 본모습으로 살 때는 굳이 이름을 갖지 않는다. 인간으로 변신하게 되면 어쩔 수 없이 자기가 직접 이름을 짓는다. 인간은 모두 이름을 갖고 있으니 인간인 척하기 위해서다. 그런데 특이하게도 〈황장군전〉에는 인간이 요괴에게 이름을 지어주는 경우가 나타난다. 그리고 이 요괴는 자신이 받은 이름을 명예롭게 남기기 위해 집착하다가 오히려 악명을 남긴다.

이름을 받고 요괴가 되어

〈황장군전〉에는 은행나무 요괴가 등장한다. 고전소설의 요괴는 90% 이상이 동물인데, 특이하게도 식물을 본보기로 삼은 요괴인 것이다. 이 은행나무 요괴는 형악산에서 무려 천 년이라는 긴 시간을 버티며 살아왔다.

> 형악산에 천 년 묵은 은행나무가 있었다. 높이는 수십 장1장은 약 3미터에 달했고, 둘레는 다섯 아름이나 되었다. 이때 엄평이라는 자가 형악산에서 10년 동안 검술을 배우고 있었는데, 이 은행나무 밑에서 쉬거나 무예 연습을 하였다. 어느 날 엄평이 은행나무 밑동의 한편을 깎아낸 뒤 '은수자銀樹子'라는 이름을 새겨주었다.
>
> 그런데 은행나무가 이름은 얻게 된 후부터 갑자기 사람의 모습으로

변신하였다. 눈은 네 개이고, 팔은 여섯 개이며, 키는 50척약 15미터이었다. 온몸이 황금빛이었고 겉모습이 매우 흉악하였다. 은수자는 엄평이 자기 이름을 지어준 은혜에 감격하여 엄평과 대결하는 송나라의 황운과 설연을 물리치리라 마음먹었다. 그리고 그 후에는 형악산의 산신령이 되어 사람들에게 봄가을로 제사를 받고자 하였다.

본래 이 은행나무는 키가 크고 둘레가 넓은 한 그루 나무였다. 여기저기 돌아다니며 나쁜 짓을 하는 다른 요괴들과는 달리 그저 한 자리에 뿌리 박은 채 살아갈 뿐이었다. 엄평을 만나기 전까지는 말이다. 형악산에 들어와 검술 훈련을 하던 엄평은 칼로 은행나무 밑동의 한쪽 껍질을 깎아 매끄러운 나뭇결이 드러나게 한 뒤, 거기에 "은수자"라는 이름을 새겨준다. 특별한 뜻이 있어서가 아니라 무예 연습 장소와 쉼터가 되어준 데 대한 나름의 성의 표시였다.

그런데 은수자에게는 그 이름이 큰 의미로 다가왔다. '은행나무 은銀, 나무 수樹, 사람 자子'라는 세 글자 이름을 갖게 되면서 이름에 걸맞게 사람처럼 움직일 수 있도록 변신했기 때문이다. 다만 머리부터 발끝까지 한 치의 오차도 없이 인간으로 변신하는 여우와 달리, 인간의 몸을 완전히 갖지는 못한다. 키가 15미터 정도 되고 눈이 네 개에 팔이 여섯 개인데다 피부색도 온통 금빛이다. 인간과는 전혀 딴판이어서 흉측하기 그지없다.

그럼에도 은수자는 기뻐한다. 땅에 붙박여 있지 않고 걸을 수 있다는 것만으로 좋았는지, 태어나 처음 이름을 얻은 일 자체가 행복했는지, 이름을 지어준 엄평에게 무조건 충성하기로 다짐한다.

또 한편으로는 나라에서 봄가을마다 제사를 지내주는 형악산의 신령이 되기를 원한다. 이왕 이름이 생겼으니 사람들에게 오래도록 존중받고 싶다는 생각까지 갖게 된 것이다. 사실 산신령 지위는 그냥 주어지는 것이 아니다. 실제로 형악산을 수호하고, 제사를 올리는 송나라 백성들을 보호해 줘야 하는 임무가 있다. 신령이 되어 명예를 얻고자 한 은수자의 꿈은 과연 이뤄질 수 있을까?

혼자서 전장을 뒤흔들다

사실 엄평이라는 인물은 악인이다. 송나라에서 일정한 영토를 맡아 다스리는 제후이자 형왕의 사위로, 지위가 높았다. 엄평은 나이 어린 황제를 몰아내겠다는 나쁜 마음을 품고 반란을 일으킨다. 형왕을 부추기고 오랑캐 세력을 끌어들여 결국 형왕을 새 황제로 만든다. 다만 폐위된 황제의 편에 선 남주인공 황운과 여주인공 설연이 가만히 있지 않아 치열한 전투를 이어가야 했다. 그 두 사람에게 무예 실력이든 도술이든 상대가 되지 않아 패배할 위기에 처하는데, 이때 은수자가 엄평을 돕기 위해 나선다.

몸을 마음대로 움직일 수 있게 된 은수자는 엄평의 군대로 찾아와 황운과 설연을 잡겠다고 큰소리친다. 형왕은 매우 기뻐하면서 황운과 설연만 잡아준다면 영토의 반을 주겠다고 말한다. 매우 파격적인 보상이다. 그러나 은수자는 이를 거절한다. 그저 형악산의

300리약 118킬로미터 정도의 지역을 자기 영역으로 지정해 달라는 다소 소박한 조건을 내건다. 처음부터 산신령으로서의 삶을 원했기 때문에 굳이 인간의 영토가 필요하지 않았던 탓이다. 형왕 입장에서는 손해 볼 것 없어 더없이 좋은 제안이니, 이로써 둘 간의 거래가 성사된다.

은수자에게는 엄평에게 입은 은혜도 갚고 명예를 얻겠다는 꿈도 이룰 절호의 기회다. 자신감으로 똘똘 뭉친 은수자는 군사 한 명 없이 단신으로 전쟁터에 나간다. 당당하게 등장한 은수자를 처음 본 황운과 설연은 무척 당황한다. 하늘에 닿을 듯한 장신에 네 개의 눈을 부릅뜨고 여섯 개의 손에 창과 칼까지 들고 있으니, 누가 봐도 놀라 까무러칠 만했다. 특히 설연은 '결코 사람이 아니라 괴물일 것'이라 추측하면서 황운에게 우선 싸우는 모습을 지켜보자고 한다. 이에 황운이 우시춘이라는 장수를 시험 삼아 내보낸다.

> 우시춘이 창을 들어 한 번 찌르자, 은수자가 한 손으로 그 창을 막고는 나머지 다섯 손에 든 창과 칼로 우시춘을 치며 잡으려 하였다. 우시춘이 자기 힘으로는 도저히 대적하지 못할 듯하여 말을 돌려 달아났다. 그러자 은수자가 한쪽 다리를 들어 땅을 구르니, 땅이 꺼지는 것처럼 진동하였다. 우시춘이 크게 놀라 급히 군사를 에워싸 은수자를 잡으려 하였다.
>
> 은수자가 이번에는 자기 털을 뽑아서 입에 넣고 씹은 후 뱉으니, 똑같이 생긴 분신 여럿이 생겼다. 사면팔방에 은수자의 분신이 생겨나

네 개의 눈을 끔뻑끔뻑거리고 여섯 개의 팔을 들어 어지럽게 휘둘렀다. 이에 여러 군사들이 크게 놀라고 두려워 도망치다가 자기들끼리 짓밟아 죽고 또한 창과 칼에 찔려 죽으니, 그 시체가 셀 수 없을 정도로 쌓였다.

황운과 설연도 크게 놀라 황제를 호위하면서 황급히 후퇴하였다. 그러자 은수자가 더욱 의기양양해 쫓아왔다. 결국 황운이 어쩔 수 없이 도술을 부렸는데, 바람신을 불러 큰 바람을 일으키고 비의 신을 불러서 큰 비를 내리도록 하였다. 그러자 은수자가 비로소 더 이상 쫓아오지 않았다.

은수자는 발을 굴러 지진을 일으키고, 분신술을 써서 자기와 똑같은 요괴를 복제한다. 여섯 개나 되는 팔에 각각 창과 칼을 쥐고 있는 요괴가 여럿이니 천하무적일 수밖에 없다. 이로 인해 황운의 군사들은 속수무책으로 죽어나가고, 황운과 설연도 급히 후퇴한다. 은수자가 혼자만의 힘으로 승리한 것이다. 이처럼 은수자는 엄평이 이기지 못하던 황운을 한 번에 대패시킬 정도의 막강한 전투력을 전장에서 뽐낸다.

일격에 고목으로 돌아가다

은수자에게 패한 황운은 크게 당황해 도망친다. 그리고 은수자가 대체 어떤 존재인지, 어떻게 해야 죽일 수 있는지 도무지 알 수

없어 답답해한다. 이에 무예를 가르쳐준 스승인 금수산 선군을 찾아간다. 선군은 은수자가 사실은 사람이 아닌 형악산에서 천 년 묵은 은행나무 요괴라는 점과, 엄평이 이름을 지어준 은혜에 보답하고 신령이 되어 제사받고자 한다는 점을 상세히 알려준다. 또 은행나무의 혹이 눈이 되었고, 가지가 팔이 되었으며, 누런 잎이 피부가 되었다는 점도 알려준다. 그리고 인간의 무기로는 절대 죽일 수 없다고 하면서 칼 한 자루를 주는데, 바로 '사악한 것을 베는 검'이라는 뜻을 가진 '참사검'이다.

이렇게 황운은 은수자의 정체를 알게 되고, 그를 죽일 수 있는 무기까지 얻는다. 이를 전혀 모르는 은수자는 이미 한 번 크게 이겼기 때문에 자신감이 하늘을 찌른다. 자기의 한 팔로 10명의 군사를 죽일 수 있으니 여섯 팔이면 황운의 군사들을 모조리 쓸어버릴 수 있다고 자부하면서 말이다. 그래서 황운이 다시 싸움을 걸어오자, 기다렸다는 듯이 얼른 나간다.

> 황운이 은수자를 다시 보아도 흉악하기 그지없었다. 그래도 용기를 내어 참사검을 높이 들면서 크게 외쳤다.
>
> "은수자야! 내 손에 너를 벨 칼이 있으니 자세히 보아라."
>
> 은수자가 눈을 들어 참사검을 보았는데, 순간 정신이 아득해지고 마음이 떨려서 변화를 부릴 수가 없었다. 또 황운이 바람과 비를 부리니 비바람 속에 얼어붙어 몸이 무겁고 눈에 물이 가득 차올랐다.
>
> 은수자가 움직이지 못하고 허수아비처럼 서 있자, 황운과 설연이 한

꺼번에 달려나와 참사검으로 내리쳤다. 그런데 참사검이 땅에 떨어지자마자 은수자가 흔적 없이 사라져버렸다. 황운이 일단 군사를 거둬들이고, 군사 한 명에게 형악산으로 가서 살펴보라고 하였다. 그 군사가 형악산에 가서 보니, 과연 은행나무 한 그루가 반 동강이 난 채 넘어져 있었고 네 개의 큰 혹마다 물이 그득그득 고여 있었다. 군사가 돌아와 본 대로 보고하자, 황운이 웃으며 말하였다.

"아까 그 요괴가 비바람에 몸이 젖고 눈에 물이 차서 우리를 쫓아오지 못했다. 그 때문에 그렇게 죽은 것이다."

은수자는 황운의 손에서 밝게 빛나는 참사검을 보자마자, 몸이 얼음처럼 굳는다. 그토록 자유자재로 움직이던 여섯 팔을 전혀 쓸 수 없을 뿐만 아니라 분신술도 부리지 못한다. 결국 은수자는 참사검에 맞아 죽는데, 특이하게도 그 자리에 사체가 남지 않는다. 그의 사체는 은수자의 고향인 형악산에서 발견된다. 참사검을 맞아 몸통은 두 동강 나고, 네 개의 혹에는 황운이 도술로 뿌린 빗물이 가득 차 있는 처참한 모습으로 말이다.

'그의 꽃'이 된 한 그루 나무

결국 그토록 천하무적이던 은수자는 허망하게 죽고 만다. 은수자만 믿었던 엄평도 힘없이 황운의 참사검에 맞아 죽는다. 엄평과 합심했던 형왕은 왕족이라 바로 사형당하지 않고, 평범한 서인庶人

이 되어 형악산 깊은 곳에 갇힌다. 그렇지만 형왕은 자신의 행동을 부끄러워하며 식음을 전폐하다가 결국 굶어 죽는다. 엄평은 은수자를 죽인 칼에 똑같이 맞아 죽고, 형왕은 은수자의 고향인 형악산에서 죽는다는 결말은 사람이나 요괴나 악한 짓을 하면 똑같이 응징받는다는 점을 보여준다.

만일 은수자가 엄평이 아닌 황운을 도왔다면 어땠을까? 아마도 송나라의 본래 황제에게 형악산 신령으로 임명되었을지도 모른다. 또 나라를 구한 영웅이 되어 사람들에게 칭송받았을 가능성도 있다. 그럼에도 은수자는 왜 어리석게도 악인인 엄평과 형왕의 편에 서는 선택을 했을까?

고전소설의 선인들은 요괴를 상대하지 않는다. 군자 혹은 영웅이 요괴를 가까이하게 되면 그 악함에 물들까 두려워한 것이다. 그야말로 "악한 것을 보지도 말고 듣지도 말며 말하지도 말라"라는 말을 그대로 실천한다. 그렇기에 요괴와 말을 섞는 것, 잠시 대면하는 것조차 꺼리는 선인이 요괴를 받아들여 전쟁에 기용할 가능성은 전혀 없다.

반면 악인들은 요괴와 궁합이 잘 맞는다. 생물학적인 종은 다르지만 나쁜 일 꾸미기를 좋아하는 심성 면에서 잘 통한다. 영혼의 단짝처럼 서로 이끌리는 것이다. 이 점을 은수자도 알았던 것일까?

엄평과 형왕은 은수자를 처음 보자마자 그의 영웅적 기상에 감탄하고 곧바로 전쟁터에 내보낸다. 결국 두 사람은 은수자에게 '이름을 준 은혜로운 사람'을 넘어, '자신과 마음이 맞는 사람'이자, '자신을 진정 필요로 하는 사람'이었던 것이다.

은수자의 그러한 삶은 김춘수의 〈꽃〉이라는 시 구절을 떠올리게 한다. 엄평이 이름을 붙여주기 전에 은수자는 다만 하나의 은행나무에 지나지 않았으나, 엄평이 은수자라는 이름을 붙여주었을 땐 그에게로 가서 꽃이 된 것이다. 더불어 "잊혀지지 않는 하나의 눈짓"이 되고자 몸을 바쳐 열심히 싸우기까지 한다. 물론 결과적으로 은수자의 선택은 잘못됐다. 현명한 선택을 했다면 요괴가 아닐 테지만 그럼에도 안타깝다. 이렇게 또 한 요괴가 끝내 꿈을 이루지 못하고 악명만 남긴 채 멀리 떠났다.

〈황장군전〉은 〈황운전〉이라고도 불리며, 남주인공 황운과 여주인공 설연의 결혼 과정 및 전쟁담을 담고 있다. 이 책에서는 1916년 동미서시(東美書市)에서 발행된 한글 활자본(128면)을 대본으로 삼았다. 원문은 《(구활자본)고소설전집》 17권(인천대학교 민족문화연구소 편, 은하출판사, 1983)에서 확인할 수 있다.

착한 나무와 악한 나무의 차이

한국의 토속신앙에는 자연을 숭배하는 사상이 있다. 하늘과 땅, 별, 산, 냇물, 바위 등과 같이 주변 모든 자연물에 신이 존재한다고 믿고 숭배하는 의식이다. 나무도 예외는 아니다. 지금은 많이 없어졌지만 옛날에는 마을마다 당산나무가 있었다. 마을 한 곳을 차지하고 서 있는 커다란 나무의 가지마다 알록달록한 천이 묶여 펄럭거리는 모습을 떠올릴 수 있을 것이다. 마을 사람들은 이 당산나무를 마을의 수호신이라 여겨 제사를 올리고, 개인적인 소망을 빌기도 했다. 단순한 나무가 아니라 영험한 힘이 있다고 굳게 믿었던 것이다.

앞서 악한 나무 요괴를 소개했지만 고전소설에 등장하는 나무가 모두 악한 것은 아니다. 소설 속 주인공들은 대체로 오래 묵은 고목일수록 신성하다고 믿는다. 그래서 함부로 베거나 손상하려 들지 않는다.

〈원회록〉에는 '큰 나무 장군'이라는 뜻의 '대수장군(大樹將軍)'이 등장한다. 어떤 나무인지는 정확히 나오지 않지만 〈황장군전〉의 은수자처럼 정체가 나무다. 대수장군은 영주 지역의 들판에 서 있는 나무였는데 키가 하늘에 닿을 만큼 크고 가지와 잎이 무성했다. 그 기세가 해와 달을 가리고 들판을 다 덮을 정도였다. 마침 길을 지나다 이 나무의 웅장함을 보게 된 설운은 붓으로 "대수장군"이라는 이름을 새겨준다. 〈황장군전〉에서 엄평이 은행나무에 이름을 새겨준 것과 비슷한 내용이다. 다만 악한 인물인 엄평과 달리 〈원회록〉의 설운은 선한 인물이다. 그러니 선한 인물이 이름을 준 대수장군 역시 착한 나무로 나온다.

나무에 이름을 새긴 후 떠났던 설운은 푸른 구렁이 요괴에게 납치된 여동생을 애타게 찾아 헤매다가 다시 대수장군이 있는 곳을 지나게 된다. 그리고 너무 피곤한 나머지 잠시 나무 밑에서 눈을 붙이는데, 이때 대수장군이 꿈에 나타난다. 설운이 놀랄까 봐 신선의 모습을 하고 나타난 대수장군은 먼저 자신이 영주에서 천 년을 묵은 나무라는 점을 밝힌다. 그러고는 설운의 여동생을 구렁이 요괴가 잡아갔다고 알려주고, 빨리 남악사 신령에게 가서 무기로 쓸 철장(鐵杖, 쇠로 만든 막대기나 지팡이)과 요괴를 물리치는 신장(神將, 신병을 거느리는 장수)을 빌려오라고 이야기한다. 사실 대수장군은 신령한 나무이기에 구렁이 요괴가 악행을 벌이는 것을 모두 지켜보았다. 그와 직접 싸워보고 싶었으나, 이름이 없으니 인격을 갖지 못해 움직일 수가 없었다. 그런데 뜻밖에 설운이 이름을 지어주자, 불완전하게나마 인간의 모습이 되어 설운과 함께 구렁이 요괴를 죽이기로 한다.

〈황장군전〉의 은수자를 비롯해 대수장군까지, 왜 이름이 있어야만 움직일 수 있고 인간의 모습으로 변신할 수 있는지는 정확히 알 수 없다. 아마도 인간에게 이름이 단순히 구별 기능만 하는 게 아니라 자신의 존재 가치와 정체성을 일깨워 중요한 의미를 갖는다는 점을 그대로 반영한 듯하다.

어쨌든 꿈에서 깨어난 설운은 대수장군의 말대로 남악사에 가서 철장과 신장을 빌려 돌아온다. 그리고 구렁이 요괴와 한바탕 큰 전쟁을 벌이는데, 이때 대수장군이 직접 나타나 돕는다. 대수장군의 모습은 〈황장군전〉의 은수자처럼 인간과는 영 딴판이다. 키가 큰 것은 말할 나위 없고, 팔이 여덟 개며, 다리가 네 개다. 또 눈을 한 번 깜빡이면 하늘이 어두워지고, 다리를 한 번 구르면 땅이 엎치락뒤치락하며, 팔을 한 번 휘두르면 구름과 바람이 일어나서 모래와 돌이 마구 날린다. 외양만 봤을 때는 굉장히 흉측한 존재로 보이는 것이다.

다만 대수장군은 요괴와 맞서 싸우는 착한 나무다. 설운이 가져온 철장을 손에 쥐고 신장은 뒤를 따르게 해 구렁이 요괴와 그의 무리들을 모조리 소탕한다. 뿐만 아니라 대망에게 납치되었던 유채란이라는 여성의 병을 고쳐 설운의 둘째 부인이 되게 한다. 결국 대수장군은 이러한 공로를 크게 인정받아 봄가을마다 나라의 제사를 받게 된다. 은수자가 그토록 원했던 일을 대수장군은 누리게 된 것이다. 그야말로 해피 엔딩이다.

은수자와 대수장군은 천 년 묵은 고목이고, 인간에게 이름을 얻어 불완전하게나마 인간 모습으로 변신한다는 점이 같다. 그러나 은수자는 악인에게 이름을 얻어 악인을 도왔고, 대수장군은 선인에게 이름을 얻어 선인을 도왔다. 그래서 은수자는 결국 죽음을 맞았고, 대수장군은 오래 유지해 온 신령스러운 나무의 위치를 굳건히 지킨다. 어떤 인간의 선택을 받았고, 어떤 인간의 편에 서느냐에 따라 결말이 전혀 다른 것이다.

가끔 사찰을 구경하다가 천 년 이상의 나이를 먹은 나무를 만나곤 한다. 그 거대하고 꼿꼿한 모습에서 뿜어져 나오는 위엄은 말로 설명하기 힘들다. 저절로 감탄이 나오고 경외스럽기까지 하다. 또 왠지 모르게 소원을 빌면 들어줄 것처럼 느껴지기도 한다. 우리 현실에서는 착한 나무와 악한 나무의 구별이 없지만, 소설에서는 극명하게 차이가 나는 것이 신기할 따름이다.

15

응천대장군, 수많은 부하를 거느리며 군림하다

태원지

“내가 왕이 될 상인가?” 배우 이정재 성대모사에 빠지지 않는 이 대사는 2013년 개봉한 영화 〈관상〉에서 수양대군(이정재 분)이 관상쟁이 내경(송강호 분)에게 묻던 말이다. 옛사람들은 운명을 매우 중시했다. 특히 왕이 있는 나라에서는 왕이 될 운명을 타고난 사람만이 왕의 자리에 앉을 수 있다고 생각했다. 왕이 될 자질이 있고 왕이 되기 위한 노력을 한다 해도 운명을 타고나지 않으면 인정받기 어려웠다.

태조 이성계가 조선을 세우기 전에 '목자木子, 이씨 성을 가진 사람을 가리킴가 나라를 얻는다'는 동요가 민간에 널리 퍼져 백성들의 반감을 줄였다고 한다. 왕이 되는 방법 중 하나는 왕이 될 운명을 타고 났다고 '만드는' 일이다. 〈태원지〉에는 하늘의 명을 받았다고 칭하며 왕 노릇하는 요괴가 등장한다. 과연 이 요괴는 왕이 될 운명을 잘 만들어 나갔을까?

'하늘의 명을 받은 대장군'

〈태원지〉는 주인공 임성 일행이 중국을 떠나 미지의 땅 태원을 정복하고 새로운 나라를 건국하는 과정을 담고 있다. 임성 일행은 태원에 들어가기 전에 망망대해에서 오랫동안 표류하는데, 그때 여덟 종류의 요괴를 만난다. '응천대장군, 쥐, 이무기, 원숭이, 여우, 지네, 해중잡귀海中雜鬼, 천리안과 순풍이'다. 총 8종의 요괴 중 가장 먼저 등장하는 요괴가 바로 '응천대장군'이다.

응천대장군은 큰 바다에 있는 외딴 섬인 영도에 산다. 구체적으로는 영도의 신청봉이라는 산의 동굴에 산다. 응천대장군은 고대 전설 속의 임금으로 알려진 복희씨 때부터 중국 원나라 때까지 죽지 않고 영도에 살았다. 그리고 자기 스스로 '응천대장군應天大將軍'이라는 이름을 지었다. 이름 뜻을 풀이하면 '하늘의 뜻에 응한 대장군' 혹은 '천명을 받은 대장군'이다. 여기서 '천명'은 '왕이 될 운명'의 뜻으로 생각하면 된다. 응천대장군은 정말로 천명을 받은 대장군인 것일까?

〈태원지〉에서 천명을 받은 사람은 원나라의 황제와 작품의 주인공인 임성 단 두 사람뿐이다. 이 두 사람이 천명을 부여받은 모습은 작품에서 직간접적으로 나타난다. 먼저 원나라 황제는 작품에서 처음부터 끝까지 원나라 황제로 온전하게 군림한다는 사실이 천명을 받았음을 증명한다. 그리고 임성은 "하늘이 낸 성주聖主, 어질고 덕이 뛰어난 임금의 기상"이나, "동남쪽에서 태어난 왕자王子의 기운"이라는 비유적 표현과 함께 천명을 부여받았음이 묘사된다. 또 직접 바닷속에서 전국옥새傳國玉璽, 나라를 전하는 옥새를 얻는 것으로써 왕의 운명을 증명하기도 한다.

그러나 응천대장군의 천명과 관련해서는 작품에서 어떠한 서술도 나타나지 않는다. 천명을 받지 못했는데, 스스로 '하늘의 명을 받은 장군'이라 내세우고 싶어 이름만 거창하게 지은 것이다. 게다가 응천대장군은 사람이 아니라 분명한 요괴다.

종황이 물었다.

"응천대장군이라는 자는 어떤 사람인가?"

반수가 대답하였다.

"그 자는 해적의 우두머리입니다. 이곳에서 서쪽으로 1400리약 550킬로미터를 가면 섬 하나가 있는데, 사방이 100여 리약 40킬로미터입니다. 이름은 영도라고 합니다. 섬에 산 하나가 있는데 신청봉이라고 하고,

산 위에는 동굴이 하나 있는데 신혈이라고 합니다. 복희씨의 시대에 한 사람이 그 속에서 나왔는데 키가 1장 5척약 4.5미터이고 몸은 쇠, 머리는 구리, 눈은 금, 이는 옥으로 되었습니다. 물에 빠지지도 않고 불에 타지도 않으며 추위와 더위가 해를 끼치지 못하고 금수가 대적하지 못합니다.

스스로 응천대장군이라고 하면서 영도에 살았는데, 지금까지 죽지 않았습니다. 만약 폭풍에 떠내려오는 사람이 있으면 그 짐을 빼앗아 양식으로 삼고, 그 사람을 협박하여 졸개로 삼습니다. 그의 굳센 힘과 위엄은 보통 사람이 감당할 수 없습니다. 저희들도 표류했다가 협박을 받은 지 여러 해입니다. 또 저희들이 용기와 힘이 약간 있고 어려서부터 무예를 익혔으나 감히 겨룰 수 없어 그의 지휘를 받게 되었습니다."

"그렇다면 영도에 사람 자취가 전혀 없고, 새와 짐승도 없는 이유가 무엇인가?"

"사람은 원래 없었고, 새와 짐승은 몹시 많았지만 모두 응천대장군이 잡아먹었습니다."

"무슨 요술을 쓰는가?"

"위로는 바람과 구름, 우레와 비를 부르고, 아래로는 물속의 여러 동물을 부릴 수 있습니다. 그 요술은 헤아리기 참으로 어렵습니다."

왕의 운명을 타고난 임성은 원나라 황제의 제거 대상이 된다. 왕의 기상을 가진 두 사람이 한 나라에서 같이 살 수는 없기 때문이다. 임성은 뜻 맞는 사람들을 모아 배를 타고 원나라를 떠난다. 그리고 우선 동방예의지국이라 알려진 조선이라는 나라에 가보기로 한다. 그런데 갑자기 거센 바람과 파도를 만나 항로를 잃고 표류하다가 영도 근처에 도착한다. 이들이 거기에서 잠시 쉬어가려고 할 때, 응천대장군이 부하들을 보내 공격한다. 표류한 사람들을 오랜만에 만났으니 약탈하기 위해서다. 하지만 임성의 일행 중에 무예가 뛰어난 장수들이 많아 응천대장군의 부하들을 손쉽게 사로잡는다. 앞의 인용문은 임성의 책략가인 종황과 응천대장군의 부하인 반수가 나눈 대화다.

반수는 응천대장군에 대한 정보를 자세히 말한다. 반수에 따르면 응천대장군은 키가 지금의 단위로 무려 약 4.5미터에 달한다. 그리고 몸은 쇠, 머리는 구리, 눈은 금, 치아는 옥으로 만들어져 있다. 외형상 인간과 닮은 점이 하나도 없는 것이다. 능력도 인간과는 확연히 다르다. 물에 빠지거나 불에 타더라도 죽지 않으며, 추위와 더위를 전혀 느끼지 못할 정도로 무감각하다. 뿐만 아니라 바람과 구름, 우레와 비를 마음대로 조종할 수 있고, 물속의 여러 생물들을 부리는 요술도 있다. 그렇기에 사나운 새와 짐승들도 응천대장군을 이길 수가 없다.

또 응천대장군은 음식뿐만 아니라 새와 짐승도 먹는다. 그리고 가끔씩 사람들이 영도에 표류하게 되면 그들을 협박해 양식을 빼앗은 후 자신의 부하로 삼는다. 조직을 갖추고 움직이는 전형적인 해적이다. 또한 땅 위에서 살며 두 다리로 직립 보행한다는 점 말고는 인간과 일치하는 부분이 전혀 없는 요괴라 할 수 있다.

응천대장군에 대해 이야기해 주는 반수는 임성 일행과 같이 본래 중국 사람인데, 표류했다가 어쩔 수 없이 응천대장군의 부하가 된 사람이다. 그래서 반수는 중국에서 온 임성 일행에 합류해 응천대장군을 물리치기로 한다.

위풍당당한 모습으로 응전하다

한편 응천대장군은 앞서 보냈던 부하들이 사로잡히자, 다음 날 자기의 오른팔이자 가장 용맹한 장수인 호리를 보낸다. 그런데 호리 역시 임성의 일행인 하승의 칼에 손쉽게 죽는다. 이번에는 응천대장군이 직접 나타난다.

> 얼마 뒤 하늘이 무너지고 땅이 갈라지는 듯한 소리가 들리더니 무수한 군병이 일시에 둘러쌌다. 깃발은 바다를 덮고 창칼은 해를 찔렀다. 군병이 진을 치고 각 진영별로 깃발을 나누어 세우자, 중앙에서 누런 깃발 하나가 나왔다. 그 깃발 위에는 흰 글씨로 "응천대장군"이라고 적혀 있었다.
>
> 깃발 아래 한 괴수가 서 있었는데, 머리에는 금으로 된 통천관황제가 강사포를 입을 때 쓰는 관모을 쓰고 몸에는 용무늬 강사포황제나 왕이 입는 붉은색 조복를 걸쳤다. 허리에는 물소 뿔로 만든 허리띠를 차고, 발에는 봉황 날개 모양으로 아홉 가지 수를 놓아 장식한 가죽 신발을 신었다. 왼

손에는 금패금물을 바른 나무패를 들고 오른손에는 보검보배로운 칼을 쥐었으니, 모습이 웅장하고 위풍이 늠름하여 바라보면 사람 같지 않고 괴이하였다. 그가 큰 소리로 자기 이름을 외치며 말하였다.

"나는 응천대장군이다. 조무래기들아! 알아보겠느냐? 만약 빨리 와서 항복한다면 목숨만은 보전하겠지만 그렇지 않으면 너희들 모두 가루가 될 것이다!"

목소리가 종소리 같아 바다를 뒤흔들었다.

주인공은 늦게 나타나는 법. 응천대장군의 등장이 심상치가 않다. 이름을 쓴 깃발이나, 손에 든 금패와 보검만 보면 군대의 최고 통솔권자인 대원수의 모습 그 자체다. 하지만 머리에 쓴 관이며 옷, 허리띠, 신발 등이 모두 왕의 것이다. 비록 '왕'이라 칭하지는 않지만 영도라는 섬 내에서 사실상 응천대장군이 왕 노릇하며 살아왔다는 점을 보여주는 부분이다.

이처럼 위풍당당하고 사람 같지 않은 응천대장군의 요괴적 모습에 임성 일행은 깜짝 놀란다. 잠깐이지만 기가 질린 것이다. 그러나 이내 용기를 내서 치열한 싸움을 시작한다. 먼저 일행 중 양관이 도끼를 들고 나서서 응천대장군과 싸워보지만 힘으로 당해내질 못한다. 그래서 조평과 하승까지 합세해 세 사람이 응천대장군을 둘러싸고 공격한다.

임성 일행 중에서 나름대로 용맹한 장수 세 명에게 삼면으로 포위된 상황이면 매우 위험할 법한데, 응천대장군은 전혀 끄떡도 하지 않는다. 세 사람이 철퇴로 치고 칼로 찍었지만, 무기가 전혀 들어가지 않고 조그만 상처도 나지 않았다. 응천대장군의 몸이 단단한 쇠로 만들어져 있기 때문이다. 멀리서 지켜보던 임응이 화살 한 방을 쏘아 응천대장군의 얼굴을 정통으로 맞혔지만, 놀리기라도 하는 듯 화살이 '쟁그랑' 소리를 내며 땅에 떨어져 버렸다. 응천대장군의 얼굴 역시 쇠만큼이나 단단한 구리로 되어 있으니 화살이 박힐 리가 없는 것이다. 결국 임성 일행 중 가장 무예가 뛰어난 임응이 직접 나선다.

> 임응이 몹시 화가 나서 음양신명봉임응의 무기인 쇠몽둥이 이름을 비껴 메고 곧장 나가서 싸웠다. 사람들이 보니 마치 용이 바다에서 뛰어오르고 호랑이가 산에서 날뛰는 것 같았다. 한참 동안 싸웠으나 승부가 나지 않자, 응천대장군이 손으로 금패를 흔들고 입으로 진언을 외웠다. 갑자기 하늘과 땅이 어두워지더니 비바람이 몰아쳐 모래와 돌을 날리는 바람에 눈을 뜰 수가 없었다. 임응이 몹시 놀라 급히 자기 진영으로 돌아왔다.
>
> 종황이 부채를 한 번 부치자 비바람이 그치고, 하늘과 땅이 다시 밝아졌다. 뒤이어 종황이 입속으로 몰래 진언을 외우니 갑자기 칼 수천 개가 하늘에서 내려와 공중에 흩어져 춤을 추는데, 칼날의 빛이 번개 같아 마치 반딧불 떼가 어지러이 나는 모습이었다. 그러자 응천대장군이 기세가 꺾여 손발을 놀리지 못하였다. 종황이 큰 소리로 외쳤다.
>
> "임응은 어디에 있는가?"

응천대장군

임응이 즉시 음양신명봉을 가지고 곧장 그 앞으로 뛰쳐나가 큰 기합을 지르며 휘둘렀다. 그러자 우레 치는 소리가 나고 금빛이 번쩍이더니 응천대장군의 머리가 부서지고 푸른 피가 하늘에 흩뿌렸다.

나머지 해적들이 이 광경을 보고는 간담이 떨어져 달아나니, 죽은 자가 태반이었다. 이에 임성의 장수들이 일시에 돌진하였다. 임응 혼자 수백 명을 죽였는데, 나머지는 모두 물에 빠지거나 달아났다. 응천대장군의 시신을 돌아보니 곧 긴 무지개가 되어 날아가 사라졌다.

임응은 자기의 주 무기인 '음양신명봉'을 휘두르며 응천대장군과 열심히 싸운다. 임응의 무예와 힘이 응천대장군만큼이나 뛰어나서 승부가 쉽게 나지 않는다. 그러자 응천대장군은 도술이라는 편법을 쓴다. 왼손에 든 금패를 흔들며 주문을 외워, 비바람이 몰아치고 모래와 돌이 마구 날리게 만든 것이다. 임응의 시야를 가려서 승리하겠다는 심산인데, 임성의 일행 중에도 도술에 능통한 사람이 있다. 바로 종황이다.

종황이 부채를 한 번 부치자 응천대장군이 부린 도술이 싹 사라져버린다. 그리고 종황 역시 도술전으로 대응한다. 몰래 주문을 외워 수천 개의 칼이 하늘에서 내려오게 해 응천대장군의 정신을 어지럽게 했다. 이 틈에 임응이 음양신명봉으로 응천대장군을 힘껏 내려치자, 머리가 부서지고 푸른 피가 솟구친다. 임응이 가진 음양신명봉은 신비한 힘을 가진 쇠몽둥이기에 응천대장군의 구리 머리도 부수는 것으로 그려진다. 그렇게 왕 노릇하는 응천대장군이 없어졌으니 그의 해적 무리도 자연스럽게 해체된다.

임성 일행이 응천대장군의 시신을 확인하려고 했을 때, 그의 시신이 긴 무지개가 되어 날아가 버린다. 죽은 자리에 있어야 할 시신이 어디론가 사라져버린 것이다. 보통 요괴는 죽어도 사체를 남긴다. 인간 등 다른 모습으로 변신한 요괴의 경우라도 본래의 모습으로 돌아가 사체를 남기기 마련이다. 그런데 응천대장군의 시신은 흔적 없이 사라진다. 워낙 오랜 세월을 묵은 요괴라서 죽을 때도 신비한 힘을 발휘한 것인지, 혹은 언젠가 다시 부활할 수 있다는 여지를 주는 것인지 정확히 알 수 없다. 어쨌든 천명을 받았다고 자부하며 왕 노릇하던 응천대장군은 허무하게 죽는다.

하늘의 뜻보다 앞선 것

응천대장군처럼 인간을 부하로 삼는 행동은 다른 고전소설 요괴들에게서 잘 나타나지 않는다. 요괴가 단순히 인간과 힘을 합치거나 인간의 밑으로 들어가 지시를 받는 경우는 종종 발견할 수 있지만, 요괴가 인간보다 높은 위치에서 군림하는 경우는 찾아보기 어려운 것이다. 독특하게도 응천대장군은 표류자들의 짐을 빼앗은 뒤, 돌려보내지 않고 죽이지도 않는다. 그러고는 그들을 위협해 강제로 수하에 둔다.

그렇게 표류자들을 부하로 거느린 것은 아마도 세력을 늘리고 싶어서일 것이다. 혼자서 아무리 왕이 될 운명을 타고났다고 부르짖어 봐야 그것을 인정해 주는 아랫사람이 없으면 의미가 없다. 그래서 되도록 많은 부하들을 거느려 왕으로서의 지위를 누리고, 자신만의 왕국을 구축하고 싶었던 것이다. 실제로 응천대장군의 예측은 맞았다. 많은 무리를 거느리면서 자연스럽게 권력을 휘두를 수 있었기 때문이다.

다만 응천대장군의 욕심은 너무 과했다. 물론 천명을 받지 않았어도 이름에 왕이 되고픈 열렬한 자기 소망을 담을 수 있다. 그러나 천명이 있고 없고를 떠나서, 왕의 자질이 없는데 억지로라도 왕이 되고 싶어 했다는 게 가장 큰 문제였다.

이 점은 반수라는 인물만 보아도 알 수 있다. 반수는 응천대장군의 강압에 못 이겨 부하가 되었고, 그의 힘에 눌려 하기 싫은 해적질을 했다. 그렇기 때문에 응천대장군을 쉽게 배신하고 임성 일행에게 많은 정보를 주었다. 뿐만 아니라 반수는 응천대장군이 죽은 후 임성 일행에게 순종하는 90명을 제외한 나머지 해적들을 모두 죽인다. 그리고 응천대장군의 소굴을 없앴으며, 응천대장군의 진귀한 배와 보물, 무기 등을 가져다가 임성에게 바친다. 물론 반수는 본래 중국 사람이기도 하고 임성이 천명을 받은 진정한 인물이라는 것을 알아챘기 때문에 이러한 선택을 한 것이다. 그렇다 하더라도 응천대장군이 왕으로 모실 만큼 훌륭했다면 끝까지 그를 위해 싸웠을 것이다.

결국 응천대장군은 영도의 왕으로 군림하면서 위협과 협박 등의 물리적 힘만으로 조직을 이끌었다. 윗사람으로서 아랫사람을 향한 배려와 포용이 눈곱만큼도 없었다. 누구보다 왕이 되고 싶었으나, 왕이 되는 방법은 전혀 몰랐던 것이다. 왕이 될 운명을 자칭하며 '만드는' 일보다 왕의 자질을 배우는 일이 가장 중요하다는 것을 응천대장군이 알았더라면 과연 결말이 바뀔 수 있었을지 궁금해진다.

〈태원지〉는 왕이 될 운명을 타고난 주인공 임성이 일행과 함께 중국을 떠나 해상의 아홉 섬을 거치고, 미지의 땅 태원에서 대흥국을 세우는 과정을 담은 작품이다. 따라서 제목도 '태원에 대한 기록'이라는 뜻을 갖고 있다. 이 책에서는 강문종 소장 한문 필사본(138면)을 대본으로 삼았다. 번역본은 《역주 태원지》(임치균 외 3인 역해, 한국학중앙연구원출판부, 2019)가 있다.

요괴를 퇴치하는 무기

무력으로 요괴를 퇴치하는 방법은 무기를 쓰는 방법, 도술을 부리는 방법, 약점을 이용하는 방법, 형벌을 내리는 방법, 감금하는 방법 등 무궁무진하다. 이 중에서 가장 일반적으로 많이 쓰이는 방법은 아무래도 무기를 써서 퇴치하는 방법이다.

고전소설에서 요괴를 퇴치하는 무기는 지상 세계의 무기와 천상 세계의 무기로 나눌 수 있다. 먼저 지상 세계의 무기는 전쟁터에서 흔히 쓰이는 칼, 창, 화살, 도끼, 철퇴(쇠몽둥이), 철편(쇠채찍) 등의 병장기다. 보통 이러한 무기는 인간의 기술력으로, 인간에 의해 만들어진다. 따라서 무기 자체에 어떠한 신비한 힘이나 능력이 담겨 있지 않다. 그렇기에 주인공이 지상 세계의 무기를 이용해 요괴를 퇴치할 때면 반드시 뛰어난 무예 실력이 뒷받침되어야 한다. 무기와 한 몸이 되어 적재적소에 휘두를 줄 알아야만 요괴를 퇴치할 수 있는 것이다.

물론 예외도 있다. 앞서 〈태원지〉에서 임응이 '음양신명봉'이라는 몽둥이로 응천대장군을 죽이는 모습을 살펴보았다. 작품에서 음양신명봉은 위는 둥글고 아래는 모나게 해 하늘과 땅의 형상을 본뜨고 금과 은으로 장식한 것으로 중국 원나라의 장인이 만들었다. 그렇게 인간이 만들었지만 상서로운 기운이 일어나고 하늘을 향해 빛을 쏘는 기이한 무기다. 지상의 무기이면서 천상의 무기이기도 한 것이다.

그렇다면 천상 세계의 무기는 어떠할까? 고전소설 속 주인공들은 천상 세계로부터 여러 가지 신기한 물건을 받는데, 그 중 무기가 되는 물건들이 많다. 이는 '신이 내려준 물건 혹은 신이한 힘이 있는 물건'이라는 뜻에서 '신물(神物)'이라고도 부른다.

신물은 그 자체에 매우 특별한 힘이 담겨 있고, 인간의 힘으로는 만들어 낼 수 없다. 또 대부분 '음양신명봉'과 같이 독특한 이름을 갖고 있다. 먼저 칼의 경우에는 '고정검, 벽력도, 송백도, 수정검, 인성참요검, 절운도, 참사검, 참요검, 청강검, 칠성검, 칠성참요검' 등의 이름으로 나타난다. 또 칼마다 다채로운 이름이 붙는 것처럼 칼의 생김새와 특별한 능력, 주인공이 칼을 얻게 되는 과정 등이 조금씩 다르다. 몇몇 작품에서는 주인공이 칼을 가질 능력이 있는지를 시험해 보는 과정이 나타나기도 한다. 그렇지만 그 효력은 악한 것을 물리친다는 점에서 동일하다. 특히 악한 도사, 국내의 반역 세력, 오랑캐와 같은 외부 침입 세력, 요괴 등을 물리치는 데 요긴하게 쓰인다.

한편 천상 존재가 내려주는 칼이 아닌, 요괴가 소유한 칼이 오히려 요괴를 죽이는 무기가 되기도 한다. 매우 예외적인 경우다. 〈금방울전〉의 금돼지는 자신의 보검으로 죽고, 〈김원전〉의 아귀는 자신의 비수로 죽으며, 〈반필석전〉의 천하대장군도 자신의 청룡검으로 죽는다. 주인공이 요괴의 칼을 빼앗아 죽였기 때문이다. 이 요괴들은 주인공이 가진 다른 무기로는 죽지 않기 때문에 주인공이 어쩔 수 없이 요괴의 무기를 활용해 죽인다. 요괴 입장에서는 자기 무기로 죽는 것이니, 천상에서 내려온 무기로 죽는 것보다 훨씬 더 억울할 노릇이다.

천상의 무기 중 칼 다음으로 많이 나타나는 것은 밧줄(혹은 그물)이다. 밧줄도 '곤요사, 보요삭, 보은삭, 부용삭, 홍금삭' 등의 각기 다른 이름으로 나타난다. 주인공이 요괴에게 밧줄을 던지면 요괴는 몸이 꽁꽁 묶여 움직이지 못하게 된다. 따라서 밧줄은 즉각적으로 요괴를 죽이는 칼만큼 강력한 무기는 아니다. 다만 요괴를 생포해 질책하거나 전후사정을 실토하게 해야 할 때는 칼보다는 밧줄이 더 유용하다. 칼을 사용하면 요괴가 그 자리에서 죽는 경우가 많은 반면, 밧줄을 사용하면 요괴가 그 자리에서 바로 죽지는 않게 된다. 죽음이 잠시 미뤄지는 것이다.

이외에도 쇠몽둥이인 '철장', 거울인 '조마경', 염주 목걸이인 '보리주', 술병의 하나인 '호로병(호리병의 본딧말)', 부채인 '여의선' 등도 천상의 무기로 등장한다. 이것들 역시 요괴를 퇴치하는 중요한 무기로 쓰인다.

지상의 무기는 운동신경이 어느 정도 있는 사람이라면 훈련을 통해 얼마든지 다룰 수 있다. 그러나 천상의 무기는 보통의 평범한 사람이 결코 다룰 수 없다. 전생에 천상에서 살았거나, 지상에서 도학을 열심히 닦은 사람만이 소유하고 마음껏 사용할 수 있다. 또한 심성도 착한 사람이어야 한다. 악한 사람이나 요괴는 천상의 무기를 절대 소유하지 못할 뿐만 아니라 그것으로 선인을 해칠 수도 없다. 그렇기에 천상의 무기는 거의 대부분 주인공이 활용한다.

요괴를 물리치라고 하늘에서 주인공에게 그렇게 많은 무기들을 내려주고 요괴가 가진 무기조차 빼앗아 그것으로 죽게까지 하니, 온 우주가 동원되어 요괴를 없애려는 듯하다. 이래저래 요괴는 죽을 운명인가 보다.

16

푸른 구렁이, 자식을 황제로 만들어 권력을 휘두르다

원회록

한국에서는 구렁이를 재물을 지키는 가택신인 업신이라 여겨 숭상해 왔다. 민간 속설이지만 집에 똬리를 튼 구렁이를 잘 대접해야 재물이 들어온다고 생각해 함부로 죽이거나 쫓아내지 않았다.

일연이 편찬한 역사서이자 설화집인 《삼국유사》에는 신비한 구렁이가 등장한다. 이 구렁이는 가야의 시조인 수로왕의 묘를 수호하는 영험한 존재다. 그래서 왕릉에 묻힌 재물을 훔치러 온 도적들을 물어 죽인다.

그렇다면 고전소설 속 구렁이도 그러한 수호신 이미지일까? 이상하게도 고전소설에 등장하는 구렁이나 이무기 등의 뱀 성격 요괴는 뭔가를 보호해 주거나 인간에게 긍정적인 영향을 끼치지 않는다. 거의 대부분의 뱀이 인간을 해치거나 인간 세계를 어지럽히는 부정적인 존재로 등장하고 있다. 뱀과 자주 비교되는 용은 착한 일을 하는 경우도 많이 발견할 수 있는데, 뱀은 아직까지 그러한 경우가 발견되지 않는다.

〈원회록〉에 등장하는 구렁이도 마찬가지다. 악하고 부정적인 요괴로 등장한다. 다만 다른 작품들에 나타나는 뱀 요괴와 다른 점이 있다. 대부분의 뱀은 그때그때의 감정에 휩쓸려 즉흥적으로 악행을 저지르지만, 〈원회록〉의 구렁이는 정치적으로 권력을 갖겠다는 뚜렷한 야망을 가지고 계획을 치밀하게 세워 행동한다. 또한 그 계획을 철저히 실행해 나가는 과정이 상당히 독창적이면서도 상상을 초월한다. '구렁이 담 넘어가듯' 한 나라의 황실을 슬그머니 집어삼킨 이 요괴의 이야기로 들어가 보자.

자식을 점지해 주는 신묘한 도인

〈원회록〉에 등장하는 요괴는 '아주 큰 구렁이'라는 뜻을 가진 '대망大蟒'이다. 구체적으로는 형악산에서 수천 년 묵은 푸른색 구렁이라고 나온다. 이 구렁이는 인간 남자로 변신해 영주 현묘사의 도인을 내쫓고 자신이 도인 행세를 한다. 현묘사는 원나라에서 대대로 제사를 올리는 사원이며, 현묘사 도인은 원나라 백성들이 숭배하는 정신적 지주 격 인물이다. 이 점을 알았던 구렁이는 인간 세상에 나오자마자 가장 먼저 현묘사를 차지하고 권력에 대한 야심을 드러내기 시작한다.

도인 행세를 시작한 구렁이는 먼저 자식을 점지해 달라는 백성들의 소원을 들어준다. 다만 자식을 점지할 만한 신묘한 능력이 사실 없기 때문에 직접 부녀자들을 강간해 아들을 갖게 한다.

> 석유경은 나이가 마흔이 되도록 자식이 한 명도 없었다. 하루는 현묘사 도인이 매우 영험하다는 소식을 듣고, 현묘사에 가서 소와 양을 제물로 바치며 간절히 빌었다. 그날 밤에 한 꿈을 꾸었는데, 푸른 구렁이를 탄 어떤 사람이 안채로 들어가 자신의 부인을 겁탈하고 나가는 모습이 흐릿하게 보였다. 석유경이 크게 화를 내다가 깨보니, 한바탕 꿈이었다. 급히 안채로 들어가 부인을 보자, 부인이 매우 기쁜 얼굴로 말하였다.
>
> "제가 오늘 밤에 한 꿈을 꾸었습니다. 머리에 두건을 쓰고 도복을 입은 한 사람이 푸른 구렁이를 타고 들어오더니, '그대의 남편이 후한 폐백을 내게 주어 큰 은혜를 입었다. 그 소원을 이뤄주어 귀한 자식을 점지하노라' 하였습니다. 그러고는 그 사람이 제 품속으로 달려들어 놀라 잠에서 깼으니, 이 꿈이 어떻습니까?"
>
> 석유경이 매우 기뻐하면서 임신하기를 기다렸는데, 과연 그달에 석유

경의 아내가 임신을 하였다. 그리고 10개월 후에 한 명의 남자아이를 낳았다. 아이를 보니 체격이 건장한데, 유독 눈이 구렁이의 눈과 비슷하였다.

영주 지방의 태수이자 간사한 신하인 석유경이 이상한 태몽을 꾸고 아들을 얻는 대목이다. 구렁이는 석유경의 부인을 직접 겁탈하는데, 석유경 부부에게는 이를 마치 꿈꾼 것처럼 느끼게 만든다. 꿈을 통해 강간을 감추고 속이는 아주 교묘한 수법인 것이다.

급기야 구렁이는 황제의 후궁까지도 석유경의 부인과 동일한 방법으로 겁탈해 자기 자식을 낳게 한다. 그럼에도 황제를 포함해 덕분에 아들을 얻은 사람들은 모두 도인이 신묘한 도술로 자식을 점지해 준 것이라 철석같이 믿는다. 결국 구렁이는 그러한 방법을 반복해 총 40여 명에 달하는 자기 자식을 배출한다.

나라 안에 있는 백성들 중에 자식 없는 사람이 현묘사에 가서 한 번만 빌면 기이한 남자아이를 얻었다. 그리고 그 아이들은 남다르게 잘 자라났는데, 10세의 어린 나이에도 이미 숙성한 대장부의 모습을 드러냈다. 또한 글을 배우면 이름난 시인인 이백과 두보보다도 더 뛰어났고, 무예를 배우면 탁월한 병법가인 손무와 오기를 대적할 정도로 재주가 기묘하였다. 이 때문에 평범한 아이들은 그들을 따라갈 수가 없었다.

구렁이가 점지해 준 아들들은 보통 아이들과는 사뭇 다르다. 10살에 이미 청년의 모습을 보이고, 글재주와 무예 습득력이 하나같이 뛰어나다. 사실 이들은 인간과 구렁이의 혼혈이지만, 인간보다는 구렁이에 훨씬 더 가깝다. 부계 혈통의 영향이 워낙 강력한 요괴기 때문에 아들들도 요괴나 다름없는 것이다.

하지만 우선 눈에 보이는 겉모습이 인간과 큰 차이가 없어서 부모를 비롯해 주변 사람들도 전혀 알아채지 못한다. 뱀눈이거나 성장 발육이 남다른 점 정도로는 요괴라 의심하지 않는 것이다. 보는 눈이 뛰어난 남주인공인 필웅상 정도가 구렁이의 자식들을 보며 이상하다고 의심한다. 다만 필웅상 역시 그들이 구렁이의 자식이라는 것까지는 미처 깨닫지 못한다.

명망을 이용해 태자를 바꾸다

구렁이의 영험함이 원나라에 널리 증명되자, 황제는 구렁이에게 '천관도사'라는 명예로운 칭호를 내려준다. 국가에서 인정해 주는 도사가 된 것이다. 이후로 구렁이는 황실과 온 백성들에게서 극진한 대접을 받게 되는데, 구렁이는 결코 칭호와 대접 선에서 만족하지 않는다.

이번에는 생물학적으로 자신의 아들인 후궁의 아들을 황제 자리에 앉히겠다는 다소 원대한 계획을 세운다. 사실 이것이 구렁이의 최종 목표였던 것이다.

어느 날 밤에 천관도사가 바람과 구름을 타고 도성 궁궐에 들어갔다. 황제를 만나 나라 다스리는 이치와 흥망성쇠를 말하고, 마지막에는 후궁의 아들에게 임금의 기상이 있음을 은근히 흘렸다. 그러고는 갑자기 사라져버렸다.

황제가 도사의 영리함을 매우 칭찬한 후, 다음 날 곧바로 신하들을 모이게 하였다. 그러고는 후궁의 아들을 태자로 임명하고 황후의 아들을 위왕에 임명하였다. 또 이를 기념하여 나라의 모든 죄인들을 풀어주었다.

구렁이는 어느 날 밤에 갑자기 황제를 찾아가 황후의 아들이 아닌, 후궁의 아들에게 임금의 기상이 있다고 말한다. 황제는 이미 도인의 도술이 높다고 인정하던 터라 그 말을 곧이곧대로 믿는다. 이에 다음 날 바로 후궁의 아들을 태자로 정하고, 황후의 아들은 태자에 비하면 낮은 지위인 위왕에 임명한다. 구렁이의 농간으로 본래 태자가 되어야 할 위왕이 낮은 자리에 앉고, 자격이 없던 후궁의 아들이 태자가 되어버린 것이다. 이 과정에서 구렁이가 평소 눈엣가시로 여기던 충신 필응상과 설운은 벼슬을 버리고 황실을 떠난다.

얼마 지나지 않아 황제는 임금의 자리에서 물러나고 후궁의 아들이 황제가 된다. 결국 구렁이의 아들이 임금 자리에까지 올랐다. 구렁이의 뜻대로 모두 이뤄진 셈이다. 이로 인해 정작 황제가 되어야 했던 황후의 아들은 황하 지역의 외딴섬에 갇히는 신세가 된다. 특별한 일이 있지 않은 한, 첫째 아들이 대대로 황위를 계승해 오던 원나라의 관습이 구렁이 때문에 한순간에 바뀌어버린 것이다.

여기서 후궁의 아들이 황위를 계승한 일이 문제가 되는데, 그 이유는 나라의 관습을 깨고 본래 태자의 자리를 빼앗았기 때문이 아니다. 새 황제가 실은 구렁이 요괴의 자식이라는 점 때문이다. 이를 증명이라도 하듯이 후궁의 아들이 황제가 되자, 구렁이가 가장 큰 이익을 본다. 아들이 황제가 되자마자 구렁이는 '형왕'의 지위에 오른다. 본능적으로 친부가 끌려서인지, 자신을 태자로 추천해서인지 후궁의 아들은 구렁이에게 한 지역을 다스리는 자에게만 주는 높은 지위를 내린 것이다. 구렁이가 친부인지 모르는 상황에서 매우 파격적인 인사 조치라 할 수 있다.

국정을 농단하다 징벌당하다

형왕이 된 구렁이는 현묘사를 성으로 재건축한 뒤, 그 성에서 황제보다 더한 대접을 받는다. 또한 어린 아들을 허수아비 임금으로 세우고는 본인이 대신 통치한다. 임금이 어리면 어머니나 할머니가 대신 국정을 맡는 수렴청정을 하는 셈이다. 이로써 구렁이가 사실상 정치권을 장악하고, 권력과 부귀영화를 마음껏 누리게 된다.

후궁의 아들은 칭호만 황제일 뿐, 정치에 아예 참여하지 않으며 석성문과 진림 등의 간신들이 마음대로 국호를 고치고 백성들을 괴롭혀도 전혀 개입하지 않는다. 사실 석성문과 진림도 생물학적으로 구렁이의 자식으로, 구렁이가 시키는 대로 움직이는 인물들이다. 결국 구렁이가 새 황제와 간신의 배후에서 그들을 계속해서 조종해 온 것이다.

고전소설에서 악인이나 오랑캐가 반역을 일으켜 임금을 바꾸는 경우는 종종 나타난다. 그런데 요괴가, 그것도 자기 자식을 임금으로 만드는 이야기는 〈원회록〉이 유일하다. 또 이 작품처럼 요괴가 직접 나라의 주인이 되어 국정을 농단하는 경우도 전혀 찾아볼 수 없다. 때문에 요괴가 자식을 퍼뜨리고 그 자식이 임금이 되어 한 국가가 정통성을 잃는다는 이야기는 파격적이기까지 하다.

물론 권선징악이라는 고전소설의 패턴에 맞게, 구렁이 요괴가 권력을 휘두르는 상황은 그리 오래가지 못한다. 위왕의 편에 선 두 주인공 필응상과 설운이 구렁이와 그의 자식들을 모조리 죽이고, 정통성이 있는 위왕을 황제 자리에 앉히기 때문이다.

> 하늘에서 내려온 장군과 귀졸들이 뒤를 쫓아오며 닥치는 대로 죽이고, 대수장군착한 나무-220~222쪽 참고은 태산과 같이 앞을 막고는 여덟 개의 손에 든 칼과 철장鐵杖, 쇠로 만든 막대기나 지팡이을 마구 날렸다. 그러자 큰 구렁이는 넓은 세상에 단 한 곳도 숨을 데가 없을 정도로 다급한 처지에 놓였다. 대수장군이 구렁이를 향해 철장을 휘두르자, 갑자기 하늘에서 넋이 나갈 정도의 큰 벼락이 치며 신비한 빛 한 줄기가 떨어졌다. 그리고 한참 후에야 구름이 흩어지고 바람이 그치며 날씨가 맑아졌다.
>
> 설운이 대수장군에게 감사의 인사를 하고 곧바로 성안으로 들어가 주

위를 살펴보았다. 수많은 뱀의 사체가 산과 같이 쌓여 있는데 그중에 큰 구렁이 한 마리가 피를 흘리고 죽어 있었다. 길이는 셀 수 없을 정도로 길었고, 독한 냄새가 코를 찔러 성안의 백성들이 견디지 못하고 도망칠 정도였다.

영주 지방의 신령한 나무인 대수장군이 남악사 신령에게서 장수들과 무기를 빌려다 구렁이를 때려죽이는 대목이다. 결국 구렁이는 도인의 모습을 벗고 본체를 드러내며, 피를 흘리면서 무참하게 죽는다.

또한 인간 모습이던 구렁이의 자식들 역시 생물학적 친부의 영향으로 구렁이 모습인 채 죽는다. 보통 요괴들은 죽을 때면 본모습을 여지없이 드러내는데, 이들도 예외는 아닌 것이다. 이를 통해 구렁이의 자식들이 인간의 탈을 썼을 뿐 사실은 요괴라는 점을 다시 한번 보여준다. 이로써 원나라 황실은 제자리를 찾는다. 구렁이 요괴만 아니었다면 후궁의 아들이 태어나지도 않았을 테고, 황후의 아들이 순탄하게 황제가 되었을 것이다. 황후의 아들 입장에서는 구렁이 때문에 먼 길을 돌고 돌아 겨우 황위에 오른 셈이다.

인간계의 생리에 통달한 요괴

이처럼 〈원회록〉의 구렁이는 자기 아들을 황제로 만들어 권력을 갖겠다는 철저한 계획 아래, 후궁뿐만 아니라 더 많은 인간 여자와 관계해 자식을 낳았다. 여기서 특이한 부분은 40여 명의 자식 중에 딸은 단 한 명도 없고 아들만 있다는 점이다. 물론 아들을 선호하던 시대에 딸을 점지해 달라고 찾아오는 사람은 드물었을 것이다. 그렇지만 구렁이의 입장에서 그보다 더 큰 이유가 있었을 듯하다. 아마도 구렁이는 자식이 자라서 자기를 돕는 데 딸보다는 아들이 더 유리하다고 생각했을 것이다. 황제가 될 사람, 그 황제를 보좌하는 신하가 될 사람, 자신을 떠받들고 도와줄 사람 모두 아들이 적합했기 때문이다.

또 구렁이는 자신과 같은 종의 구렁이와 관계를 해서 자식을 낳을 수도 있었지만 그 길을 택하지 않았다. 원나라에서 인간으로 살아가면서 권력을 누리기로 결심한 이상, 원나라 백성 신분이 확실한 인간 여성들을 통해 자식을 낳는 편이 목표를 이루는 데 더 수월했기 때문이다. 다른 구렁이와 자식을 낳으면 자식을 인간으로 변신시켜 신분을 만들어야 하는데, 황실과의 혈통이나 연관성이 전혀 없으니 많은 어려움이 따랐을 것이다. 매우 영악하고 계산적인 요괴가 아닐 수 없다.

우리는 흔히 '남을 왕좌에 올릴 정도의 정치력을 지닌 실력자'를 '킹메이커kingmaker'라 부른다. 〈원회록〉의 구렁이 역시 아들을 임금 자리까지 올린 일등 공신이라는 점에서 킹메이커라 할 수 있다. 다만 구렁이는 킹메이커처럼 임금을 보좌해 바른길로 이끄는 데 목적을 두지 않았다. 오히려 자신이 마음대로 임금 노릇을 하는 것이 더 좋았다. 아들을 황제로 만들어서 자신이 그 권력과 지위를 대신 누리겠다는 야욕을 품었기 때문이다.

구렁이는 비록 요괴지만 '권력'이라는 힘의 논리와 인간 세계의 생리를 정확히 파악하고 있었다. 치밀한 계획 아래, 황제의 후견인이자 '형왕'이라는 명예를 가진 인간으로 당당하게 살아가는 삶을 이뤄냈다. 하지만 구렁이는 '강간'이라는 방법으로 자식을 낳았고, 정통성을 지닌 황족을 강압적으로 내쫓았다. 임금을 세우고 권력을 얻는 방식이 부정했던 것이다. 때문에 힘들게 이룬 안락한 삶을 오래 누리지 못한다. '킹메이커'로서의 존경과 찬사는 처음부터 바라지 않았다 하더라도, 몽둥이찜질로 처절하게 죽음을 맞는 결말은 상상도 하지 못했을 것이다.

〈원회록〉은 원나라를 배경으로 필응상과 설운이라는 두 남성 주인공의 영웅적 일생을 보여준다. 또 필응상과 설취란의 사랑 이야기도 가미되어 있다. 제목은 '원통하고(寃) 후회되는(悔) 일에 대한 기록'이라는 뜻을 담고 있다. 이 책에서는 강전섭 소장 한글 필사본(193면)을 대본으로 삼았다. 원문과 교주(校註)는 《고소설 원회록 연구》(박종익, 이화, 2010)에서 확인할 수 있다.

요괴가 지옥에 간다면?

앞서 〈원회록〉의 구렁이가 죽는 모습을 분명히 보았다. 그렇다면 상식적으로 생각해서 작품에 다시는 등장하지 않을 듯한데, 이 구렁이는 끈질기게도 다시 등장한다.

구렁이가 죽기 전에, 필응상의 부인인 설취란이 구렁이에게 납치되어 강간당할 위기를 맞아 자살하는 사건이 발생한다. 그리고 혼백이 된 설취란은 저승에 가서 염라대왕에게 원통한 사연을 호소한다. 자신이 억울하게 죽었으니 구렁이를 벌해달라고 요청한 것이다.

> 염라대왕이 설취란의 호소하는 말을 듣고는 구렁이의 괘씸한 행동을 매우 꾸짖으며 화를 내었다. 이에 구렁이의 혼백을 저승으로 잡아와 구렁이가 지은 죄를 하나하나 따져 물었다.
> 구렁이가 자신이 저지른 모든 죄를 순순히 자백하자, 염라대왕이 매우 노하여 즉시 형벌을 내리며 죄목을 들어 꾸짖었다.
> 그러고는 황건역사(黃巾力士, 누런 두건을 쓰고 힘이 센 하늘의 장수)에게 명하였다.
> "이 구렁이를 풍도지옥(風途地獄)으로 보내 영원히 세상에 나오지 못하도록 하라."

설취란의 고발을 들은 염라대왕은 구렁이가 죽자마자 곧바로 저승으로 데려온다. 설취란을 죽게 한 죄를 물은 후 간통한 죄인들이 칼바람을 맞는 풍도지옥으로 보내 영원히 세상에 나오지 못하게 한다.

이처럼 요괴가 지옥에 감금돼 영원히 세상에 나오지 못하는 경우는 다른 작품에도 나타난다. 〈문구몽전〉의 여우는 문구몽의 선조인 문헌공의 혼령에 의해 풍도지옥으로 가고, 다시는 세상에 나오지 못한다. 〈임씨삼대록〉의 백여우도 설성염의 시녀들이 부른 황건역사에게 붙들려 영원히 풍도지옥으로 가게 된다. 또 〈현몽쌍룡기〉의 여우는 머리가 잘려 죽은 뒤 황건역사에게 포박당해 지옥으로 간다. 마지막으로 〈태백산호암기〉의 여우는 저승에 가서 자신을 죽인 김생을 고소했다가 도리어 지옥으로 압송당해 다시는 세상에 나오지 못하게 된다.

아주 예외적인 경우지만 지옥행을 명받았으나 도중에 도망치는 요괴도 있다. 〈남가록〉의 날치 요괴는 죽은 뒤에 염라국에 가서 염왕에게 자신이 억울하게 죽었다고 거짓말을 한다. 그러자 염왕은 날치 요괴를 죽인 세 명의 주인공을 잡아와서 대질 심문을 하고, 결국은 날치 요괴가 악한 짓을 했음을 알게 된다.

> 염왕이 말하였다.
> "여봐라! 그 삼혼(三魂, 세 가지 영혼)을 잡아 철상(鐵床), 흑암(黑闇), 한빙옥(寒氷獄)에 부치고, 그 칠백(七魄, 일곱 가지 넋)을 끌고 가서 오행산의 손오공이 눌려 있던 바위 아래에 묶어두어 영원히 세상에 나오지 못하게 하라. 빨리빨리 법대로 하여라."
> 그러자 대력신장과 황건역사가 즉시 끌고 갔다.

염왕은 먼저 날치 요괴의 삼혼을 철상지옥(쇠못이 빽빽이 박혀 있는 지옥), 흑암지옥(깜깜한 어둠 속의 지옥), 한빙지옥(큰 빙하가 있는 지옥)에 각각 나눠 보내라고 한다. 날치 요괴의 칠백은 손오공이 눌려 있었던 오행산의 바위 아래에 눌러두라는 명을 내린다. 영원히 세상에 나오지 못하게 하려던 의도인 것이다. 그런데 날치 요괴는 지옥으로 이송되던 중, 이승에서 한패를 이뤘던 악인인 구재우와 장화화가 구출해 주는 바람에 도망친다. 이에 결국은 〈남가록〉의 여주인공 중 한 명인 천하백이 나타나 날치 요괴를 불태워 죽인다.

요괴를 지옥으로 보내는 것은 일반적인 퇴치 방법이 아니다. 무기나 도술로 그 자리에서 죽이거나 물리치는 것이 훨씬 편하기 때문에 그러한 퇴치 방법이 가장 많이 나타난다. 요괴의 지옥행이 매우 드문 이유다.

물론 〈원회록〉은 중국 명나라 시대의 전기소설집인 《전등신화》의 〈영주야묘기〉에서 흰 뱀이 풍도지옥으로 가는 결말을 모방한 것이다. 하지만 한국의 한문 단편소설인 〈문구몽전〉과 〈태백산호암기〉, 한글 장편소설인 〈임씨삼대록〉과 〈현몽쌍룡기〉에도 전혀 다른 방식의 요괴 지옥행이 나타나고 있다. 이는 인간이 나쁜 짓을 하다가 죽으면 지옥에 간다는 생각이 요괴에게도 그대로 적용된 것이다. 더불어 요괴가 다시 나타날 가능성을 철저히 차단해 버리는 완전한 퇴치 방법이라 할 수 있다.

환골탈태하는 요괴

17

백룡, 진짜 용으로 다시 태어나다

보은기우록

용은 동서양을 막론하고 상상의 동물 중 가장 친숙한 부류다. 한국을 포함해 동양에서 용은 '용왕龍王, 용신龍神, 신룡神龍' 등으로 불린다. 신령스러운 동물이자 신에 가까운 존재로 여기기 때문이다. 왕의 얼굴을 '용안'이라 하고, 왕이 앉는 의자를 '용상'이라 하며, 왕의 옷을 '용포'라고 하는 것만 보아도 용이 숭배 대상임을 알 수 있다. 용의 이러한 이미지는 우리 설화나 고전소설에도 그대로 나타난다. 특히 고전소설에서 용은 위험에 빠진 주인공을 도와주거나 주인공에게 꼭 필요한 물건을 제공해 주는 착한 존재로 등장하는 경우가 많다.

그런데 몇몇 소수의 작품에서는 인간을 괴롭히거나 주인공과 전쟁을 벌이는 나쁜 용이 등장한다. 이러한 용에게는 '용왕'이나 '용신'보다는 '교룡蛟龍, 물속에 사는 용, 독룡毒龍, 독기 품은 용, 업룡業龍, 죄를 많이 지은 용'이라는 명칭이 더 잘 어울린다. 나쁜 용은 착한 주인공들과 적대적인 관계를 형성한다는 점에서 영락없는 요괴라 할 수 있다. 여기에서는 선한 용과 악한 용의 경계에 선 한 마리 용의 이야기를 해보려 한다.

포악질을 부리는 하얀 용

"용 못 된 이무기 방천 낸다(둑을 허문다)"라는 말이 있다. 못된 사람은 못된 짓만 하는 것을 비유한 말이다. 이무기는 어쩌다 심술의 대명사가 된 것일까? 한국 전설에 자주 등장하는 이무기는 차가운 물속에서 천 년이라는 긴 시간 동안의 수련을 버티지 못해 승천하지 못한다. 그래서 괜스레 인간들에게 한풀이를 한다. 이런 이유로 심술궂은 이미지가 굳어졌다.

〈보은기우록〉이라는 작품은 남주인공 위연청이 은혜를 베풀어 복을 받고, 백승설과 기이한 인연을 맺어 결혼하는 이야기를 담고 있다. 이 작품에는 '백룡白龍'이라 불리는 요괴가 등장하는데, 절강 지방 백룡담이라는 연못에 사는 흰색 용이다. 용이라지만 그 품성은 물속에 살면서 아직 완전히 용이 되지 못한 이무기와 같이 심술맞다. 그런 만큼 백룡은 절강 지역 백성들에게 성대한 제사 음식을 요구한다. 이에 백성들은 매달 초하룻날마다 소와 양을 잡아 음식을 차려 제사를 지낸 후 물속에 넣는다. 그런데 만약 제사를 한 번이라도 거르면 백룡은 세찬 바람과 우박, 소나기를 퍼붓고, 물속에서 마구 솟구쳐 근처의 논밭과 곡식을 모조리 훼손한다. 백성들이 애써 지은 한 해 농사를 한순간에 망쳐버리는 것이다.

이처럼 피해가 커지자, 관청에서 군사들을 보내 화살로 백룡을 잡으려고 시도한다. 그런데 백룡은 오히려 화살을 쏘는 군사들을 모조리 잡아먹어 버린다. 또 그 후로 사람들을 계속해서 잡아먹어 백룡담 근처에는 백성들이 아예 살지 못하게 된다. 결국 절강 지방에서는 임금이 있는 수도로 소식을 전해 도움을 요청한다. 임금은 위연청을 안찰사지방을 다스리고 감독하는 벼슬로 파견해 백룡이 끼치는 피해를 해결하라고 지시한다.

위연청이 조용히 웃으며 말하였다.

"이것은 큰 바다에 사는 신령스러운 용이 아니다. 이무기가 용으로 변화할 때에 거의 다다라 독한 성질을 부리는 것에 불과하다. 어찌 제어치 못하겠는가? 이번 달은 다 갔으니 다음 달 초하룻날에 생포할 것이다."

절강에 도착한 위연청은 먼저 지방 수령에게 자초지종을 듣는다. 그러고는 별일 아니라는 듯 웃으며 백룡이 신령한 용이 아닌 이무기에 불과하다고 말한다. 또 이무기가 용이 될 시기가 가까워오면 성질을 부리기도 하니 자신이 생포하겠다고 장담한다. 포악하기 그지없는 백룡을 그 자리에서 죽이는 것도 아니고, 생포하겠다고 큰소리치다니. 수령은 속으로 위연청을 허황된 사람이라 생각하며 비웃는다. 백룡을 생포할 위연청의 복안은 대체 무엇일까?

한 편의 글에 마음을 고쳐먹다

약속한 날이 되자, 위연청은 먼저 붓과 벼루를 꺼내 한 편의 글을 짓는다. 이 글은 분량이 상당히 길고 자세하게 나타난다.

> 초하룻날이 되자 위연청이 붓과 벼루를 내어 한 편의 글을 지었다. 이는 용을 설득하는 글이었다. 그 내용은 다음과 같았다.
>
> "옛날 당나라 때에 경하 용왕이 천명을 거역하여 위징에게 목이 잘린 일이 있었다. 이제 우리 명나라가 오랑캐 원나라의 비린내 나는 더러움을 씻어버리고 성스러운 임금께서 보위에 오르셨다. 이로써 모든 생물과 사물이 각각 제자리를 얻었다.
>
> 지금 너는 바다에 속한 무리로서 물에 사는 생물의 우두머리가 되었다. 다섯 빛깔의 상서로운 구름을 이뤄 임금을 호위함이 옳은데, 감히 독한 뿔과 모진 발톱으로 비바람을 멋대로 일으키고 방자하게 살

생을 일삼았다. 또한 곡식을 없애고 사람을 잡아먹으니 천상의 옥황상제께서 진노하셨고 지상의 우리 임금께서도 근심하셨다.

내가 이제 하늘의 위엄에 의지하고 임금의 명령을 받들어서, 칼집에 경하 용왕의 목을 베던 위징의 보검을 감췄고 휘하에는 무장한 군사 1만 명이 있다. 한번 갑작스레 네 소굴에 불을 지르면 너의 놀란 머리는 구름 밖으로 잘려 떨어질 것이고, 손에 쥔 병장기를 한번 휘두르면 쇠사슬처럼 견고하게 엮인 네 비늘이 피로 물들어 물결 위에 얼룩질 것이다.

그러나 옥황상제께서 목숨을 빼앗는 징벌을 잘 쓰지 않으시고 성스러운 우리 임금께서도 은혜를 우선으로 생각하신다. 옛날 당나라 때에 한유가 사람에게 해를 끼치는 악어를 설득하는 글을 써서 길들인 일을 본받아서 행하니, 너는 마땅히 이 글을 듣고 죄를 헤아리거라. 희생으로 던지는 돼지 한 마리를 먹은 후에 은혜를 깨닫고, 발톱을 오므려 네 소굴에서 나오너라. 그러고는 용의 모습을 바꿔 말고삐에 묶이거라!"

글을 써 누구에게 전하려나 했더니 뜻밖에 백룡에게 전하는 편지였다. 위연청은 먼저 당나라 때 용을 베어 죽였던 위징을 이야기하면서 겁준다. 또한 백룡이 그간 저지른 악행을 지적하며 꾸짖는다. 그 후 무기를 써 당장 죽일 수 있다고 말하면서도 한편으로는 살생을 좋아하지 않으니 스스로 죄를 깨닫고 밖으로 나오라고 한다.

자수해서 광명 찾으라는 말을 어렵게 글로 쓴 셈인데, 참으로 신사적인 방법이 아닐 수가 없다. 악한 용이 등장하는 다른 작품들을 보면 주인공이 용을 잡아서 곧바로 죽이거나 심하게 매를 때려 돌려보내는 일이 다반사이기 때문이다. 반면 위연청이 백룡에게 항복을 설득하는 글을 쓴 일은 항복하면 용서해 주겠다는 여지를 준 것이다.

그런데 "용의 모습을 바꿔 말고삐에 묶이거라"라는 마지막 문장은 무슨 뜻일까? 이는 백룡이 나타나는 장면을 보면 알 수 있다. 위연청은 백룡에게 쓴 글을 자신의 심복인 유한에게 주고, 유한은 백룡담으로 가서 그 글을 큰 소리로 읽은 후 제물인 돼지 한 마리와 함께 물속에 집어넣는다.

그러자 백룡이 큰 파도를 일으키며 물 밖으로 뛰쳐나오는데 용이 아닌 한 마리 말의 모습으로 나온다. 수십 미터를 훌쩍 넘는 긴 몸, 붉은 입, 오색 지느러미를 가진 흰 용의 모습에서, 두 아름 정도 되는 크기에 온몸이 흰색인 말의 모습으로 변신한 것이다. 위연청이 용의 모습을 바꾸라고 했기에 그대로 따른 셈인데, 용과 말이 섞인 용마龍馬가 된다. 이는 백룡이 위연청의 말뜻을 이해하고 반성했다는 의미로 볼 수 있다.

군자를 따르고 진정한 용이 되다

그런데 백룡은 막상 용마로 나와서는 온순함을 전혀 보이지 않고 마구 날뛴다. 하늘을 보고 울부짖으며 앞뒤 좌우로 내달리면서 사람들을 위협한다. 백룡이 나오는 모습을 구경하려고 모였던 백성들은 혼비백산해서 달아난다. 결국 이 소식을 들은 위연청이 백룡담으로 간다.

위연청이 가벼운 발걸음으로 천천히 걸어 곧바로 용마 앞에 이르렀다. 이때 용마는 모진 성질을 내고 있던 참이었다. 꼬리를 휘두르고 발굽을 구르며 큰 소리로 포효하면서 위연청의 머리 위로 솟아올랐다. 위연청이 잠깐 옆으로 피하며 가볍게 훌쩍 뛰어 용마의 갈기를 잡고, 다시 몸을 날려 용마의 등에 올라앉았다. 그 모습이 마치 나는 용을 모는 듯했고 가벼운 바람에 고삐를 매고 탄 듯했다.

위연청이 등에 올라타자, 그 말이 걸음을 멈추고 꼬리를 숙이며 아무 소리도 내지 않았다. 말이 왕성하던 기운을 꺾고 갑자기 항복하니, 위연청이 말을 천천히 몰아 수레 앞으로 왔다. 그리고 말에서 내려 수레에 오르자 용마가 네 발굽을 꿇고 머리를 조아리며 항복하는 행동을 지었다.

관청으로 돌아와 관리들이 그 말을 구경하니 움직임이 크고 씩씩했다. 본래 용이니 어찌 보통의 말채찍을 쓰겠는가? 실 같은 꼬리털은 날리듯 가볍고 쇠 같은 발굽은 단단하면서도 강했다. 비록 말의 모습이나 비늘이 드문드문 박혔고 옥 같은 갈기가 풍성하니 얼핏 봐서는 한 마리 용과 같았다. 용이 위연청의 신비한 글이 눈앞에 이르자 군자와 같은 주인을 알아보고 복종하게 된 것이었다. 참으로 기이한 일이었다.

위연청은 말리는 사람들을 뒤로 하고 혼자서 용마에게 다가간다. 말갈기를 잡고는 손쉽게 용마의 등에 올라탄다. 그러자 용마는 갑자기 한 마리 순한 양이 된다. 우렁차게 소리를 지르며 날뛸 때는 언제고 위연청이 등에 타자마자 바로 복종하는 것이다. 마치 위연청이 오기만을 기다린 듯하다. 이는 위연청이 자신의 주인이 될 만큼 훌륭한 인물이라는 사실을 용마도 알았기 때문이다. 결국 백룡은 위연청이 명령한 대로 모습을 바꿔 나타나고 그의 말이 되어 고삐를 매게 된다.

사실 이 용마는 평범한 말과는 다르다. 꼬리며 발굽, 비늘, 갈기 등이 용에 더 가깝다. 용이 잠시 변신한 것이기 때문에 그렇다. 그리고 용마라는 이름값을 하듯 위연청과 늘 붙어 다니면서 큰 공을 세운다. 위연청의 말로 전쟁터에 나가서 진나라와 토번의 오랑캐를 연달아 물리쳐, 위연청의 충실한 전투마 역할을 해낸 것이다. 용마가 그렇게 고분고분하게 행동한 이유는 단순히 위연청의 위력에 굴복해서일까? 사실 용마는 위연청의 곁에 머물면서 이루고자 하는 꿈이 생겼다.

> 용마가 갑자기 말고삐를 떼어버리고는 하늘을 올려다보며 크게 부르짖고 구슬프게 울었다. 위연청은 용마가 공을 세운 후에 본모습으로 돌아가려 하는 것을 알아차렸다. 이에 손으로 칼을 어루만지면서 시 한 수를 읊었다. 그 목소리가 조화롭게 울려 하늘과 땅에 화창한 기운을 일으키고, 음률이 맑고 또렷하여 마치 북쪽 변방에 봄이 찾아온

듯하였다.

그러자 용마가 이리저리 뛰며 춤추고 머리를 숙여 꼬리를 흔들더니, 100장약 300미터이나 되는 옥룡玉龍으로 변신하였다. 그러고는 위엄을 부리며 공중으로 날아오르더니, 비늘을 움직여 비바람을 일으키고 구름과 안개를 옆에 끼고는 점점 깊은 물속으로 들어갔다.

오랑캐를 물리치는 전쟁에서 이기고 돌아오는 길에 위연청과 용마는 우연히 백룡담을 지나치게 된다. 그러자 용마는 위연청에게 물속으로 돌아가고 싶다는 의사를 표현한다. 이를 알아챈 위연청은 시 한 수를 읊는다. 작품에서 시 내용은 나타나지 않지만 아마도 용마의 공을 칭찬하고 용마가 다시 용이 되는 것을 허락해 주는 내용일 것이다.

그렇게 위연청의 시를 들은 용마는 기쁨을 온몸으로 표출하며 드디어 말의 모습을 벗는다. 그렇다면 예전의 백룡 모습 그대로 변신할 것으로 예상할 수 있지만 그렇지 않다. 흰빛이 아닌 옥빛이 나는 옥룡玉龍으로 변신해 물속으로 들어간다.

이때의 '옥룡'은 이전의 '백룡'과는 전혀 다르다. 이전의 백룡이 수련이 부족해 사악하기만 했던 이무기였다면, 지금의 옥룡은 공로를 많이 쌓아 승천할 준비가 된 진짜 용이다. 심술만 부리던 이무기가 위연청 덕분에 진짜 용이 된 것이다. 용마가 되어 꾸었던 꿈이 바로 이것이다.

개과천선할 수 있다는 희망

이후 옥룡이 승천했다는 내용이 직접적으로 나오지는 않지만 분명히 하늘로 올라갔으리라 짐작할 수 있다. 위연청의 곁에 오랜 시간 머물면서 선한 성품에 동화되어 악한 습성을 벗고 착한 용으로 거듭났기 때문이다.

요괴가 본래의 성격인 악함에서 벗어나는 일은 그리 쉽지 않다. 백룡도 혼자서 백룡담 물속에 계속 있었다면 제대로 수련하지 못한 채 사람들만 괴롭혔을 것이다. 다행히 백룡은 위연청을 만났고, 그의 배려로 곁에 머물 수 있는 기회를 얻게 된다. 위연청은 전생에 천상에서 살았던 인물이자 현생에 다시없을 성인군자다. 따라서 백룡은 위연청의 옆에 있는 것만으로도 자연스럽게 교화될 수 있었다. 그야말로 선한 영향력이 작용한 것이다. 이러한 대목은 악한 요괴도 얼마든지 선한 쪽으로 변화할 수 있음을 보여준다는 점에서 신선한 충격이 아닐 수 없다.

밝은 혜안을 가진 위연청은 처음부터 그러한 결과를 염두에 두고 백룡을 용마로 만들어 곁에 두었다. 얼마든지 죽여 없앨 수 있었지만 스스로 깨닫고 반성할 기회를 주고 싶었던 것이다. 위연청은 시간을 두고 백룡을 교화시키고자 하는 큰 뜻이 있었다. 더불어 백룡이 자신을 도와 특별한 공적을 세우면 이무기가 아닌 진짜 용이 되어 승천할 수 있으리라 생각했다. 이러한 위연청의 의도는 모두 맞아떨어진다.

위연청은 본래 불쌍한 처지에 있는 사람에게 넓은 포용력을 베푸는 인물이다. 길에 떨어진 큰돈을 주워 주인을 찾아 돌려주는데, 이로 인해 돈을 운반하다가 잃어버린 사람이 죽을 위기에서 벗어난다. 또 고리대금업자인 아버지가 반드시 받아오라고 명령한 막대한 이자를 액수가 과하다고 생각하여 마음대로 감면해 주기도 한다. 백룡이 옥룡으로 탈바꿈하게 된 일 역시 넓은 아량으로 인도해 준 위연청 덕택이었다. 결국 백룡의 환골탈태는 인간이 아닌 요괴까지도 감싸 안을 줄 아는 고전소설의 몇 안 되는 주인공이 있었기에 가능했던 것이다.

고전소설에서 백룡처럼 악한 본성을 버리고 교화된 요괴는 찾아보기 어렵다. 앞서 살펴봤던 요괴들처럼 처참한 최후를 맞는 경우가 일반적이기 때문이다. 요괴들이 위연청과 같은 주인공을 가려서 만나면 좋겠지만 그러기는 쉽지 않다. 대부분의 주인공은 요괴를 절대 포용할 수 없는 존재로 생각한다. 요괴를 개과천선시키고자 하는 시도 자체를 잘 하지 않는다.

또한 모든 요괴가 착해질 수 있는 것은 아니다. 요괴가 등장하는 다른 작품들 속 주인공도 위연청과 같은 도덕군자인 경우가 많다. 그러나 그러한 주인공을 만난 요괴들이 모두 악한 습성을 버리지는 못한다. 대부분의 요괴가 주인공의 성품이나 도량에 감탄하기는 하지만 교화되려고 하지 않고 자기 습성대로 행동하기 때문이다. 결국 개과천선할 여지가 있는 요괴는 극소수에 한해서 따로 있는 셈이다.

우리는 보통 몰라보게 변신하거나 발전한 사람을 "용 됐다!"라고 한다. 〈보은기우록〉의 백룡에게 딱 어울리는 말이다. 다른 작품에서는 '용 된' 요괴가 거의 나타나지 않기에 이 작품 속 백룡이 더욱 귀하게 느껴진다.

〈보은기우록〉은 도덕군자인 남주인공 위연청과 수전노 아버지 위지덕 사이의 갈등 이야기, 위연청과 백승설의 결혼 이야기가 담겨 있다. 이 작품의 제목은 '은혜 갚음과 기이한 만남을 기록했다'는 뜻이며, 후속편으로 〈명행정의록〉이 있다. 이 책에서는 한국학중앙연구원 소장 한글 필사본(18권 18책)을 대본으로 삼았다. 번역본은 《보은기우록: 현대어본》(임치균 외 2인 역, 한국학중앙연구원출판부, 2019)이 있다.

선한 용과 악한 용이 싸우면 누가 이길까?

고전소설에는 인간에게 해를 끼치지 않는 선한 용과, 선한 용을 비롯해 인간까지도 괴롭히는 악한 용이 나온다. 착한 용과 나쁜 용이 싸우면 누가 이길까? 당연히 착한 용이 이길 것 같은데 꼭 그렇지만은 않다. 힘에 있어서 선한 용이 악한 용에게 밀리는 경우가 더 많다. 심지어 〈윤하정삼문취록〉의 교룡은 동서남북 네 바다의 용신들과 싸워도 거뜬히 이길 정도로 막강한 힘을 자랑한다.

〈구운몽〉, 〈김진옥전〉, 〈삼강명행록〉, 〈운수전〉, 〈이대봉전〉, 〈홍랑전〉에 등장하는 악한 용은 모두 선한 용과 대결하는데, 힘에 있어서 선한 용을 월등하게 앞선다. 이 작품들 속 선한 용과 악한 용은 모두 남성이다. 특이하게도 〈두홍전〉이라는 작품에만 여자 용끼리의 싸움이 등장하는데, 바로 남해 용의 두 아내가 선한 용과 악한 용으로 나타난다. 작품에서 이 두 용은 시기와 질투 때문에 집안싸움을 벌인다. 그런데 악한 심성의 둘째 부인인 백룡이 착한 심성의 첫째 부인인 청룡보다 힘이 센 것으로 나온다.

그렇다면 힘이 센 악한 용이 선한 용을 누르고 승승장구하는 것일까? 언제나 선한 이의 편에 서는 고전소설이 이러한 상황을 그냥 놔둘 리 없다. 두 용의 싸움에 난데없이 주인공이 끼어들게 만든다. 사실 주인공은 지상에 사는 인간이니 용궁이나 물속에서 벌어지는 용들의 싸움에 아무런 관련이 없다. 심지어 악한 용이 주인공에게 직접적으로 피해를 끼치지 않은 경우도 있다. 주인공은 반드시 악한 용을 물리쳐야만 하는 의무를 갖지 않아도 싸움에 끼어드는 것이다.

그 이유는 주인공만이 악한 용을 물리칠 정도로 탁월할 능력을 가진 해결사이기 때문이다. 이에 따라 주인공은 선한 용의 간절한 부탁을 받아 악한 용을 물리치기도 하고, 악한 용이 자신을 비롯한 인간 세계에 피해를 끼쳐서 퇴치하면서 본의 아니게 선한 용까지 구원해 주기도 한다. 결국 주인공을 통해 선한 용이 평화를 얻는 것이다.

여기서 용들의 싸움에 굳이 끼어들어 수고한 주인공에게는 어떤 보상이 있을지 궁금해진다. 그 대가는 작품에 따라 다양한데 크게 세 가지다.

첫째, 주인공이 선한 용의 딸, 그러니까 용녀(龍女)와 결혼하는 것이다. 이때 주인공과 결혼한 용녀는 주인공을 따라 인간 세계로 나와 인간 여성의 모습을 한 채 함께 살아간다.

둘째, 주인공이 용궁의 귀한 물건을 받는 것이다. 그 선물은 무기가 되는 칼이나 전쟁터에서 쓰일 갑옷·갑주·말, 죽은 사람을 살리는 약, 보물인 야광주(夜光珠, 어둠 속에서도 빛을 내는 구슬) 등이다. 특히 선한 용이 주는 선물에는 특별한 효험이 있다. 예를 들어 〈삼강명행록〉에는 몸에 지니고 있으면 강도나 맹수가 공격하지 못하는 홍말갈(紅靺鞨)이라는 신발, 자손에게 물려주면 한 나라의 주인이 되는 낭간주(琅玕珠)라는 구슬이 나온다.

이외에도 선한 용이 아닌 다른 존재가 보물을 주는 경우도 있다. 〈이대봉전〉에서는 선한 용의 초대로 용궁의 잔치에 참여한 적송자가 더위와 추위를 타지 않게 되는 우의(羽衣, 선녀나 신선이 입는다는 깃옷)를, 안기생이 머리털이 희지 않게 하는 대추 열매를, 오자서가 술이 계속 나오는 병을, 황아가 지지 않는 계화(桂花, 계수나무 꽃)를, 직녀가 죽은 사람을 살려내는 수건을 이대봉에게 각각 준다.

셋째, 선한 용이 주인공이나 주인공의 가족에게 위기가 닥쳤을 때 나타나 도와주는 것이다. 〈김진옥전〉에는 남해 용왕이 김진옥의 아들 김애운이 강물에 빠지자 구출해 주는 대목이 나온다. 일전에 김진옥이 자신을 대신해 동해 용왕을 물리쳐 준 은혜를 갚은 것이다. 〈두홍전〉에는 청룡이 망망대해를 건널 배가 없어 방황하는 두홍을 무사히 강 건너로 보내주고, 병으로 죽어가는 두홍의 아버지를 간호해 주며, 두홍의 어머니와 아내가 물에 빠졌을 때 건져준다. 두홍이 자신을 죽이려고 하던 백룡을 죽여준 일에 대한 사례를 제대로 한 것이다.

이처럼 선한 용은 주인공에게 입은 은혜를 철저하게 갚는다. 그렇기에 악한 용과는 달리 인간에게 존경받는다. 반면 악한 용은 겉으로는 '용왕, 용신, 용자(龍子), 용녀(龍女), 태자(太子)' 등으로 불리지만 실은 진짜 용이 되지 못해 심술을 부리는 가짜 용이라서 인간에게도 존중받지 못한다. 그럼에도 선한 용이 악한 용보다 힘이 약하게 등장하는 이유는 주인공이 등장하는 장면을 만들기 위해서다. 악한 인간뿐만 아니라 악한 용까지 물리칠 만큼 특출난 주인공의 활약상을 그리기 위해 의도적으로 만들어진 상황인 것이다. 여기에 인간 세계와는 전혀 다른 용궁 세계의 이상하고도 신비로운 모습이 더해져 작품을 읽는 재미를 주고 있다.

18

물귀신, 인간으로 환생하기를 꿈꾸다

범문정충절언행록

인간은 다양한 꿈을 꾸며 살아가고, 그 꿈이 삶의 원동력이 되기도 한다. 꿈은 이뤄질 수 있기도 하고 이뤄질 수 없기도 하다. 타고난 재능으로 꿈을 쉽게 이루는 사람도 있고, 노력만으로 불가능에 가까운 꿈을 이뤄내는 사람도 있다. 그러나 반대로 아무리 노력해도 이뤄지지 않는 꿈에 절망하는 사람도 많다. 때문에 우리는 자신이 이룰 수 있는 꿈을 정하곤 한다.

여기 인간이 되기를 꿈꾸는 요괴가 있다. 8백만분의 1의 운이 따라야 한다는 로또 1등의 꿈만큼이나 허황되지 않나 싶지만, 이 요괴는 진심으로 인간이 되고 싶어 한다. 인간이 되고 싶어서 인간의 간을 먹거나 정해진 기한 동안 인간으로 변신해 사는 여우 요괴는 익히 들어봤을 것이다. 그런데 〈범문정충절언행록〉에 등장하는 이 요괴는 여우가 아닌데도 인간 되기를 소망한다. 그 이유는 자세히 밝혀지지 않지만 인간의 삶에 어떤 큰 매력을 느낀 모양이다. 그 바람이 과연 이뤄질 수 있을지 알아보자.

강물에 독 기운을 내뿜는 요괴

〈범문정충절언행록〉은 주인공 범문정과 그의 세 아들이 겪는 여러 가지 이야기를 담고 있다. 이 작품에는 남만 아천강에 사는 물귀신 요괴가 등장한다. 이 물귀신은 '수귀水鬼'라고 불리는데 크기는 집채만 하지만 소나 말, 거북이의 부류는 아니라고 나온다. 털이 뭉쳐 있고 독한 냄새가 나며 눈이 금으로 만든 방울처럼 노랗다고 표현된다. 이 정도의 정보만으로는 물귀신의 정체가 무엇인지, 어떤 동물을 모델로 삼은 것인지 정확히 알 수 없다. 다만 물속에서 5백 년 동안 살았다고 나오는 점으로 보아, 수중 생물 중 하나일 가능성이 크다.

물귀신은 남만 지역의 아천강에 독 기운을 내뿜어 강물을 마신 백성들을 병들게 한다. 사람들이 병에 걸린다고 해서 물귀신에게 별다른 이익이 돌아가지는 않을 듯한데, 대체 왜 이런 악행을 벌이는 걸까?

이때 마침 송나라를 배신하고 반역을 꾀한 남만왕 목탈해를 벌하기 위해 범문정의 첫째 아들인 범순인이 남만으로 온다. 남만에 도착한 범순인은 우여곡절 끝에 남만왕에게 항복을 받고는, 아천강 물로 인해 나라 전체에 전염병이 퍼졌으며 남만왕의 딸도 목숨이 위태롭다는 이야기를 듣는다. 그러자 범순인은 붉은 물감으로 "태을제요太乙除妖, 태을이 요괴를 제거한다"라고 쓴 부적을 남만왕에게 주며 딸의 방에 붙이라고 말한다. 태을은 전쟁이나 자연재해, 생로병사를 다스리는 신령한 별인데, 도교의 부적에 주로 쓰이는 말을 소설에서 사용한 것이다. 범순인은 전염병의 원인이 요괴라는 점을 미리 알았기 때문에 '요괴를 제거한다'는 말을 덧붙여 쓴다. 이후 범순인은 곧바로 아천강으로 향한다.

> 범순인이 아천강에 이르니 깊이는 서너 간약 5~7미터 되고, 길이는 사오 리약 2킬로미터 되었다. 범순인이 붉은 물감으로 종이에 두어 글자를 써서 돌에 매어 물속에 던지니, 어디로 갔는지 알 수 없었다. 그러더니 조금 이따가 물속에서 정체 모를 한 짐승이 나오는데 소나 말, 거북이의 생김새는 아니었다. 털이 땔감을 묶어놓은 듯 뭉쳐 있었고 악독한 냄새가 코를 찔렀으며 눈은 금방울 같았다. 범순인을 따라갔던 남만왕과 신하들이 몹시 놀라 얼굴빛이 하얗게 질렸다.
>
> 그 짐승이 물가로 나와서 범순인에게 머리를 조아리며 죄를 비는 듯

한 행동을 하였다. 그러자 범순인이 큰 소리로 꾸짖었다.

"죄 많은 짐승이 네 소굴에나 얌전히 있을 것이지 물에 괴상한 독과 냄새를 피워서 사람이 그 물을 먹으면 앓거나 말 못하는 병을 얻게 하였다. 또 이 나라 공주까지 병이 들게 하였으니 네 죄는 죽어도 용서할 수 없다. 오늘 너의 목숨이 다하였으니 용서치 못할 것이다!"

범순인은 이미 아천강에 요괴가 있다는 것을 예상했지만, 그 요괴가 구체적으로 어떤 것인지는 알지 못했다. 그래서 붉은 물감으로 몇 글자를 적고 물속에 넣어 요괴가 정체를 드러내도록 유도한다. 범순인이 쓴 글이 효험이 있었는지 물귀신은 거짓말처럼 모습을 드러내며 물 밖으로 나온다. 이때 주위 사람들은 정체 모를 존재의 괴상한 생김새를 보고 모두 기가 질리는데, 범순인만은 태연하다. 게다가 그는 물귀신이 지은 죄를 나열하면서 그 죗값으로 죽이겠다고 호통을 친다. 그러자 물귀신이 갑자기 사람의 말을 하기 시작한다.

물귀신이 고개를 숙이며 작은 소리로 사람의 말을 하였다.

"저는 본래 북해에 살던 물귀신인데, 죄를 지어 아천강으로 귀양 온 지 5백 년입니다. 제가 들으니 인간의 정기를 흡입하면 짐승의 껍질을 벗고 사람이 된다 하였습니다. 그래서 남만 지역에 해를 끼쳤으나 직접 사람을 잡아 죽인 일은 없습니다. 어르신께서 이 한 목숨을 살려주시면 다시는 나쁜 짓을 하지 않겠습니다."

범순인이 물귀신에게 앞으로 나오라고 하여 등에 난 털 수십 개를 뽑은 후, 붉은색 물감으로 "수심정도修心正道" 네 글자를 썼다. 그리고 경계하였다.

"너의 죄를 용서하겠다. 마음을 고쳐 덕을 쌓은 후 조물주에게 가서 이 글자를 보여주면 인간의 형체를 줄 것이다. 그러니 모쪼록 바른 도를 수련하거라."

물귀신이 여러 번 절하며 고개를 조아린 후 물속으로 들어가니 어디로 갔는지 알 수 없었다.

물귀신은 본래 북해에 살았는데 죄를 지어 5백 년 전에 남만으로 귀양 왔다고 고백한다. 그리고 사람의 정기를 흡입하면 사람이 된다는 말을 들었기 때문에 강물에 독 기운을 뿜었다고 말한다. 아마도 물귀신은 자신의 독 기운으로 사람이 병들거나 죽으면 정기를 흡입할 수 있는 모양이다.

고전소설에는 이 물귀신처럼 사람의 정기를 흡입해 사람이 되기를 원하는 요괴가 종종 나타난다. 특히 여우가 사람 정기 모으기에 크게 집착한다. 하지만 이는 인간의 입장에서는 용납될 수 없는 일이다. 인간이 요괴에게 정기를 모두 빼앗기면 곧바로 죽게 되고, 요괴가 살생을 통해 인간이 되는 일은 옳지 못한 일이기 때문이다. 때문에 주인공들은 정기를 훔치는 행동을 용서치 않고 가차 없이 요괴를 죽여버린다.

물귀신은 범순인이 범상치 않은 인물임을 한눈에 알아보고, 한

번만 용서해 달라고 빈다. 사실 범순인은 앞서 물귀신을 죽이겠다고 말했기 때문에 용서할 마음이 없었다. 그렇지만 물귀신이 재미로 살생한 게 아니라 순수하게 인간이 되고 싶어서 그랬다는 데 마음이 바뀐다. 또 물귀신이 막상 죽음에 이르게 한 사람이 그리 많지 않고, 지금 병들어 있는 사람들은 자신이 충분히 낫게 할 수 있기에 그 점을 참작해 준다.

이에 물귀신의 평퍼짐한 등에다 "수심정도修心正道" 네 글자를 써준다. '마음을 잘 닦아서 올바른 길로 가라'는 뜻인데, 단 네 글자만으로 물귀신이 앞으로 살아갈 방향을 지시해 준 것이다. 더불어 범순인은 마음을 고쳐 덕을 많이 쌓은 후에 할 행동도 알려준다. 만물을 창조하는 조물주에게 가서 자신의 글을 보여주라는 것이다. 그러면 조물주가 물귀신에게 인간의 형체를 줄 것이라 일러준다.

물귀신이 죽임당하지 않은 이유

사실 '다시는 나쁜 짓을 하지 않겠다'는 물귀신의 말은 믿기 어렵다. 대부분의 요괴들은 죽을 위기에 처했을 때 거짓말을 수없이 하기 때문이다. 그래서 주인공들은 잘못을 반성한다는 요괴의 말을 믿지 않고 과감하게 죽이곤 한다.

그런데 범순인은 물귀신의 다짐을 믿어준다. 요괴도 충분히 개과천선할 수 있으리라 생각한 것이다. 아량이 태평양처럼 넓은 인물인 듯하다. 고전소설에서 범순인처럼 요괴를 포용해 주는 주인공

은 그리 많지 않다. 앞서 살펴보았던 〈보은기우록〉의 위연청과, 뒤에 살펴볼 두 작품 속 주인공들이 전부다.

범순인이 그렇게까지 은혜를 베풀었는데 물귀신은 과연 그 말을 잘 따랐을까? 이후 물귀신이 다시 등장하지 않아 진짜 인간이 되었는지는 알 수 없다. 그러나 아마도 범순인이 등에 새겨준 글자대로 마음을 잘 수행해서 다음 생에는 인간으로 태어났을 것이다.

그렇다면 범순인은 왜 요괴에게 인간이 되기를 허락했을까? 남만왕은 물귀신이 떠나자, 범순인에게 왜 물귀신을 죽이지 않았는지 묻는다.

남만왕이 물었다.

"저 짐승을 이미 잡았는데 혹시 모를 후환을 없애지 않고 어째서 놓아주신 것입니까?"

범순인이 말하였다.

"저 짐승이 비록 죄는 많지만 5백 년이나 장수한 짐승입니다. 그런데 함부로 죽여서 원망하는 마음을 남기겠습니까? 우리 사람도 자기 몸의 이익을 취하는 법입니다. 저것이 인간의 형체를 원해 분수에 넘치는 죄를 짓기는 하였으나 허물을 고치고 짐승의 가죽을 벗을 만하여 목숨을 살려주었습니다. 또 제가 써준 네 글자를 통해 올바른 길로 들어가 인간이 된다면 더욱 후환이 없을 것입니다."

남만왕이 매우 감탄하며 하늘과 같이 존경하였고, 백성을 살려준 것을 뼈에 깊이 새길 정도로 감사하였다.

범순인은 5백 년 동안이나 장수한 요괴를 선불리 죽여 원망을 남기는 일이 위험하다고 생각했다. 오히려 큰 후환이 될 수 있기 때문이다. 그리고 물귀신은 충분히 개과천선할 만한 가능성이 있는 요괴라 판단했다. 만약 물귀신이 자신의 글자를 받고, 자신이 아무리 타이르더라도 갱생이 불가능한 요괴였다면 바로 죽였을 것이다. 또한 범순인은 사람이 저마다 자기에게 이로운 일을 좋아하는 것처럼 요괴도 그러한 욕망을 갖는 것이 당연하다고 생각했다. 때문에 물귀신이 요괴의 형체를 벗고 인간이 되도록 인도했던 것이다.

주인공의 됨됨이를 비추다

물귀신이 떠난 후엔 과연 어떤 변화가 있었을까?

범순인이 요괴를 물리쳤다는 소문이 잠깐 사이에 눈 날리듯 퍼져나갔다. 그러자 물귀신에 의해 전염병을 앓는 백성들뿐만 아니라 오랫동안 병을 앓는 백성들, 학질을 앓는 백성들, 바람을 잘못 쏘여 귀신이 붙은 백성들까지 모두 나와 범순인에게 치료해 주기를 빌었다. 범순인이 말하였다.

"이곳의 백성들도 우리 송나라의 백성들이나 마찬가지다."

범순인이 붉은 물감으로 '태을제요' 네 글자를 적은 부적을 천여 장 만들었다. 그리고 다섯 집마다 한 장씩 붙이라고 하였다. 이후 아천강에는 음산한 기운이 걷히고, 강물이 맑아지고 단맛이 났다. 다른 강의 물보다 훨씬 뛰어나니, 백성들이 모두 '약수'라 칭하며 다투어 마셨다. 이렇게 물귀신과 전염병이 완전히 없어지자, 공주의 오랜 병도 씻은 듯이 나았다. 남만왕이 크게 기뻐하여 아천강에 비석을 세워 범순인의 공덕을 찬양하였다. 도성 밖에는 범순인의 사당을 세웠는데, 백성들과 노인들이 흙을 지고 물을 길어 사당 짓는 일을 도왔다. 사당이 완성되자 남만왕이 봄가을로 제사를 올리고 나라의 노인들도 다투어 음식을 바치며 정성을 다하니, 신묘한 감응이 있었다.

범순인은 '태을제요' 부적을 천여 장이나 직접 써서 다섯 집마다 한 장씩 붙이게 한다. 그러자 물귀신 때문에 전염병을 앓던 백성들뿐만 아니라, 다른 병이 있었던 백성들까지 씻은 듯이 병이 낫는다. 공주의 병은 말할 것도 없다. 그리고 아천강에 퍼졌던 음산한 기운도 사라진다. 이러한 변화로 아천강에는 범순인의 공덕을 찬양하는 비석이 세워지고, 심지어 백성들이 자발적으로 지은 사당에서 남만왕과 백성들이 정성을 다해 제사까지 지낸다. 범순인은 남만국의 사람들과 물귀신 모두에게 다시 없을 은인으로 남은 것이다.

인간이 되고자 했던 물귀신의 악행과 감화는 결과적으로 범순인의 됨됨이와 능력을 돋보이게 한다. 특히 남의 나라 백성의 목숨을 살리기 위해 무려 천 장이나 되는 부적을 일일이 손으로 쓴 범순인의 정성은 대단하다 할 수 있다. 관리로서의 사명을 다하고자 한 일이기는 하지만, 기본적으로 생명을 아끼고 소중히 다루는 사람이기에 가능한 일일 것이다.

생명에는 귀천이 없다. 인간의 생명은 소중하고 요괴의 생명은 소중하지 않다는 것은 편견이다. 하지만 사악한 짓을 일삼는 요괴의 생명까지 존중하기란 여간 어려운 일이 아니다. 이런 점에서 요괴의 생명까지 존중해 준 범순인의 선택은 충격적이다. 고전소설에서는 요괴를 그 자리에서 죽여 없애는 모습이 많아도 너무 많으니, 오히려 범순인이 이상하게 보이기까지 한다.

물론 요괴에게 갱생 기회를 준다고 해서 반드시 그 요괴가 착해지는 것은 아니다. 대부분의 요괴는 위기 상황을 모면하기만 하면 다시 악한 마음이 되살아나 예전 생활 그대로 돌아가기 때문이다. 그럼에도 일단 한 번의 기회를 주며 믿음을 보이는 것이 중요하다. 요괴 입장에서 인간이, 그것도 뛰어난 주인공이 하찮은 요괴인 자신을 믿어주었다는 사실만으로 개과천선의 큰 원동력이 될 테니 말이다. 범순인의 신뢰가 무색해지지 않도록 부디 물귀신이 선한 인간으로 다시 태어났기를 바라본다.

〈범문정충절언행록〉은 범문정과 그의 세 아들이 벼슬에 나가고 물러날 때에 맞게 해서 범씨 가문을 잘 꾸려나가는 이야기다. 범문정은 중국 북송 때에 실존했던 인물인 범중엄(范仲淹)을 모델로 한 것이다. 제목은 주인공 범문정의 충성스러운 절개와 언행을 기록했다는 뜻이다. 이 책에서는 한국학중앙연구원 소장 한글 필사본(31권 31책)을 대본으로 삼았다. 31권 중 1권이 유실되었으나, 윤백영 할머니가 재구성해 복원한 1권이 현재 한국학중앙연구원에 소장되어 있다.

요괴에게 성인군자의 문자란?

앞서 범순인이 물귀신의 등에 글자를 쓰는 부분을 살펴보았다. 한문으로 된 문자를 사용해 요괴를 물리치는 방법 중 하나인데, 범순인의 아버지인 범문정도 이와 같은 방법을 사용한다. 범문정은 장백사라는 절에 들어가 공부를 하는데, 한밤중에 갑자기 덩치와 얼굴이 큰 반초나무(미상의 나무, 원문 "반초남기") 귀신이 공부방에 들어와 글 읽기를 엿듣는다. 이 일이 4~5일간 계속되자, 범문정은 먹을 잔뜩 묻힌 붓으로 반초나무 귀신의 얼굴에 "여면수광대(汝面雖廣大) 불혹범중엄(不惑范仲淹)"이라 쓴다. 이 글귀는 '네가 아무리 얼굴이 큰 요괴일지라도 나 범중엄(범문정)은 절대 혹하지 않는다'는 뜻으로 풀어 볼 수 있다. 이 뜻을 알았는지 반초나무 귀신은 다시 나타나지 않는다.

이처럼 주인공이 문자를 사용해 요괴를 퇴치하는 경우는 다른 작품에도 나온다. 〈삼강명행록〉의 사씨는 사람을 잡아먹는 물귀신을 막기 위해 허공에 "사불범정(邪不犯正, 사악한 것이 바른 것을 범하지 못한다)" 네 자를 쓰는데, 그러자 집채만 했던 물귀신의 몸이 돼지만 하게 쪼그라든다. 그 후 사씨는 물귀신의 뺨에 붉은색 물감으로 "인명불살(人命不殺, 사람을 죽이지 말라)"이라고 쓴다. 그러자 물귀신이 눈물을 흘리며 좋아 날뛰고 다시는 사람을 잡아먹지 않는다.

〈명행정의록〉의 경우도 비슷하다. 이 작품의 주인공 중 하나인 위천보는 머리가 철로 된 갓 모양처럼 생긴 철관 괴물을 만난다. 그래서 그 괴물의 머리에 붉은 물감으로 "천생만물(天生萬物) 각수기혈(各受其血) 사불범정(邪不犯正) 불살방석(不殺放釋)"이라 쓴다. 무려 16자에 달하는 이 글귀는 '하늘이 만물을 만들 때에 저마다 혈기를 달리 부여받았다. 사악한 것이 바른 것을 범하지 못하니 죽이지 않고 풀어주노라'라는 뜻이다. 이 문자를 받은 괴물은 집채만 했던 몸이 문짝만 하게 작아지고 머리를 조아리며 감사 인사를 한다. 앞서 언급했던 〈삼강명행록〉과 같이 주인공의 문자가 요괴의 몸을 작게 만들고, 요괴가 그 문자를 매우 좋아하는 것이다.

이외에도 〈명행정의록〉에는 또 다른 주인공이 시를 써서 요괴에게 주는 이야기가 두 번이나 나타난다. 위연청은 칠언절구(28자)로 된 한시 두 편을 지어 여우 요괴와 물고기 요괴에게 각각 준다. 시의 내용을 한글로 풀어보면 다음과 같다.

〈여우 요괴에게 준 시〉
누런 연기와 검은 안개 쇠잔한 무덤에 얽혔으니,
구멍을 뚫고 하늘을 엿보아 아침 빛을 도둑질하는구나.
다행히 부처께 설법 듣는 것을 얻었으니,
얼룩진 털옷을 벗고 도사의 옷으로 바꿔 입으리라.

〈물고기 요괴에게 준 시〉
바람과 우레가 높이 춤추고 물결이 흐르고 흐르니,
한번 용이 되고자 하였으나 그 길이 어려웠도다.
이후로 용이 되어 승천할 터이니,
구름에 들어가 비를 내리는 일이 괴롭다 사양치 말라.

시의 내용을 보면 두 요괴의 과거의 삶과 미래의 행보를 이야기하고 있다. 여우 요괴는 도사의 길을 갈 것이고, 물고기 요괴는 용이 되어 승천할 것이라 예견하는 내용이다. 사실 위연청은 두 요괴를 단 한 번도 만난 적이 없다. 이들에 대한 정보가 전혀 없어도 과거와 미래사를 모두 꿰뚫는 신통한 면모를 보인다.

고전소설 속의 주인공들은 보통 가족이나 친척 · 친구 · 황제와의 대면 자리, 과거 시험장 등에서 문자를 쓰고 시를 짓는다. 그런데 인간이 요괴에게 4

자에서 28자에 이르는 문자를 쓴다는 점은 이례적이다. 또한 다른 작품들에서는 주인공이 글을 써서 요괴를 퇴치하더라도 그 글의 내용까지 자세하게 나오지 않는다. 그런데 위의 세 작품에는 그 내용이 구체적으로 드러나고 있다. 특히 〈명행정의록〉은 독자들에게 상층이 누리던 문화적 소양과 교양 지식을 제공할 목적으로 창작된 작품이기에 2백 편에 달하는 수준 높은 한시가 나타난다. 그래서 요괴를 퇴치할 때도 이처럼 시를 짓는다.

요괴에게 문자를 쓰는 주인공은 보통 요괴의 신체 일부에 직접 글을 쓰기도 하고 종이에 시를 적어주기도 한다. 무기를 써서 요괴를 퇴치할 수 있지만 굳이 문자를 쓰는 이유는 무엇일까? 바로 주인공이 그만큼 글재주가 뛰어나다는 점을 보여주기 위해서다. 굳이 신체적인 힘을 들이지 않아도 붓으로 몇 자 휘갈기는 정도만으로 요괴를 퇴치할 때, 주인공의 능력이 또 다른 면에서 빛을 발하는 것이다. 더불어 글로써 요괴를 교화하는 주인공의 덕스러운 인품도 함께 보여줄 수 있다.

한편 요괴들은 왜 고작 주인공이 써준 시 한 편에 머리 숙여 감사 인사를 하거나, 감격의 눈물을 흘리며 날뛸 정도로 좋아할까? 인간 입장에서는 다시 쓰면 그만인 글이나 종잇조각에 불과한데 말이다. 그러나 요괴의 입장은 다르다. 요괴에게 주인공의 글은 매우 값지고 귀한 선물이다. 우선 정대한 도덕군자의 글을 공짜로 얻기란 쉽지 않기 때문이다. 또 그 글을 통해 앞으로 나쁜 짓을 하지 않게 되고, 더 나아가 새 삶을 살 수도 있게 되므로 당연히 행복해 할 수밖에 없다. 요괴가 주인공의 문자를 평생토록 소중히 간직했으리라는 것을 짐작할 수 있는 이유다.

19

남자 여우, 신선의 길을 걷다

명행정의록

고전소설은 인간과 요괴의 구별이 매우 확실하다. 요괴는 동물인 경우가 많고 수없이 인간으로 변신하지만, 그렇다고 인간으로 대접받지 못한다. 인간처럼 사고하고 행동할 수 없고 인간에게 해를 끼치기 때문에 결국은 인간에게 벌받기 일쑤다. 그래서 요괴는 인간 세계에 쉽게 발을 들여놓을 수 없고 인간과 같이 살아갈 수 없는 존재로 남곤 한다. 하물며 요괴가 인간이 되는 일이 가능이나 할까?

앞서 18장에서 다음 생에 인간으로 태어나기를 소망하는 물귀신 요괴를 소개했다. 그런데 이왕이면 현생에서 죽지 않고 곧바로 인간이 되면 더 좋지 않을까? 불가능한 일로 보이지만 다음 생까지 기다리는 것보다 훨씬 빠른 방법임에 틀림없다.

요괴가 인간이 될 수 있다는 상상력이 잘 나타난 고전소설이 더 있다. 바로 〈명행정의록〉이다. 이 작품은 위연청17장 〈보은기우록〉의 남주인공의 네 자녀들이 결혼하며 겪는 다양한 사건들을 이야기하는데, 총 4종의 요괴 이야기도 나타난다. 그리고 요괴 4종 중에서도 여우 요괴는 여러 번에 걸쳐 등장하며 강렬한 인상을 남긴다.

인간이 되길 바라는 구미호

〈명행정의록〉에 등장하는 여우는 얼굴이 희고 몸이 누런 구미호로, 항주 지역의 토지문 낙현암 밑의 바위굴에서 천 년을 묵은 요괴다. 작품에서 이 여우의 이야기는 시간의 흐름과 관계없이 마구잡이로 섞여 있다. 이해하기 편하도록 순서대로 엮으면 이렇다.

먼저 토지문에서 주인공 위연청이 아버지 위지덕에게 철채찍을 맞아 잠시 죽었다 살아나는 사건이 벌어진다. 우연히 이를 목격한 여우는 토지문 바닥에 흩뿌려진 위연청의 양기를 흡입하고 위연청의 맑은 피를 핥아먹는다. 본래 여우는 오래된 무덤을 뚫고 들어가 시체의 정기만 흡입해 왔다. 그런데 산 사람인 데다가 뛰어난 인물이기까지 한 위연청의 정기를 흡입하자, 여우의 배 속에서 신성한 효험이 있는 단약丹藥이 만들어진다. 단약은 신령한 약으로 보통 신선이 만든다고 알려졌는데, 요괴의 몸으로 단약을 만든 것이다. 물론 위연청이라는 정대한 인물의 양기와 피가 있었기 때문에 가능한 일이지만 말이다.

여우는 단약을 만든 후 신기한 술법을 얻는다. 하늘에서 내려온 귀인인 위연청의 정기와 피가 몸속에 있어서다. 이렇게 되자 여우는 수련을 더해 인간이 되리라 마음먹는다. 우선 위연청의 모습으로 변신해 항주 청병산에 작은 집을 만들어놓고 머문다. 그런데 평소에 위연청을 짝사랑했던 새홍선이라는 여자가 여우가 위연청인 줄만 알고 먼저 찾아와 유혹한다. 여우의 입장에서는 아름다운 여인이 제 발로 찾아왔으니 굳이 마다할 이유가 없다. 이미 남자인 위연청의 양기를 흡입했으니 여자인 새홍선의 음기까지 흡입해 음양의 변화를 모두 터득하고자 하는 생각을 품는다. 이에 자신이 가짜 위연청이라는 말을 하지 않고 새홍선과 동침한다.

이때 여우는 배 속의 단약을 새홍선의 입에 굴려 넣으며 정기를 흡입한다. 여우가 인간의 정기를 흡입할 때 쓰는 여우 구슬과 같은 역할을 단약이 하는 것이다. 그런데 새홍선이 엉겁결에 그 단약을 꿀꺽 삼켜버린다. 그러자 여우는 본모습을 드러내게 되고, 여우가 만든 집도 순식간에 사라져버린다. 위연청의 정기와 피로 만들어진 단약이 없으면 위연청의 모습과 똑같이 흉내 낼 수 없는 것이다.

결국 위연청이 아닌 여우와 동침했다는 사실을 알게 된 새홍선은 은장도를 꺼내며 발악한다. 여우는 여우대로 자신의 귀중한 보물인 단약을 다시 내놓으라며 난리를 친다. 여우와 새홍선 간에 한바탕 치열한 말싸움이 벌어질 때, 상황을 해결해 줄 천안천존이 나타난다. 천안천존은 옥황상제에게 '지상 세계의 신선'으로 임명받은 매우 신묘한 인물이다.

천안천존이 여우에게 말하였다.

"네가 비록 나쁜 짓을 하였지만 만약 네가 아니었다면 위연청의 피가 땅에 스며들어 버려서 이처럼 온전하게 모으지 못했을 것이다. 단약을 만들어 훗날 위연청의 고질병과 상처를 쉬이 고치게 할 것이니 그 공이 적지 않다. 네가 반드시 신선의 도를 얻을 것이고, 위연청의 아들 위천보가 그 은혜를 갚을 것이다. 너는 여기에 머물러 있다가 어느 해에 위천보가 오거든 지금 내가 한 말과 내가 단약을 가지고 기다리고 있다는 것을 전해라. 너는 위천보에게서 위연청이 쓴 시를 얻으면 털 난 짐승에서 벗어나 인간이 되어 신선의 길을 걸을 것이다."

어디선가 불쑥 나타난 천존은 새홍선에게 단약을 토하게 한 뒤, 그것을 소중하게 병에 담는다. 여우에게는 단약이 훗날 위연청의 병을 고치는 매우 중요한 약이 될 것이라며 칭찬해 준다. 여우의 본의는 아니었지만 위연청의 목숨을 구할 약을 만든 건 사실이기 때문이다. 그리고 천존은 여우에게 한 가지 큰 선물을 준다. 위연청의 시를 받으면 짐승의 탈을 벗고 인간이 될 수 있다는 사실을 알려준 것이다. 심지어 여우가 훗날 자신과 같이 신선의 도를 닦을 수 있다고

도 말해준다.

천존의 말대로라면 여우는 이제 더 이상 컴컴한 바위굴에 숨어 살면서 인간의 눈을 피해 다니는 요괴로 살지 않아도 된다. 단약을 얻고부터 인간이 되리라 생각했던 여우는 천존의 말을 들은 이후로 기대에 한껏 부푼다. 그리고 항주에서 무려 10년 동안이나 위연청의 아들 위천보가 오기를 오매불망 기다린다. 위천보가 위연청의 시를 가지고 올 것이기 때문이다.

귀인을 만나 시를 받다

다만 여우에게 10년이라는 세월은 길어도 너무 길었다. 아직 요괴인데 나쁜 짓을 하지 않고 있으려니 좀이 쑤셨다. 결국 특유의 본성을 억제하지 못하는 사건이 발생한다. 여우는 정체를 숨긴 채 몰래 강완이라는 사람의 딸 몸속에 들어가 그 여인의 정기를 흡입한다. 이로 인해 강완의 딸은 병에 걸려 몸져눕게 된다. 여우가 몸속에 들어와 자꾸만 정기를 빼가고 있으니 당연한 결과다.

이때 마침 항주를 지나던 위천보가 강완의 집에 머물게 된다. 자연스럽게 강완의 딸이 원인 모를 병에 걸렸다는 이야기도 듣는다. 가는 날이 장날이라고 여우는 10년 내내 참다 한 번 나쁜 짓을 했는데 바로 발각될 위기인 것이다. 조금만 더 참았으면 좋으련만.

여우는 위천보의 신성한 칼을 보고는 강완 딸의 몸속에서 분리되어 나온다. 그리고 꼬리 아홉 달린 여우인 본모습을 드러낸다. 위천보는 여우를 쇠밧줄로 단단히 묶고는 사람에게 해를 끼친 이 요괴를 곧바로 죽이려 한다. 그러자 여우가 다급하게 천존과 있었던 일을 전한다.

사실 위천보는 타고난 효자다. 위천보는 토지문에서 죽었다 살아나는 사건 이후로 피를 토하며 기절하는 고질병을 앓게 된 아버지 위연청의 약을 평소 간절하게 구하고 싶어 했다. 그런데 뜻밖에도 여우가 아버지의 병을 고치는 약을 만들었고, 천존이 그 약을 가지고 있다는 이야기를 듣자 매우 기뻐한다. 또 위천보는 여우의 말을 통해 천존이 여우에게 인간 되기를 허락했다는 사실을 알게 된다. 그래서 조금의 망설임도 없이 여우에게 아버지의 시285쪽 참고를 건네준다.

> 위천보가 밧줄을 풀어주고는 여우에게 가까이 오라고 한 뒤에 위로하였다.
>
> "천존께서는 세상에 다시없을 은인이시다. 네가 이미 천존의 허락을 받았고 더불어 약을 모은 공이 있다고 하니 특별히 사람을 괴롭힌 죄를 용서하겠다. 또 아버님이 써주신 글을 줄 테니, 인간이 되어 다시는 나쁜 짓을 하지 말고 요괴로운 도술을 부려 죄를 짓지 말아라!"
>
> 여우가 밧줄에서 풀려나자마자 순식간에 아름다운 소년으로 변신하였다. 그리고 위연청의 시를 받아 품속에 넣고는 여러 번 절하고 머리 숙여 인사하며 말하였다.
>
> "위연청 어르신과 위천보 어르신께 산처럼 높고 바다처럼 넓은 은혜

를 입었습니다. 훗날 제가 노비가 되어 천존이 계신 곳으로 안내해 드리겠습니다."

여우는 위연청의 시를 받고는 나중에 다시 만날 것을 기약한다. 특히 '노비가 되어 천존을 만날 수 있도록 도와주겠다'는 알 수 없는 말을 하고는 사라진다. 여우는 위연청의 시를 받았으니 정말 인간이 되었을까. 또 위천보에게 한 말을 지켰을까.

소년에서 도사가 되어 나타나다

여우와 헤어진 뒤 위천보는 천존을 찾기 위해 화악이라는 산으로 가는데, 천존이 정확히 어느 곳에 있는지 알지 못해 오랫동안 길을 헤맨다. 이때 여우가 약속을 지키기 위해 다시 나타난다. 위천보는 다시 만난 여우를 알아보지 못한다. 위천보는 '아름다운 사람'이라 느껴질 정도로 뛰어난 도사의 모습으로 변해 있었기 때문이다.

그 사람이 위천보의 앞에 와 꿇어앉으며 말하였다.

"저는 다른 사람이 아니라 항주에서 만났던 여우입니다. 제가 수백 년 동안 오래된 무덤 속에 구멍을 뚫고 들어가 하늘과 달, 별의 흐름을 엿보며 이슬과 안개를 마셨습니다. 그러면서 오직 득도하기만을 생각하였는데, 그것을 도와줄 사람을 만나지 못했습니다. 그런데 뜻밖에도 천존의 자비로운 허락을 얻어 위연청 어르신께 세상에 다시없을 보배로운 시문을 얻었습니다. 어르신의 시문이 제 곁에 있게 되자 문장의 밝음과 양의 기운이 온 세상에 스며들어 다섯 산의 신령과 여러 신선들이 신선 되기를 허락하셨습니다. 그래서 털 난 짐승의 형체를 벗고 지금의 모습을 얻었습니다. 어찌 전에 해골을 뒤집어쓰고 가짜 인간으로 변신하던 때와 같겠습니까?"

여우는 위천보가 자신을 낯설어하자, 일전에 만났던 여우임을 고백한다. 여우는 천존의 허락과 위연청의 시 덕분에 짐승의 몸을 벗고 인간으로 다시 태어났다고 말한다. 무덤 속에 든 시체의 정기나 흡입하고 가짜 인간으로 변신하던 시절과는 다르게 진정한 인간으로 말이다.

이처럼 〈명행정의록〉은 요괴인 여우가 실제로 인간으로 변화한 모습을 보여준다. 특히 여우는 속세에 살아가는 인간이 아닌 신선의 길을 가는 인간으로 묘사된다. 물론 아직 천존과 같은 높은 경지에 이른 것은 아니다. 완전한 득도를 위해 수련하는 과정에 있는 초보 신선인 것이다. 이 이야기를 들은 위천보의 반응은 어땠을까?

위천보가 그 사람의 이야기를 다 듣고는 놀라고 기특히 여기며 칭찬하였다.

"네가 짐승의 몸으로 신선의 도를 얻어 인간이 되었다니 귀신이 변하여 신선이 된 것과 같구나. 어찌 기특하지 않겠느냐? 네가 비록 아직 신선의 도를 다 얻지는 못하였으나 영특한 마음과 지혜로운 근본은 세속의 사람과는 다르다. 만일 천존이 계신 곳을 알려만 준다면 하늘 끝이나 바닷속이라도 갈 것이며, 네 은혜를 절대 잊지 않을 것이다."

위천보는 인간이 된 여우를 매우 기특히 여기며 칭찬한다. '귀신이 변하여 신선이 된 것과 같다'고 비유하며 말이다. 또한 천존을 만날 수 있게 도와달라고 한다. 자신이 죽이려 했던 요괴에게 역으로 도움을 청하게 된 것이다. 여우는 너무 초조해하지 말고 우선 돌아가라고 하며 하산하는 데까지 동행한다. 그러고는 다음엔 '기이한 사람'이 나타나 길 안내를 해줄 것이라 이야기한다. 이에 위천보가 '기이한 사람'이 누군지 묻지만 끝내 알려주지 않고 사라져버린다.

인간을 바라다 신선을 바라기까지

여우는 사실 인간이 되기는 했지만 천존의 지시대로 움직이는 존재다. 천존의 밑에서 도를 닦는 과정에 있기 때문이다. 따라서 위천보와 천존이 만나는 시점을 마음대로 정하지는 못한다. 다만 위천보에게 받은 은혜를 갚기 위해 충실한 길잡이 역할을 하는데, 두 번째 길 안내에서는 나무꾼의 모습으로 나타난다. 일전에 말한 '기이한 사람'이 바로 자신이었던 것이다. 다만 정체를 밝히지 않기 위해 삿갓을 푹 눌러써 얼굴을 가리고는 길을 안내한다. 물론 위천보는 나무꾼이 여우라는 것을 짐작하지만 굳이 내색하지 않는다. 이것 역시 천존의 뜻임을 알았고, 굳이 그 뜻을 밖으로 드러내고 싶지 않았던 것이다.

여우는 천존이 있는 입구까지만 데려다주고 함께 들어가지는 않는다. 그때부터는 위천보 혼자 험한 절벽을 기어올라 석굴로 들어간다. 위천보의 노비인 청운이 함께 가지 못해 발을 구르며 애타하지만, 여우는 청운에게 자신의 정체를 밝히면서 3일 뒤면 돌아올 것이라 안심시킨다. 그리고 청운을 산 밑으로 데려다준 뒤 유유히 사라진다.

위천보는 결국 천존을 만나 약을 구한다. 그리고 이 약으로 위연청의 병이 말끔히 낫는다. 험난한 고생길을 마다하지 않은 위천보의 지극한 효심이 만들어낸 결과다. 그런데 그의 효심이 빛을 발하는 데 여우도 큰 몫을 했다. 그 몫은 크게 두 가지인데 첫 번째는 주인공 아버지의 병을 고치는 약을 만든 일이다. 물론 여우는 인간을 치료할 목적이 아니라, 무의식중에 약을 만들었다. 하지만 결과적으로는 주인공 아버지를 살리는 선한 일을 하게 되었으므로 인간이 될 자격을 얻는다.

두 번째는 여우가 두 번이나 주인공에게 길 안내를 해준 일이다. 만약 여우의 인도가 없었다면 위천보는 천존을 만나기 위해 더 오랫동안 길을 헤맸을 것이다. 특히 여우의 길 안내는 인간이 된 이후에 이뤄진 일이다. 자신이 소원하는 바를 이미 이뤘으면 더 이상 위천보의 개인사에 관여하지 않아도 무방하지만, 노비가 되어 길 안내를 하겠다는 자신의 말을 실천한 것이다. 비록 천존의 지시에 따른 것이라 할지라도 '약속을 실현하는' 인간적 심성을 엿볼 수 있는 부분이다. 또한 수련 중인 여우가 진정한 신선이 되기 위해 덕을 쌓아가는 모습까지 보여준다.

이처럼 여우는 인간을 살리는 착한 일을 했고, 그로 인해 인간이 되었다. 인간이 된 이후에는 다시 도움을 주었던 인간에게 보답해 그 은혜를 되돌려 주었다. 이후 여우가 다시 등장하지 않아 그의 최후는 정확히 알 수 없다. 그러나 천존의 밑에서 열심히 수련했을 것이다. 어쩌면 득도해 천존처럼 진정한 신선이 되었을지도 모른다.

요괴가 인간이 되고 더 나아가 신선까지 될 수 있다는 상상이 나타나는 고전소설은 매우 드물다. 대다수 작품에서는 요괴의 변화 가능성 자체를 찾아보기 어렵기 때문이다. 그렇기에 〈명행정의록〉 속 요괴인 여우의 결말은 처참하지 않다. 익히 봐왔던 요괴의 죽음이 나타나지 않아 오히려 어색하게 느껴진다. 또 요괴의 모습이 부정적인 이미지로 얼룩지지 않았다는 점이 놀랍기만 하다. 인간의 정기 흡입에 집착하던 남성성 강한 여우 요괴에서, 인간도 이르기 어려운 신선의 길을 가는 도사로의 변신에 박수를 보내고 싶다.

〈명행정의록〉은 중국 명나라를 배경으로 하며 주인공 위연청의 자녀들이 결혼하는 과정을 그리고 있다. 〈보은기우록〉의 후속작이기도 하다. 이 작품의 제목은 밝은 행실과 올바른 도리에 대해 기록한다는 뜻이다. 이 책에서는 한국학중앙연구원 소장 한글 필사본(70권 70책)을 대본으로 삼았다. 원문과 교주는 《명행정의록》 1~9권(국학진흥연구사업추진위원회 편, 한국학중앙연구원, 2006~2007)에서 확인할 수 있다.

요괴의 성별

앞서 〈명행정의록〉에서 살펴본 여우는 성별이 남자다. 그래서 인간이 되었을 때에도 남자 모습으로 등장한다. 그렇다면 요괴도 인간처럼 남녀로 성별이 구분되는 것일까?

사실 요괴는 성별이 정확하게 드러나지 않는 경우가 많다. 그렇지만 성별이 분명하게 드러나지 않더라도 요괴가 남녀 중 어떤 형태로 변신하느냐, 남녀 중 어떤 형태를 더 좋아하느냐를 보고 남성과 여성을 판단할 수 있다. 다만 남성으로도 변하고 여성으로도 변해서 성별을 짐작하기 어렵거나 성별을 판단할 만한 특별한 행동이 나타나지 않는 경우가 있다. 이러한 요괴는 미상으로 처리할 수밖에 없다.

현재까지 필자가 수집한 요괴 등장 고전소설은 총 76편이다. 한 작품에 요괴가 1종만 나오는 게 아니라 많게는 서로 다른 요괴가 8종이나 나오기도 한다. 따라서 요괴의 수는 이보다 훨씬 많다. 요괴의 종류를 생물학적으로 '동물, 식물, 사물, 정체 미상'으로 분류해 요괴의 수를 따져보면 무려 157종이나 된다.

157종을 대상으로 남녀 성별 비율을 따져보았을 때, 남성 68종, 여성 42종, 미상 47종으로 나타난다. 남성 요괴가 여성 요괴보다 26종 정도 더 많은 것이다. 여성이 많을 것으로 예상했는데 의외의 결과다. 아마도 여성으로 변신하는 여우를 익히 봐왔기 때문에 선입견을 가졌을지도 모른다. 그렇지만 여성 요괴가 차지하는 42종 중에서 여우가 차지하는 비율은 무려 33종이나 된다. 여성 요괴 중 여우가 차지하는 비율이 유독 큰 것이다. 남성 요괴가 차지하는 68종 중 여우가 차지하는 비율은 겨우 8종에 지나지 않는다. 아마도 우리에게 여성 여우가 더 익숙한 탓일 것이다.

남성 요괴는 대체로 전쟁을 즐긴다. 장수가 되거나 계책을 세우는 책략가가 되어 주인공과 싸우는 경우가 많다. 그렇기에 남성 요괴는 외양이 늠름하며 씩씩하다. 한편 무력을 뽐내지 않는 남성 요괴의 경우에는 요술을 써서 악인을 돕는다. 혹은 미녀들을 납치하거나 미녀를 유혹해 성관계를 하는 등 여성을 향한 강한 성욕을 드러내기도 한다.

반면 여성 요괴는 여우가 압도적으로 많아서인지 남성을 유혹하거나 남성의 정기를 흡입하는 경우가 상당히 많다. 특히 미남을 향한 강한 욕망을 보인다. 또 대부분 겉모습이 아름답고 요염한 미녀로 변신한다. 나이가 지긋한 여도사의 모습을 해도 흰 눈처럼 얼굴이 하얗고 신비로운 느낌으로 묘사되는 식이다. 더불어 여성 요괴의 대부분은 신체적 힘을 뽐내기보다는 사람의 눈을 속이는 요술을 쓰는 경우가 더 많다. 특히 마음먹은 대로 변신하거나 신비한 환약으로 사람들을 놀라게 한다. 뿐만 아니라 선인에게 해가 될 만한 묘책을 기가 막히게 잘 짜내어 악인들과 한패가 되는 경우가 많다.

요괴가 본모습 그대로일 때에는 굳이 성별을 밝힐 필요는 없다. 남자냐, 여자냐보다는 어떤 요괴며 어떤 악행을 벌이는지가 더 중요하기 때문이다. 그런데 요괴가 변신해 인간 세계에 들어올 때는 성별이 중요해진다. 인간 세계의 인간들은 남자와 여자로 나뉘어 살아가고 있기 때문이다. 따라서 요괴는 남자와 여자라는 두 가지 선택지 중에 하나를 고르고, 선택에 따라 그에 맞는 행동을 흉내 내게 된다. 물론 그 행동이 돌출적이라 결국은 요괴임을 들키지만 말이다.

20

소보살, 서천 극락으로 승천하다

옥루몽

의식주처럼 기본적이고 생리적인 욕구를 충족하는 일은 중요하다. 하지만 일생을 살아가는 데 있어 특정한 목표를 성취하는 일도 굉장히 큰 의미를 갖는다. 그렇기에 인간은 각자 목표를 세우고 성취해 나간다. 이를 통해 행복감을 느끼기도 하고 혹은 좌절감을 맛보기도 한다.

요괴도 그러한 욕구가 있을까? 요괴도 어떤 뚜렷한 목표를 가지고 움직이는 경우가 많다. 다만 그 목표는 하나같이 악한 일이고 인간에게 해를 끼쳐, 끝내 이뤄지지 않는다. 요괴는 선한 꿈을 꾸고 그것을 이뤄나가는, 좀 더 나은 존재가 영영 될 수 없을까.

'모든 면에서 현재보다 발전하고자 하는 마음'을 '향상심向上心'이라고 한다. 앞서 살핀 1~16장까지의 요괴들에게는 향상심을 전혀 발견할 수 없었다. 반면 17장의 백룡, 18장의 물귀신, 19장의 남자 여우는 자신의 잘못을 인정하고 반성해 백팔십도 달라지는 모습을 보여주었다. 백룡은 설득하는 글을 받고 용마로 변해 주인공을 적극적으로 도왔고, 물귀신과 남자 여우는 주인공과의 만남을 계기로 지난날을 반성하고 악행을 완전히 멈췄다.

하지만 이 세 요괴가 새로운 삶을 사는 결말 부분은 구체적으로 드러나지 않는다. 백룡은 진짜 용이 되어 승천했고, 물귀신은 다음 생에 인간으로 환생했으며, 남자 여우는 신선의 길을 갔으리라 짐작하는 정도다. 이들과 달리, 마지막으로 소개할 요괴는 발전된 삶의 모습이 자세하게 나타난다. 특히 요괴가 결말에서 직접 다시 등장해 확연히 달라진 삶을 공개한다. 이 요괴는 과연 어떤 측면에서 향상되고자 하는 마음을 가졌고, 그 마음을 어떻게 실현했을까.

인간계를 떠나겠다는 여우

남녀의 사랑 이야기와 전쟁 이야기가 어우러진 〈옥루몽〉에는 여우 요괴가 등장한다. 이 여우는 이름 없는 여자로 변신해 인간 세계 여기저기를 기웃거리며 다닌다. 그러다 우연히 백운도사와 강남홍이 둔갑술과 신선의 술법에 대해 대화하는 것을 엿듣고 본격적으로 나쁜 짓을 벌이기 시작한다. 우선 '소보살'이라는 아름다운 여성으로 변신해 남쪽 오랑캐 나라인 홍도국의 왕 탈해의 아내가 되는 일부터다. 물론 탈해의 아내가 된 것만으로 나쁜 짓이라 할 수는 없다. 문제는 가만히 있던 탈해를 충동질해 명나라를 공격하게 만드는 데서 시작된다.

중국 명나라 국경 밖에 있는 오랑캐 나라들은 명나라를 섬기고 존중해 왔는데, 소보살은 명나라를 힘으로 이겨 그 자리로 올라가자며 탈해를 설득한다. 귀 얇고 줏대 없는 탈해는 소보살의 말에 홀려 이를 허락하고 결국 명나라를 공격해 치열한 전쟁을 벌인다.

이때 명나라에서 출전한 장수가 바로 남녀 주인공인 양창곡과 강남홍이다. 특히 여자의 몸이지만 남장하고 출전한 강남홍은 양창곡보다 뛰어난 전술과 무예를 구사하는 인물이다. 그래서 결국은 소보살을 생포하는 데 성공한다.

강남홍은 일전에 백운동에서 자신과 백운도사의 대화를 엿듣고는 황급히 도망치던 어떤 여인을 잠깐 본 적이 있다. 그때 백운도사가 여우라고 일러주었는데, 그 여우가 지금 사로잡은 소보살인 줄은 꿈에도 생각하지 못한다.

강남홍이 부하에게 소보살을 끌어내 죽이라고 하자, 소보살이 겁이 나 벌벌 떨면서 애걸하였다.

"장군께서 어찌 백운동 창밖에 서 있던 여자를 알아보지 못하십니까? 만일 전날의 안면을 봐서 은혜를 베풀어 이 한 목숨을 살려주신다면 멀리 도망쳐 다시는 인간 세상에 모습을 드러내지 않겠습니다. 맹세합니다."

강남홍이 이 말을 듣고 기억이 가물가물하여 한참 동안 생각하더니 마침내 깨닫고는 말하였다.

"네가 조그만 여우 정령으로서 어찌 탈해의 잔학함을 도와 남쪽 지역을 어지럽게 하느냐?"

소보살이 대답하였다.

"이 또한 천지의 운수이니, 어찌 제 탓만 있겠습니까? 제가 백운동에 있을 때 몰래 백운도사의 설법을 듣고 일찍이 깨달은 바가 있었습니다. 이제부터는 인간 세상을 떠나 부처님 앞에 귀의하여 악업을 짓지 않겠습니다."

소보살이 과거 인연을 들어 살려주기를 빌자 강남홍은 기억을 더듬어서 소보살이 과거 백운동에서 얼핏 봤던 여우임을 알아챈다. 이에 여우 주제에 인간이 되어 전쟁을 일으킨 죄를 묻는다. 그러자 소보살이 내놓은 말이 인상적이다. 소보살은 자신이 그러한 악행을 벌인 이유는 하늘과 땅이 정해놓은 운명에 의한 것이지, 전적으로 자기 탓만은 아니라고 말한다.

또 백운동에서 백운도사의 설법을 듣고 불교의 이치를 어느 정도 깨달았으므로 이제는 불교에 귀의하겠다고 맹세한다. 스스로의 이름을 '작은 보살'이라는 뜻의 소보살로 지었던 것도 불교에 호의적이어서 그랬던 것이다. 목숨을 건지기 위한 거짓말인지, 진심인지 알기 어렵지만 강남홍은 소보살의 그 말을 믿어준다.

> 강남홍이 오랫동안 생각하다가 부용검을 들어 소보살의 머리를 치며 큰 소리로 말하였다.
> "요괴는 빨리 가라! 만약 훗날 죄를 지으면 나의 부용검이 가만히 있지 않을 것이다."
> 소보살이 고개를 조아리고 여러 번 절하면서 감사를 표하고 여우로 변신하여 가니, 순식간에 어디로 갔는지 알 수 없었다. 그러자 여러 장수들이 모두 크게 놀라 강남홍에게 물었다.
> "저런 요괴를 풀어주시니 어찌 훗날 근심이 없겠습니까?"
> 강남홍이 미소를 지으며 전날 백운동에서 있었던 일을 자세히 이야기해 주고 말하였다.
> "예부터 여우의 정령이 괴이한 요술로 난리를 일으킨 것은 사람으로 인하여 일어난 것이다. 국가가 태평하고 사람들이 모두 덕을 닦으면 저것들이 어찌 일을 꾸밀 수 있겠는가? 시운이 불행하고 인심이 어질지 못하면 산속에 무수한 여우 정령이 있게 될 텐데, 어찌 모조리 죽일 수 있겠는가?"

강남홍이 소보살을 미련 없이 풀어주자, 주위에 있던 부하들은 후환을 걱정한다. 그러자 강남홍은 여우가 나쁜 짓을 하는 건 국가가 태평하지 못하고 사람들이 덕을 닦지 않은 탓이라 말한다. 요괴가 활개 칠 수 있는 환경을 만든 인간의 탓이 더 크다는 뜻이다. 또 인간이 어질지 못하면 소보살과 같은 여우가 수도 없이 생길 텐데 그때마다 모조리 죽이는 것이 능사가 아니라며 소신을 분명하게 밝힌다. 이처럼 강남홍은 요괴가 변명 한 마디를 하기도 전에 곧바로 목부터 치는 대다수 작품 속 주인공들의 선택과는 확연히 다른 선택을 한다.

오랑캐의 아내? 하늘의 보살?

소보살이 없어졌으니 남쪽 오랑캐 나라인 홍도국은 쉽게 평정된다. 그런데 얼마 뒤 이번에는 북쪽 오랑캐 나라의 야율선우가 전쟁을 일으킨다. 이번에도 양창곡과 강남홍이 함께 출전하는데, 뜻밖에도 야율선우의 아내가 소보살이라는 소식이 날아온다. 역시 요괴는 믿을 게 못 되는 것일까? 소보살이 강남홍에게 다시는 나쁜 짓을 하지 않겠다고 그렇게 다짐했는데, 또 다른 오랑캐를 부추겨 다시 전쟁을 일으켰다니 놀라울 따름이다.

이 소식에 가장 황당해한 사람은 바로 강남홍이다. 그녀만큼은 소보살의 맹세를 굳게 믿었기 때문이다. 또 소보살을 풀어줄 때에 양창곡을 비롯한 부하들이 후환이 있을지 모른다며 걱정했기에 여러모로 강남홍의 입장이 난처해진다. 큰소리치며 소보살을 풀어줬는데, 여간 무안한 일이 아닐 수 없는 것이다. 강남홍은 자기 손으로 직접 소보살을 다시 잡기 위해 더욱 열심히 싸운다. 그리고 결국 소보살을 붙잡는다.

처음에 강남홍은 소문이 잘못됐으리라 의심했는데, 야율선우의 아내가 소보살의 모습과 한 치의 오차도 없이 똑같은 광경을 목격하자 화가 치밀어 오른다. 소보살을 끝까지 믿고 싶었기에 그만큼 더 큰 배신감을 느낀다. 그래서 곧바로 죽이려고 하는데, 그때 갑자기 하늘에서 진짜 소보살이 내려온다.

강남홍이 주머니 속의 보리자염주를 꺼내 손에 들고 크게 꾸짖었다.

"요물이 어디 감히 농락하느냐!"

소보살이 말하였다.

"장군의 총명함으로 어찌 진짜와 가짜를 분별하지 못하십니까? 제가 마땅히 저 요괴를 잡아서 장군의 화를 풀겠습니다."

그러더니 여우로 변신하여 바위 위에 앉아 한 번 울부짖으니, 한바탕 광풍이 불어 모래와 먼지를 날렸다. 그러자 가짜 소보살 뒤로 수십 마리의 요괴가 더 나타나 일시에 바위 아래에 모여 머리를 조아리며 죄를 빌었다. 소보살이 말하였다.

"죄 많은 짐승은 빨리 본모습을 드러내라!"

가짜 소보살을 비롯한 수십 마리의 요괴가 일제히 공중제비를 돌아 모두 여우로 변한 뒤, 다리를 끌고 꼬리를 흔들며 목숨을 살려달라고 애걸하였다. 소보살이 즉시 호로병호리병의 본딧말을 기울이며 크게 꾸짖었다.

"죄 많은 짐승은 빨리 이 속으로 들어가라!"

여러 여우들이 구슬프게 울면서 모두 호로병 속으로 들어갔다.

강남홍은 하늘에 내려온 소보살과 지상에 있는 소보살을 구별하지 못한다. 누가 진짜건 가짜건 간에 분신술을 부리는 것이라 생각해 모두 죽이려고 한다. 그러자 하늘에서 내려온 진짜 소보살이 강남홍을 말린 뒤, 가짜 소보살을 비롯한 여러 여우 요괴들을 호로병 속에 가둔다. 이때 소보살은 잠깐 예전의 여우 모습으로 변신한다. 이전 모습을 보여서 여우 동료들에게 위엄을 보이고, 그들을 쉽게 제압하기 위해서다. 이를 통해서 소보살이 본래 여우 무리들 중에서 가장 높은 서열이었고, 현재도 능력이 가장 뛰어난 위치임을 알 수 있다.

요괴도 새 삶을 행복하게 산다

야율선우의 아내인 가짜 소보살은 진짜 소보살과 함께 지냈던 동료 여우일 뿐인데, 소보살의 모습을 흉내 내고 이름까지 그대로 훔쳐 쓴 것이다. 이를 모르는 강남홍은 어리둥절해하며 영문을 모른다. 그러자 소보살이 자초지종을 설명한다.

소보살이 호로병을 거두고 강남홍의 앞에 이르러 무릎을 꿇고 사과하였다.

> "제가 예전 홍도국 전쟁에서 장군께 자비로운 덕을 입어 망령된 생각을 버리고 공덕을 닦아 서천에 귀의하였습니다. 이제는 짐승의 형체를 벗고 극락을 길이 누리고 있으니, 이는 모두 장군의 덕입니다. 어찌 감히 인간 세계에 모습을 드러내어 다시 악업을 짓겠습니까? 방금 보신 수십 마리의 요괴는 예전에 저와 함께 지내던 무리들입니다. 제가 서천으로 갈 때, 이 골짜기를 벗어나지 말고 절대 난리를 일으키지 말라고 여러 번 부탁하였습니다. 그런데 저들이 제 이름을 빌려 이곳에서 악한 짓을 벌였으니, 이는 저의 수치입니다. 제가 스승님의 명을 받아 이들을 잡아가니, 장군께서는 큰 공을 이루어 인간의 공덕을 닦으십시오. 나중에 서천에 귀의하시면 다시 얼굴을 뵙겠습니다."

서천 극락에 살고 있다는 소보살의 말에 의하면, 소보살은 강남홍과 약속한 대로 불교에 귀의해 충실하게 불도를 닦고 있었다. 그러니 극락에서 열심히 수도하던 소보살의 입장에서는 옛 동료가 자기 이름을 팔아 나쁜 짓을 하는 것을 참을 수 없었을 것이다. 또한 마침 소보살의 스승이 여우 동료들도 데려와 수련시키고자 한다. 이에 소보살이 직접 내려와 동료들을 모조리 잡아간다.

소보살은 이제 더 이상 털로 뒤덮인 짐승 요괴가 아니다. 다른 요괴들을 항복시키기 위해 여우 모습을 임시방편으로 보이기는 했지만, 이제는 여우가 아닌 인간이다. "짐승의 형체를 벗었다"라고 자신의 입으로 한 말로도 분명히 알 수 있다. 마침내 소보살은 외형적인 면이나 정신적인 면에서 인간이 되었고, 불교에 귀의할 마음이 있었기 때문에 보살의 삶을 살아가게 된 것이다.

이렇듯 소보살이 요괴의 삶을 진정으로 반성하고 나쁜 짓을 하지 않게 된 것은 강남홍이 진심으로 바라던 일이다. 강남홍은 요괴를 죽이기보다는 요괴에게 깨우침을 주길 원하는 인물이기 때문이다. 그렇기에 강남홍은 소보살을 무척 대견하고 뿌듯하게 여긴다. 양창곡을 비롯해 강남홍의 주변 사람들이 강남홍의 선택이 옳았음을 확인한 건 말할 나위도 없다.

그렇게 〈옥루몽〉이라는 작품은 요괴가 짐승 탈을 벗고 인간이 된 모습, 그 후 자신이 원하던 삶을 선택해 충실하게 살아가는 모습까지 빠뜨리지 않고 보여준다. 소보살은 불도를 수양하며 극락에서 살아가는 삶을 택했고, 그 삶에 만족한다. 이제는 "극락을 길이 누리고 있다"라는 소보살의 말에서 행복감이 묻어난다. 요괴가 해피 엔딩을 맞는 모습을 구체적으로 확인하니 괜스레 마음이 뭉클해진다.

〈옥루몽〉은 남영로(南永魯, 1810~1857)가 19세기 전반에 한문으로 지은 장편소설이다. 제목은 천상 세계의 '백옥루라는 누각에서 꾼 꿈'이라는 뜻이다. 양창곡이 다섯 명의 여인들과 인연을 맺는 과정과 남녀 영웅이 전쟁에서 활약하는 내용을 담고 있다. 또 중국 명나라 왕실의 부패한 모습을 보여주기도 한다. 이 책에서는 1915년 회동서관에서 발행된 한문 현토 활자본(3권 64회)을 대본으로 삼았다. 번역본은 《완역 옥루몽》 1~5권(김풍기 역, 그린비, 2006)이 있다.

요괴를 착하게 만드는 법

소보살처럼 요괴도 착해질 수 있다. 다만, 요괴가 혼자서 깨달음을 얻기란 여간 어려운 일이 아니다. 스스로 쉽게 득도한다면 괜히 요괴가 아닐 테니 말이다. 그래서 나쁜 마음을 깨우쳐줄 주인공과의 만남이 있어야만 요괴는 착해질 수 있다.

그렇다면 고전소설 속 주인공은 어떤 방법으로 요괴를 착하게 만들까? 특별한 비법이라도 있을까? 요괴를 죽이지 않고 바른 길로 인도하는 주인공이 그리 많지 않지만 몇몇 주인공은 요괴가 개과천선할 수 있도록 기회를 준다. 그 방법은 크게 두 가지다. 첫째는 글을 써서 주는 방법이고, 둘째는 말로 타이르는 방법이다.

요괴에게 글을 써주는 주인공은 앞서 다른 이야기에서도 이미 소개했다. 주인공은 요괴의 신체 일부에 직접 '인명불살(人命不殺, 사람을 죽이지 말라)'이나 '수심정도(修心正道, 마음을 잘 닦아서 올바른 길로 가라)'와 같이 짧은 글자를 새겨주기도 한다. 또한 종이에 시 한 편을 적어서 주거나 상당히 긴 분량으로 요괴를 설득하는 글을 써주기도 한다. 그러한 시와 글을 주인공에게 받은 요괴는 매우 좋아하고 감격할 뿐만 아니라, 그 글을 평생 몸과 마음에 새겨 바른 길로 나아간다.

한편 주인공은 글 외에 몇 마디 말을 통해 요괴에게 큰 울림을 주기도 한다. 사실 주인공이 요괴를 깨우치기 위해 하는 말의 내용은 거의 비슷하다. 그렇지만 한문 형태의 단어나 문장과는 느낌이 다르다. 아무래도 말은 사상을 압축해 윤색하지 않고 생각나는 대로 입 밖으로 꺼내기 때문인 듯하다. 요괴를 설득하는 색다른 방법인 주인공의 말을 몇 가지 예만 제시해 보면 다음과 같다.

"네 죄가 죽음을 면치 못할 만큼 크지만 특별히 용서하고 돌려 보내겠다."

-〈유화기연〉 중, 유춘이 여우 요괴에게

"내가 너의 죄를 천지신명에게 아뢰어 마땅히 죽일 수 있지만 참겠다. 그러니 너는 군자가 가는 길을 방해하지 말고, 물러가 사나운 행실을 고치거라."

-〈조씨삼대록〉 중, 조유현이 용 요괴에게

"너희들이 하늘의 은혜를 입어 장수하고 도를 익혔다 한들 감히 군자가 있는 방을 침범하지는 못할 것이다. 빨리 돌아가지 않으면 그동안 너희들이 공부한 것이 모두 그림의 떡이 될 것이다."

-〈소현성록〉 중, 소현성이 표범·곰·이리 요괴에게

"내가 너를 없애버릴 수 있지만 네가 인간이 되고자 수련하는 중이니 냉정하게 할 수 없어 그만둔다. 너는 사람을 해롭게 하려는 마음을 다시는 갖지 말라. 앞으로도 그러면 내가 용서치 않을 것이다."

-〈소강절〉 중, 소강절이 여우 요괴에게

대체로 주인공은 자신이 요괴를 죽일 만한 능력이 충분하다는 점을 말한다. 이는 위협하는 말이기는 하지만 그보다는 다른 의미가 더 크다. 바로 죽여 없앨 수 있지만 살려주는 것이니 그에 상응하는 보답을 하라는 뜻이다. 보답이라는 것은 그저 요괴가 착해지는 일이다. 더 이상 인간들을 해치지 않고 악행을 벌이지 않으며 바른 길로 가기만 한다면 주인공은 그것에 만족한다. 또한 주인공은 계속해서 마음 수련을 하다 보면 요괴도 결국 인간으로 다시 태어날 수 있으리라 희망을 준다.

사실 주인공이 요괴에게 하는 말은 매우 어렵거나 심오한 이치를 담은 말이 아니다. 오히려 평범하고 쉬운 말이다. 못된 요괴를 착하게 만들려면 일장연설을 늘어놓으며 설교해야 할 듯한데, 전혀 그렇지가 않은 것이다. 그리 길지 않은 말을 하고, 그것을 알아듣길 바랄 뿐이다.

짧고 굵기 그지없는, 그리 대단하지도 않은 말인데, 요괴들은 모두 감동을 한다. 뼈에 새길 만큼 잊을 수 없다고 연신 절하며 인사하기 바쁘다. 자신의 죄를 용서해 준 것, 반성할 수 있는 기회를 준 것, 무엇보다 무력을 쓰지 않고 말로 타일러 준 것에 한없이 감사한 마음을 갖는 것이다.

물론 주인공이 아무리 좋은 말을 해도 깨닫지 못하고 다시 비슷한 죄를 짓는 요괴도 많다. 그러한 요괴들에게는 죽음이라는 처참한 결말만이 있을 뿐이다. 그렇지만 열린 마음으로 주인공의 경계의 말을 받아들이고 그 말을 평생 잊지 않는다면 요괴도 얼마든지 착해질 수 있다.

참고문헌

이후남, 〈고전소설의 요괴 서사 연구〉, 한국학대학원 박사논문, 2018.

1 여우, 성욕에 사로잡혀 전우치를 유혹하다

〈전우치전〉, 한국학중앙연구원 소장, 한글 판각본, 37장.
김현양 역, 《홍길동전 · 전우치전》, 문학동네, 2010.
박대복 · 유형동, 〈여우의 초월적 성격과 변모 양상〉, 《동아시아고대학》 23, 동아시아고대학회, 2010.
이명현, 〈구미호의 이중적 관념과 고전서사 수용양상〉, 《우리문학연구》 41, 우리문학회, 2014.
이방 등 편, 김장환 외 4인 역, 《태평광기》 19, 학고방, 2004.
이후남, 〈고전소설에 나타난 여우 퇴치담의 양상과 의미〉, 《한국문화》 71, 서울대학교 규장각한국학연구원, 2015.
이후남, 〈치유담으로 읽는 전우치전-조선판 다중인격 전우치〉, 《문학치료연구》 48, 한국문학치료학회, 2018.
홍현성, 〈'스승 얻는 이야기'로 읽는 〈전우치전〉〉, 《한국고전연구》 41, 한국고전연구학회, 2018.

2 구미호, 정기를 탐해 안주인으로 둔갑하다

〈옥란기연〉, 미국 하버드대학교 옌칭도서관 소장, 한글 필사본, 7권 7책.
이상택, 〈연경도서관본 한국고소설에 관한 일연구〉, 《관악어문연구》 16, 서울대학교 국어국문학과, 1991.
이상택 편, 《한국고소설총서》 12~13, 태학사, 1998.
정재서 역주, 《산해경》, 민음사, 1985.
최길용, 〈창난호연록 연작 연구〉, 《고전문학연구》 7, 한국고전문학회, 1992.

3 멧돼지, 무엇이든 마구잡이로 먹어치우다

〈손천사영이록〉, 한국학중영구원 소장, 한글 필사본, 3권 3책.
〈윤하정삼문취록〉, 한국학중앙연구원 소장, 한글 필사본, 105권 105책.
김종대, 《우리문화의 상징세계-33가지 동물로 본》, 다른세상, 2001.
이후남, 〈고전소설에 나타난 지하국 대적 연구〉, 《영주어문》 41, 영주어문학회, 2019.
이후남, 〈〈명주보월빙〉에 나타난 요괴 연구-여우 신묘랑을 중심으로-〉, 《고소설연구》 48, 한국고소설학회, 2019.
최길용, 〈명주보월빙 연작소설 연구〉, 전북대학교 석사논문, 1984.
최길용, 《조선조 연작소설 연구》, 아세아문화사, 1992.
최길용 교주, 《교주본 윤하정삼문취록》 1~5, 학고방, 2015.
최길용 역주, 《현대어본 윤하정삼문취록》 1~7, 학고방, 2016.

4 올출비채, 인육으로 음식을 만들다

〈삼강명행록〉, 국립중앙도서관 소장, 한글 필사본, 31권 31책.
김기동 편저, 《한국고전소설총서》 7~13, 태학사, 1983.
임현아, 〈《삼강명행록》 연구〉, 한국학대학원 박사논문, 2019.

5 천하대장군, 인간이 올 수 없는 왕국을 만들다

〈반필석전〉, 숭실대학교 한국기독교박물관 소장, 한글 필사본, 48면.
〈운수전〉, 이수봉 소장, 한글 필사본, 45면.
〈태원지〉, 강문종 소장, 한문 필사본, 138면.
김근태, 〈연명을 위한 탐색이야기의 한 변형-반필석전에 나타난 구술적 서술원리를 중심으로〉, 《숭실어문》 8, 숭실어문학회, 1991.
김일동, 〈《반필석전》 연구〉, 중앙대학교 석사논문, 2005.
김정원, 〈한국 고전서사문학에 나타난 여인납치담 연구〉, 한국학대학원 박사논문, 2008.
김현생, 〈한국 괴물퇴치담의 연구〉, 영남대학교 박사논문, 2010.
이후남, 〈고전소설에 나타난 지하국 대적 연구〉, 《영주어문》 41, 영주어문학회, 2019.
정윤수, 〈악룡퇴치화소의 소설적 수용양상〉, 《한림정보산업대학 논문집》 31, 한림정보산업대학, 2001.

6 금돼지, 미녀들로 집을 꾸미다

〈금방울전〉, 국립중앙도서관 소장, 한글 판각본, 28장.
〈김원전〉, 영국 대영박물관 소장, 한글 판각본, 30장.
〈운수전〉, 이수봉 소장, 한글 필사본, 45면.
〈이수문전〉, 오광근 소장, 한글 필사본, 80면.
〈장한절효기〉, 1915년 신명서림 발행, 한글 활자본, 97면.
김정원, 〈한국 고전서사문학에 나타난 여인납치담 연구〉, 한국학대학원 박사논문, 2008.
김종대, 《우리문화의 상징세계-33가지 동물로 본》, 다른세상, 2001.
김현생, 〈한국 괴물퇴치담의 연구〉, 영남대학교 박사논문, 2010.
오광근, 《천원수록》, 신영출판사, 1994.
이후남, 〈고전소설에 나타난 지하국 대적 연구〉, 《영주어문》 41, 영주어문학회, 2019.
최용남, 〈《이수문전》 연구〉, 《국어국문학》 118, 국어국문학회, 1997.

7 요괴 집단, 살기 위해 뭉치고 배신하다

〈명행정의록〉, 한국학중앙연구원 소장, 한글 필사본, 70권 70책.
〈반필석전〉, 숭실대학교 한국기독교 박물관 소장, 한글 필사본, 48면.
〈사각전〉, 고려대학교 소장, 한글 필사본, 96면.
〈삼강명행록〉, 국립중앙도서관 소장, 한글 필사본, 31권 31책.
〈소현성록〉, 이화여자대학교 소장, 한글 필사본, 15권 15책.
〈옥란기연〉, 하버드대학교 옌칭도서관 소장, 한글 필사본, 7권 7책.
〈이화전〉, 국립중앙도서관 소장, 한글 필사본, 41면.
〈장인걸전〉, 서울대학교 가람문고 소장, 한글 필사본, 152면.
〈장한절효기〉, 1915년 신명서림 발행, 한글 활자본, 97면.
〈태백산호암기〉, 서울대학교 규장각 소장, 한문 필사본, 14면.
〈태원지〉, 강문종 소장, 한문 필사본, 138면.
〈화산선계록〉, 한국학중앙연구원 소장, 한글 필사본, 80권 80책.

〈황장군전〉, 1916년 동미서시 발행, 한글 활자본, 128면.
정재서, 〈거울의 무속상 기능 및 그 문학적 수용〉, 《중국어문학》 5, 영남중국어문학회, 1982.
채윤미, 〈한글장편소설의 도교서사 연구-《천수석》 및 《임화정연》 연작을 중심으로-〉, 서울대학교 박사논문, 2018.

8 신묘랑, 돈 모으는 재미에 심취하다

〈금방울전〉, 국립중앙도서관 소장, 한글 판각본, 28장.
〈명주보월빙〉, 한국학중앙연구원 소장, 한글 필사본, 100권 100책.
〈쌍성봉효록〉, 국립중앙도서관 소장, 한글 필사본, 16권 16책.
〈옥루몽〉, 1915년 회동서관 발행, 한문 현토 활자본, 3권 64회.
이방 등 편, 김장환 외 4인 역, 《태평광기》 19, 학고방, 2004.
이후남, 〈〈명주보월빙〉에 나타난 요괴 연구-여우 신묘랑을 중심으로-〉, 《고소설연구》 48, 한국고소설학회, 2019.
최길용, 〈명주보월빙 연작소설 연구〉, 전북대학교 석사논문, 1984.
최길용, 《조선조 연작소설 연구》, 아세아문화사, 1992.
최길용 역주, 《현대어본 명주보월빙》 1~10, 학고방, 2014.
최길용 · 김영숙 교주, 《교감본 명주보월빙》 1~5, 학고방, 2014.
한국구비문학대계(gubi.aks.ac.kr).

9 옥선, 악한 첩이 되어 남편의 사랑을 갈구하다

〈구래공정충직절기〉, 국립중앙도서관 소장, 한글 필사본, 32권 32책.
〈구래공정충직절기〉, 한국학중앙연구원 소장, 한글 필사본, 31권 31책.
〈소강절〉, 1926년 광동서국 발행, 한글 활자본, 65면.
〈임씨삼대록〉, 한국학중앙연구원 소장, 한글 필사본, 40권 40책.
강우규, 〈〈임씨삼대록〉에 나타난 구미호 화소의 의미기능 고찰-'환성성의 의미변화'와 '악녀 형상화 방식'을 중심으로-〉, 《동아시아고대학》 39, 동아시아고대학회, 2015.
김지영 외 5인 역주, 《임씨삼대록》 1~5, 소명출판, 2010.
이후남, 〈청년 '선동'보고 한눈에 반한 여우… '선녀'와 삼각관계 이루며 사달〉, 《문화일보》, 2018. 3. 19., (http://www.munhwa.com/news/view.html?no=2018031901032212000001).
인천대학교 민족문화연구소 편, 《(구활자본)고소설전집》 26, 은하출판사, 1983.
장흔, 〈〈구래공정충직절기〉 이본 연구〉, 한국학대학원 박사논문, 2017.

10 호미아, 양어머니가 되어 모성애를 흉내 내다

〈명주보월빙〉, 한국학중앙연구원 소장, 한글 필사본, 100권 100책.
〈소현성록〉, 이화여자대학교 소장, 한글 필사본, 15권 15책.
〈쌍성봉효록〉, 국립중앙도서관 소장, 한글 필사본, 16권 16책.
〈유이양문록〉, 한국학중앙연구원 소장, 한글 필사본, 77권 77책.
공혜란, 〈〈유이양문록〉에 나타난 환생 연구-혼인과의 결합을 중심으로-〉, 한국외국어대학교 박사논문, 2011.
박숙례, 〈〈유이양문록〉 연구〉, 한국학대학원 박사논문, 2007.
한길연, 〈대하소설의 요약 모티프 연구-미혼단과 개용단을 중심으로〉, 《고소설연구》 25, 한국고소설학회, 2008.

11 월나라 세 요괴, 충직한 문관 행세를 하다

〈삼강명행록〉, 국립중앙도서관 소장, 한글 필사본, 31권 31책.

〈장인걸전〉, 서울대학교 가람문고 소장, 한글 필사본, 152면.
김기동 편저, 《한국고전소설총서 7~13》, 태학사, 1983.
임현아, 〈〈삼강명행록〉 연구〉, 한국학대학원 박사논문, 2019.

12 오나라 세 요괴, 용맹한 무관이 되어 활약하다

〈천정가연〉, 1923년 태화서관 발행, 한글 활자본, 50면.
이수정, 〈〈천정가연〉 연구〉, 한국교원대학교 석사논문, 2007.

13 적룡, 존경받기 위해 망해가는 나라를 수호하다

〈삼강명행록〉, 국립중앙도서관 소장, 한글 필사본, 31권 31책.
〈삼한습유〉, 서울대학교 중앙도서관 소장, 한문 필사본, 3권 2책.
〈윤하정삼문취록〉, 한국학중앙연구원 소장 105권 105책.
〈이계룡전〉, 단국대학교 소장, 한글 필사본, 53장.
〈흥무왕연의〉, 1918년 보급서관 · 대창서원 발행, 한글 활자본, 43회.
김기동 편, 《(필사본)고전소설전집》 1, 아세아문화사, 1980.
김기동 편저, 《한국고전소설총서》 7~13, 태학사, 1983.
임현아, 〈〈삼강명행록〉 연구〉, 한국학대학원 박사논문, 2019.
조혜란 역주, 《삼한습유》, 고려대학교 민족문화연구원, 2005.

14 은수자, 형악산의 신령 되기를 원하다

〈원회록〉, 강전섭 소장, 한글 필사본, 193면.
〈황장군전〉, 1916년 동미서시 발행, 한글 활자본, 128면.
박용식, 《고소설의 원시종교사상연구》, 고려대학교 민족문화연구소, 1989.
박종익, 《고소설 원회록 연구》, 이화, 2010.
인천대학교 민족문화연구소 편, 《(구활자본)고소설전집》 17, 은하출판사, 1983.

15 응천대장군, 수많은 부하를 거느리며 군림하다

〈금방울전〉, 국립중앙도서관 소장, 한글 판각본, 28장.
〈김원전〉, 영국 대영박물관 소장, 한글 판각본, 30장.
〈반필석전〉, 숭실대학교 한국기독교 박물관 소장, 한글 필사본, 48면.
〈태원지〉, 강문종 소장, 한문 필사본, 138면.
강문종, 〈한문본 〈태원지〉 연구〉, 《고소설연구》 42, 한국고소설학회, 2016.
임치균 외 3인 역해, 《역주 태원지》, 한국학중앙연구원출판부, 2019.

16 푸른 구렁이, 자식을 황제로 만들어 권력을 휘두르다

〈남가록〉, 서강대 소장, 한문 필사본, 2권 2책.
〈문구몽전〉, 강전섭 소장, 한문 필사본, 1책.
〈원회록〉, 강전섭 소장, 한글 필사본, 193면.
〈임씨삼대록〉, 한국학중앙연구원 소장, 한글 필사본, 40권 40책.
〈태백산호암기〉, 서울대학교 규장각 소장, 한문 필사본, 14면.
〈현몽쌍룡기〉, 한국학중앙연구원 소장본, 한글 필사본, 18권 18책.
김종대, 《우리문화의 상징세계-33가지 동물로 본》, 다른세상, 2001.

박종익, 〈고소설 〈원회록〉의 소재 분석〉, 《어문연구》 44, 어문연구학회, 2004.
박종익, 《고소설 원회록 연구》, 이화, 2010.
엄태식, 〈《원회록》과 《전등신화》 개작 소설〉, 《고소설연구》 35, 한국고소설학회, 2013.
이병도 역, 《삼국사기 · 삼국유사》, 두계학술재단, 1999.
조용호 역, 《남가록》, 박이정, 2008.
주수민, 〈고전소설에 나타난 중국인식 연구–원 · 청 배경 작품을 중심으로〉, 한국학대학원 박사논문, 2017.
최용철 역주, 《전등삼종》 상 · 하, 소망출판, 2005.

17 백룡, 진짜 용으로 다시 태어나다

〈김진옥전〉, 1916년 덕흥서림 발행, 한글 활자본, 64면.
〈두홍전〉, 단국대 소장, 한글 필사본, 68면.
〈보은기우록〉, 한국학중앙연구원 소장, 한글 필사본, 18권 18책.
〈삼강명행록〉, 국립중앙도서관 소장, 한글 필사본, 31권 31책.
〈이대봉전〉, 국립중앙도서관 소장, 한글 필사본, 90면.
구사노 다쿠미, 송현아 역, 《환상동물사전》, 들녘, 2000.
윤열수, 《신화 속 상상동물 열전》, 한국문화재보호재단, 2010.
이인식, 《신화상상동물 백과사전 2》, 생각의나무, 2002.
임치균 외 2인 역, 《보은기우록: 현대어본》, 한국학중앙연구원출판부, 2019.

18 물귀신, 인간으로 환생하기를 꿈꾸다

〈명행정의록〉, 한국학중앙연구원 소장, 한글 필사본, 70권 70책.
〈범문정충절언행록〉, 한국학중앙연구원 소장, 한글 필사본, 31권 31책.
〈삼강명행록〉, 국립중앙도서관 소장, 한글 필사본, 31권 31책.
김수연, 〈고소설 천문화소 '태을'의 서사적 수용 양상과 의미〉, 《열상고전연구》 44, 열상고전연구회, 2015.
이후남, 〈고전소설에 나타난 지하국 대적 연구〉, 《영주어문》 41, 영주어문학회, 2019.
홍현성, 〈〈범문정충절언행록〉 연구〉, 한국학대학원 박사논문, 2013.
홍현성, 〈《범문정충절언행록》 재구본에 대하여〉, 《한국학》 36, 한국학중앙연구원, 2013.

19 남자 여우, 신선의 길을 걷다

〈명행정의록〉, 한국학중앙연구원 소장, 한글 필사본, 70권 70책.
〈범문정충절언행록〉, 한국학중앙연구원 소장, 한글 필사본, 31권 31책.
국학진흥연구사업추진위원회 편, 《명행정의록》 1~9, 한국학중앙연구원, 2006~2007.
이후남, 〈고전소설에 나타난 지하국 대적 연구〉, 《영주어문》 41, 영주어문학회, 2019.
홍현성, 〈〈범문정충절언행록〉 연구〉, 한국학대학원 박사논문, 2013.

20 소보살, 서천 극락으로 승천하다

〈소강절〉, 1926년 광동서국 발행, 한글 활자본, 65면.
〈소현성록〉, 이화여자대학교 소장, 한글 필사본, 15권 15책.
〈옥루몽〉, 1915년 회동서관 발행, 한문 현토 활자본, 3권 64회.
〈유화기연〉, 일본 동양문고 소장본, 한글 필사본, 7권 7책.
〈조씨삼대록〉, 서강대학교 소장본, 한글 필사본, 40권 40책.
김풍기 역, 《완역 옥루몽》 1~5, 그린비, 2006.
장효현 외 4인, 《교감본 한국한문소설 영웅소설 2》, 고려대학교 민족문화연구원, 2007.

이후남

고전소설 연구자. 대학 강사. 한국학중앙연구원 한국학대학원에서 국문학 박사 학위를 받았다. 2018년에 〈고전소설의 요괴 서사 연구〉로 박사 논문을 썼다. 이외 요괴 관련 논문으로는 〈고전소설에 나타난 여우 퇴치담의 양상과 의미〉, 〈치유담으로 읽는 전우치전-조선판 다중인격 전우치〉, 〈고전소설에 나타난 지하국 대적 연구〉, 〈명주보월빙에 나타난 요괴 연구-여우 신묘랑을 중심으로-〉, 〈요괴의 성 역할의 양상과 의미-고전소설 77편을 대상으로-〉, 〈드라마 '불가살'에 나타난 요괴 서사의 양상과 의의〉가 있고, 그밖에 고전소설을 대상으로 한 다수의 논문을 썼다. 현재 아주대학교 강사와 학술연구교수로 일하면서, 기회가 될 때마다 요괴를 주제로 특강을 진행하고 있다. 앞으로도 후속 연구를 해나가며 고전소설의 요괴를 캐릭터화하는 작업, 요괴 이야기만을 모아 현대어로 옮기는 작업 등을 이어나갈 예정이다.

요망하고 고얀 것들

욕망을 따라 질주하는 고전소설 요괴 열전

초판 1쇄 발행일 2021년 12월 31일
초판 2쇄 발행일 2022년 10월 31일

지은이 이후남

펴낸이 김효형
펴낸곳 (주)눌와
등록번호 1999.7.26. 제10-1795호
주소 서울시 마포구 월드컵북로16길 51, 2층
전화 02-3143-4633
팩스 02-3143-4631
페이스북 www.facebook.com/nulwabook
블로그 blog.naver.com/nulwa
전자우편 nulwa@naver.com
편집 김선미, 김지수, 임준호
디자인 엄희란

책임편집 임준호
표지·본문 디자인 이현주
일러스트 박수영

제작진행 공간
인쇄 더블비
제본 대흥제책

ISBN 979-11-89074-45-6 (03800)

○ 이 도서는 한국출판문화산업진흥원의 '2021년 출판콘텐츠 창작 지원 사업'의 일환으로
국민체육진흥기금을 지원받아 제작되었습니다.